Una noche mágica

Danielle STEEL

Una noche mágica

Traducción de
Nieves Calvino

PLAZA  JANÉS

Título original: *Magic*
Primera edición: septiembre de 2018

© 2016, Danielle Steel
Todos los derechos reservados, incluido el de
reproducción total o parcial en cualquier formato
© 2018, Penguin Random House Grupo Editorial, S. A. U.
Travessera de Gràcia, 47-49. 08021 Barcelona
© 2018, de la presente edición en castellano:
Penguin Random House Grupo Editorial USA, LLC.
8950 SW 74th Court, Suite 2010
Miami, FL 33156
© 2018, Nieves Calvino, por la traducción

Diseño de la cubierta: Penguin Random House Grupo Editorial / Carlos Pamplona
Imágenes de la cubierta: © Getty Images / Timothy Ruga / Eyeem

ISBN: 978-1-949061-01-7

Impreso en Estados Unidos – *Printed in USA*

Penguin
Random House
Grupo Editorial

Para mis queridos y maravillosos hijos

¡Que la magia os acompañe siempre en vuestras vidas!
¡Buscadla!
¡Creed en ella!
¡Apreciadla!
¡Vosotros sois la magia de mi vida!
Os quiero con todo mi corazón y mi alma,

MAMÁ / D. S.

1

La Cena Blanca es un poema de amor que ensalza la amistad, la alegría, la elegancia y los bellos monumentos de París. Y cada año es una velada inolvidable. Ciudades de todo el mundo han tratado de emularla, sin demasiado éxito. París no hay más que una y cuesta imaginar un evento tan admirado, respetado y bien ejecutado en ninguna otra ciudad.

Se originó hace unos treinta años, cuando un oficial de la marina y su esposa decidieron celebrar su aniversario con sus amigos de un modo creativo y poco habitual, frente a uno de sus monumentos preferidos de París. Convocaron a una veintena de amigos, todos vestidos de blanco. Se presentaron con mesas y sillas plegables, manteles, cubiertos, copas, platos e incluso flores, llevaron una sofisticada cena, lo dispusieron todo y compartieron una magnífica celebración con sus invitados. La magia comenzó aquella noche.

El éxito fue tal que repitieron al año siguiente en un enclave distinto, aunque igualmente incomparable. Y todos los años desde entonces, la Cena Blanca se ha convertido en una tradición, a la que cada vez asiste más gente, para celebrar la velada del mismo modo; vestidos de blanco de pies a cabeza en una noche de junio.

Al evento solo se puede asistir mediante invitación, algo que todo el mundo respeta, y con el curso de los años ha pasado a ser uno de los acontecimientos secretos más apreciados que se celebran en París. El código de vestimenta que obliga a ir de blanco sigue siendo obligatorio, incluyendo el calzado, y todo el mundo se esfuerza por vestir de manera elegante y cumplir con las tradiciones establecidas. La Cena Blanca se celebra cada año frente a un monumento parisino distinto y en París las posibilidades son muchas. En Notre Dame, en el Arco del Triunfo, a los pies de la torre Eiffel junto al Trocadero, en la plaza de la Concordia, entre las pirámides frente al Louvre, en la plaza Vendôme. Hasta la fecha, la Cena Blanca se ha celebrado en un sinfín de lugares, a cuál más hermoso.

Con los años, la Cena Blanca se ha vuelto tan popular que ahora se celebra en dos lugares, con un número total de invitados que ronda los quince mil. Cuesta imaginar que tantas personas se comporten de forma apropiada, luzcan elegantes y acaten todas las reglas, pero por increíble que parezca, así es. Se fomenta la «comida blanca», pero sobre todo se ha de servir comida apropiada; nada de perritos calientes, hamburguesas ni sándwiches. Hay que llevar comida de verdad, presentarla sobre un mantel de lino blanco, comer con cubiertos de plata, cristalería y vajilla de porcelana, igual que en un restaurante o en una casa en la que se agasaja a los invitados de honor. Todo lo que se lleve debe caber en una maleta de ruedas y al final del evento deben depositarse todos los desperdicios generados, hasta la última colilla de cigarrillo, en bolsas de basura blancas y luego tirarlas. No debe quedar ni rastro de los asistentes en los bellos lugares que se eligen cada año para celebrar la Cena Blanca. La gente debe aparecer y desaparecer con la misma soltura.

La policía hace la vista gorda, aunque no se saca ningún permiso para el evento, a pesar del vasto número de participantes (obtener permisos echaría a perder la sorpresa), y por increíble que parezca, nadie se cuela. Las invitaciones para la Cena Blanca son muy codiciadas y valoradas cuando se reciben, pero nadie que no figure en la lista de invitados se presenta jamás ni intenta afirmar que sí está invitado. No ha habido ningún incidente ni conflicto relevante en el evento. Es una velada cargada de divertimento, consolidada por los invitados y el amor por la ciudad.

La mitad de la diversión radica en no saber dónde va a celebrarse cada año. Es un secreto oficial que los seis organizadores guardan religiosamente. Y allá donde tiene lugar, se invita a la gente por parejas y cada una debe llevar su propia mesa y un par de sillas plegables, de tamaño reglamentario.

Los seis organizadores envían mensajes de la velada para informar del primer lugar donde la gente ha de reunirse. Todos los invitados deben presentarse con sus maletas, mesas y sillas en uno de los emplazamientos iniciales a las ocho y cuarto en punto de la tarde. Los dos grupos cenarán en dos lugares distintos. El entusiasmo va en aumento cuando se desvela la primera ubicación, de la que se informa a los invitados la misma tarde del evento. Eso proporciona una idea aproximada de dónde se va a celebrar la cena, aunque no son más que conjeturas, pues por lo general hay varias ubicaciones posibles a corta distancia de ese primer lugar. La gente llega sin demora al primer enclave, vestida de blanco de pies a cabeza y pertrechada para la velada. Los amigos se encuentran entre la multitud, llamándose a voces unos a otros, y descubren con placer quiénes han acudido. Una gran animación flota durante media hora en el lugar de encuentro y a las nueve menos cuarto se desvela el destino final, a no más de cinco minutos a pie de donde se encuentran.

Una vez que se anuncia el lugar, a cada pareja se le asigna un espacio del tamaño exacto de su mesa y debe instalarse en él, formando largas hileras bien ordenadas. La gente suele acudir en grupos de parejas; amigos que llevan años asistiendo al evento y cenan unos al lado de otros en sus mesas individuales, como parte de las largas hileras.

A las nueve en punto, siete mil personas han llegado a los espectaculares monumentos que son los afortunados triunfadores de la noche. Y una vez que llegan y se les asigna el lugar para colocar la mesa, medido a la perfección, se abren las mesas, se colocan las sillas, se ponen los manteles, los candelabros y se visten las mesas como si fuera a celebrarse una boda. Al cabo de quince minutos, los comensales están sentados, sirviendo el vino, con una amplia sonrisa de felicidad, esperando pasar una espectacular velada entre viejos y nuevos amigos. La emoción y el secreto al fin desvelado de la ubicación hacen que los participantes se sientan como niños asistiendo a una fiesta sorpresa de cumpleaños. Y a las nueve y media, los festejos están en pleno apogeo. No puede haber nada mejor.

La cena comienza una hora antes de que anochezca, y cuando se pone el sol, se encienden las velas en las mesas y su luz ilumina la plaza o el lugar donde se celebra el evento. Siete mil asistentes vestidos de blanco brindando con relucientes copas de cristal y candelabros de plata en la mesa; un auténtico placer para la vista. A las once, se reparten y se encienden bengalas y un grupo de música toca durante la mitad de la velada, añadiendo más diversión. Las campanas repican en Notre Dame y el sacerdote de oficio da sus bendiciones desde el balcón. Y justo a las doce y media, la multitud recoge y desaparece, como ratoncillos desperdigándose en la noche, sin dejar el menor rastro de su presencia allí, salvo el buen rato pasado, que recordarán para siempre, las amistades forjadas y el momento especial que han compartido.

Otro aspecto interesante de la velada es que no hay dinero de por medio. No hay que abonar una tarifa para ser invitado, no se ha de comprar ni pagar nada. Cada uno se lleva su comida y no se puede adquirir con dinero la asistencia a la Cena Blanca. Los organizadores invitan a quien quieren y el evento conserva su integridad. Otras ciudades han tratado de sacar provecho de la celebración de cenas similares y han corrompido el evento al incluir a gente escandalosa que no encaja, paga el precio que sea con tal de estar allí y les arruina la velada a todos los demás. La Cena Blanca de París se ha mantenido fiel al modelo original con grandes resultados. Todo el mundo la espera con ansia a medida que se acerca el día. Y en treinta años, el secreto de dónde va a celebrarse la cena jamás se ha filtrado, lo que hace que sea más divertida.

La gente espera todo el año la Cena Blanca y el evento en sí nunca defrauda. Y es siempre una noche inolvidable del primer al último momento. Aquellos que tienen la fortuna de ser invitados atesoran el recuerdo durante mucho tiempo.

Jean-Philippe Dumas había asistido a la Cena Blanca durante diez años, desde que tenía veintinueve. Y como amigo de uno de los organizadores, se le permitía invitar a nueve parejas para formar un grupo de veinte personas, que se sentaban juntas con sus mesas individuales apiñadas unas junto a otras. Todos los años elegía a sus invitados con sumo cuidado, y además de a los buenos amigos a los que había invitado con anterioridad, procuraba incluir a algunos amigos nuevos que creía que respetarían las reglas del evento, congeniarían con sus otros invitados y pasarían un buen rato. Su lista de invitados no era nada aleatoria ni casual. Se lo tomaba muy en serio, y si incluía a alguien que no valoraba la velada, cuya compañía no resultaba agradable o abordaba el evento como una oportunidad de hacer contactos, cosa que desde luego no era, lo reemplazaba al año siguiente. Pero sobre todo invitaba de nuevo a los habituales, que suplicaban asistir al año siguiente.

Después de que Jean-Philippe se casara hacía siete años, Valerie, su esposa estadounidense, había acabado amando la cena tanto como él y cada año se esmeraban eligiendo a sus invitados.

Jean-Philippe trabajaba en inversiones internacionales en una empresa muy renombrada. Valerie le conoció a las dos semanas de mudarse a París. Ahora, a sus treinta y cinco años, era redactora adjunta de *Vogue* Francia y principal candidata a convertirse en editora jefe al cabo de dos años, cuando estaba previsto que se jubilara la actual. Jean-Philippe se enamoró de ella a primera vista hacía ocho años. Era alta, esbelta, lista, con un cabello negro largo y liso. Era sofisticada sin resultar tediosa, tenía un gran sentido del humor y disfrutaba con los amigos de él. Supuso una maravillosa incorporación al grupo; Jean-Philippe y ella se llevaban de fábula y después de casarse tuvieron tres hijos, dos chicos y una chica, en cuestión de seis años. Eran la pareja con la que todo el mundo quería estar. Valerie había trabajado en *Vogue* Estados Unidos en Nueva York nada más salir de la universidad, antes de trasladarse. Se tomaba muy en serio su trabajo, pero se las apañaba para ser una buena esposa y madre y compaginarlo todo. Le encantaba vivir en París y no se imaginaba viviendo en ningún otro sitio. Había hecho un gran esfuerzo para aprender francés por él, lo cual le había ido muy bien también en el trabajo. Ahora podía tratar con fotógrafos, estilistas y diseñadores. Él le tomaba el pelo por su marcado acento estadounidense, pero su francés era fluido. Llevaban a sus hijos a la casa de su familia en Maine cada verano, para que pudieran conocer a sus primos estadounidenses, pero para ella Francia se había convertido en su hogar. Ya no añoraba Nueva York ni trabajar allí. Y consideraba que París era la ciudad más hermosa del mundo.

Tenían un amplio círculo de amigos y gozaban de una buena vida. Vivían en un precioso apartamento. Recibían invitados con frecuencia y a veces cocinaban para los amigos o contrataban a un cocinero para dar cenas informales. Sus invitaciones eran muy codiciadas, sobre todo para asistir a la Cena Blanca.

Valerie había conocido a Benedetta y a Gregorio Mariani en la semana de la moda de Milán, justo después de entrar a trabajar para *Vogue* París. Hicieron buenas migas al instante, y Jean-Philippe también los apreciaba. Los invitaron a la Cena Blanca antes incluso de que Jean-Philippe y Valerie contrajeran matrimonio, cuando aún estaban saliendo. Los Mariani habían sido habituales desde entonces y acudían cada año desde Milán. Ese año, Benedetta llevaba un vestido blanco de punto, que ella misma había diseñado y que destacaba su magnífica figura, y zapatos de tacón, y Gregorio iba ataviado con un traje blanco que le habían confeccionado en Roma, con corbata de seda, camisa impecable y zapatos de ante, todo ello de un blanco inmaculado. Gregorio y Benedetta siempre parecían recién salidos de las páginas de una revista de moda. Las familias de ambos llevaban años metidos en el mundo de la moda y habían logrado combinar sus talentos en provecho de ambas casas. La familia de Benedetta elaboraba prendas de punto y ropa deportiva famosa en el mundo entero y ahora, gracias a su talento para el diseño, les iba todavía mejor que antes. Y la familia de Gregorio llevaba doscientos años fabricando las mejores telas de Italia. Hacía casi veinte años que se habían casado, y Gregorio había trabajado con ella todo ese tiempo mientras sus hermanos dirigían las fábricas textiles de la familia y les suministraban la mayoría de las telas. Eran un poco mayores que Jean-Philippe y Valerie; Benedetta tenía cuarenta y dos años y Gregorio, cuarenta y cuatro, y su compañía siempre resultaba divertida. No tenían hijos, pues descubrieron que Benedetta era incapaz de concebir, y optaron por no adoptar. En su lugar ella había volcado todo su amor, su tiempo y sus energías en su negocio y trabajaba codo con codo con Gregorio, con impresionantes resultados.

El único aspecto doloroso de su matrimonio era la debilidad de Gregorio por las mujeres guapas y los escandalosos devaneos ocasionales que captaban la atención de la prensa. Aunque Benedetta deploraba sus infidelidades, era algo que había decidido pasar por alto hacía mucho tiempo, ya que las indiscreciones de su marido solían olvidarse pronto y nunca eran relaciones serias. Él nunca se enamoraba de las mujeres con las que mantenía aventuras y no parecía ser peor que los maridos de muchas de sus amigas italianas. Le desagradaba que Gregorio tuviera aventuras y se quejaba de ello, pero él siempre se arrepentía e insistía en que la amaba con pasión y ella siempre le perdonaba. Y él tenía por norma no acostarse jamás con las esposas de sus amigos ni con las amigas de Benedetta.

A Gregorio le atraían irremediablemente las modelos, sobre todo las jóvenes, y Benedetta procuraba que no asistiera a las pruebas por ese motivo. No tenía sentido tentarlo, ya que se las ingeniaba para encontrarlas él solito. Parecía que siempre tenía alguna jovencita pendiente de todo lo que decía mientras su esposa hacía la vista gorda. Pero jamás se traslucía ningún indicio de sus infidelidades cuando salían juntos. Él era un marido devoto que adoraba a su esposa. Era muy guapo, formaban una pareja muy atractiva, con la que siempre era divertido estar, y a ambos se los veía extasiados en la plaza Dauphine, con Jean-Philippe y sus amigos, esperando a saber dónde tendría lugar la cena de esa noche. Todo el mundo hacía sus conjeturas y Jean-Philippe creía que sería en Notre Dame.

Resultó que estaba en lo cierto, y cuando se anunció el lugar, a las nueve menos cuarto en punto, la multitud prorrumpió en gritos de placer, vítores y aplausos. Era uno de los lugares preferidos. El resto de sus amigos ya habían llegado y estaban listos para ir a la cena.

Chantal Giverny, otra de las mejores amigas de Jean-Philippe, era una habitual de cada año. Con cincuenta y cinco años, era un poco mayor que los demás invitados y una guionista de éxito desde hacía mucho tiempo. Había ganado dos premios César, había sido nominada a los Oscar y a los Globos de Oro en Estados Unidos y siempre estaba creando algo nuevo. Su obra dramática era poderosa y de vez en cuando hacía documentales sobre temas relevantes, normalmente relacionados con la crueldad o las injusticias cometidas contra mujeres y niños. Ahora estaba escribiendo un guión, pero no se habría perdido la Cena Blanca por nada del mundo. Era una de las personas favoritas de Jean-Philippe y su confidente. Se habían conocido una noche en una cena y no tardaron en trabar amistad. Almorzaban con frecuencia y siempre le pedía consejo. Confiaba en su criterio sin reservas, y su amistad y el tiempo que pasaban juntos era un regalo para ambos.

A Chantal le entusiasmó que Valerie y él se casaran y pensaba que eran la pareja perfecta. Era la madrina de su primer hijo, Jean-Louis, que tenía cinco años. Tenía tres hijos adultos, ninguno de los cuales vivía en Francia. Se había dedicado por entero a ellos al enviudar cuando eran pequeños, y Jean-Philippe sabía que le resultaba duro que vivieran lejos. Los había educado para que fueran independientes y persiguieran sus sueños sin temor, cosa que habían hecho. Y ahora Eric, el pequeño, era artista en Berlín; Paul, el mayor, era cineasta independiente en Los Ángeles; y Charlotte, la hija, había estudiado en la facultad de Economía y Ciencias Políticas de Londres, se había sacado un máster en Administración de Empresas en Columbia y ahora era banquera en Hong Kong. Y ninguno tenía interés en vivir de nuevo en Francia, así que Chantal estaba sola. Había hecho muy bien su trabajo. Su prole había levantado el vuelo.

Siempre decía que daba las gracias por que su trabajo la mantenía ocupada y visitaba a sus hijos de vez en cuando, pero no quería molestarlos. Tenían su propia vida y esperaban que ella tuviera la suya. Lo único que lamentaba era que se había entregado tanto a ellos y había estado tan ocupada que no había hecho nada para mantener una relación seria con un hombre mientras sus hijos eran jóvenes. Y, a esas alturas, hacía años que no conocía a ningún hombre que le interesara. Así que trabajaba con más ahínco de lo haría si tuviera a alguien con quien compartir su vida o si sus hijos vivieran cerca. Pero estaba ocupada, era feliz y nunca se quejaba de su soledad, si bien Jean-Philippe se preocupaba por ella y deseaba que conociera a alguien para que no estuviera sola. De vez en cuando, ella le reconocía lo sola que se sentía por el hecho de que sus hijos vivieran tan lejos, pero la mayor parte del tiempo se mantenía entretenida con sus amigos, mostraba una actitud positiva ante la vida y aportaba diversión y sofisticación en cada ocasión.

El resto de su grupo de aquella noche también había asistido a la Cena Blanca con anterioridad, en calidad de invitados de Jean-Philippe y de Valerie, con la excepción de un encantador hombre indio al que habían conocido en Londres el año anterior. Dharam Singh, natural de Delhi, era uno de los hombres de más éxito de la India y un genio de la tecnología. Empresas de alta tecnología del mundo entero le solicitaban asesoramiento y era un hombre encantador, humilde y muy atractivo. Había dicho que tenía asuntos que atender en París en junio, de modo que le habían invitado a la cena, sobre todo por Chantal, ya que no tenía pareja a la que llevar y necesitaba a alguien en su mesa. Jean-Philippe estaba seguro de que congeniarían, aunque el gusto de Dharam parecía decantarse hacia las mujeres muy hermosas y muy jóvenes. En todo caso, los Dumas estaban convencidos de que Dharam y Chantal serían buenos compañeros de mesa y que se encontrarían interesantes el uno al otro.

Dharam tenía cincuenta y dos años y estaba divorciado, con dos hijos adultos en Delhi. Su hijo estaba en el negocio con él y su hija estaba casada con el hombre más rico de la India, tenía tres hijos y era una mujer de una belleza espectacular. Sentado frente a Chantal, llevaba un traje blanco, confeccionado por su sastre en Londres, que le otorgaba un aspecto muy atractivo y exótico. Ella se había ocupado del mantel, los servicios para la mesa y la comida, y él había aportado caviar en un cuenco de plata, champán y un excelente vino blanco.

Chantal estaba muy guapa esa noche y, como siempre, con su esbelta figura, su rostro todavía joven y su largo cabello rubio, aparentaba menos años de los que tenía. Dharam y ella ya estaban enfrascados en una conversación sobre el cine en la India y disfrutando de la mutua compañía mientras él abría el champán; también había llevado una botella para Valerie y

Jean-Philippe. Varias de las mesas compartían su comida y se respiraba un ambiente agradable y festivo. Era sorprendente pensar que siete mil personas estuvieran disfrutando de una elegante cena y pasando un buen rato. Y a las nueve y media, todos estaban sentados y la fiesta en marcha; se servía vino, se pasaban los aperitivos, se redescubrían viejos amigos y se hacían otros nuevos.

Había una mesa de gente joven justo detrás de ellos, con algunas chicas muy guapas a las que Gregorio y Dharam ya habían echado el ojo para luego fingir que no habían reparado en ellas y centrarse en las personas sentadas a sus mesas. Jean-Philippe y Valerie habían reunido un grupo atractivo y animado, que saltaba a la vista que estaba pasando un rato estupendo, pues todos reían y se divertían mientras el sol se ponía despacio y los últimos rayos se reflejaban en las vidrieras de Notre Dame. Era una vista exquisita. Habían sido recibidos por las campanas de la catedral, que habían repicado casi en cuanto llegaron. Y el sacerdote había salido al balcón para saludarlos y hacer que se sintieran bienvenidos.

Media hora después se había puesto el sol y la plaza frente a Notre Dame estaba iluminada por las velas dispuestas en cada mesa. Jean-Philippe se paseó para cerciorarse de que todos sus invitados lo estuvieran pasando bien. Se paró a hablar con Chantal y durante un instante ella vio una expresión seria en sus ojos, algo que la preocupó.

—¿Va todo bien? —le susurró cuando se acercó para darle un beso. Le conocía bien.

—Mañana te llamo —respondió de forma que nadie más pudiera oírle—. Quedamos para comer si puedes.

Ella asintió, siempre encantada de estar a su disposición, tanto si era porque la necesitaba o para disfrutar de una agradable comida para charlar y reír. Jean-Philippe pasó a su siguiente invitado justo cuando el teléfono móvil de Gregorio sonó. Este respondió en italiano y cambió de inmediato al inglés cuando Benedetta le miró con expresión inquieta. Se levantó a toda prisa y se alejó para continuar con la conversación. Benedetta se unió a la charla de Dharam y Chantal en la mesa contigua a la suya y trató de aparentar despreocupación.

Chantal había visto el sufrimiento en sus ojos. Sospechaba que se trataba de la última aventura de Gregorio. Estuvo ausente mucho tiempo y Dharam incluyó a Benedetta en su conversación de forma muy hábil. Había estado intentando convencer a Chantal para que visitara la India y le había sugerido sitios que tenía que ver, Udaipur entre ellos, con sus templos y sus palacios, que según él era el lugar más romántico del mundo. No le dijo que no tenía nadie con quien viajar, pues habría parecido algo patético. Y a él le sorprendió descubrir que Benedetta tampoco había estado nunca en la India. Seguía intentando convencerlas a ambas, cuando Gregorio regresó a la mesa media hora después, dirigiéndole a su esposa una mirada nerviosa y diciéndole algo de manera críptica en italiano.

En ausencia de Gregorio, Dharam había servido vino para los tres con generosidad. Benedetta pareció más relajada, hasta que su marido regresó a la mesa. Le respondió en italiano con rapidez. Él acababa de decirle que tenía que marcharse. Le hablaba en voz baja para que nadie más le oyera, y Chantal y Dharam charlaban para que no diera la impresión de que estaban con la oreja puesta.

—¿Ahora? —le preguntó Benedetta con un tono bastante irritado—. ¿No puede esperar?

Había convivido con una situación difícil los últimos seis meses y no le gustaba que perturbara los ratos que pasaban con amigos, mucho menos esa noche, aunque sabía que hacía tiempo que el asunto era de sobra conocido y que había saltado a la prensa sensacionalista. Pero nadie había sido tan cruel como para sacarle el tema.

—No, no puede esperar —respondió Gregorio secamente. Había mantenido una aventura con una supermodelo rusa de veintitrés años durante los últimos ocho meses y la chica había sido tan tonta como para quedarse embarazada de gemelos hacía seis y se negaba a darlos en adopción. Gregorio había tenido otras aventuras, muchas, pero nunca había concebido un hijo. Y dada la incapacidad de Benedetta para concebir, el embarazo de la chica era tremendamente doloroso para ella. Había sido el peor año de su vida. Gregorio le había prometido que era un desafortunado error, que no estaba enamorado de Anya y que en cuanto tuviera a los bebés, rompería con ella. Pero Benedetta no estaba segura de que la chica estuviera dispuesta a dejarle marchar. Se había mudado a Roma hacía tres meses para estar más cerca de él y él había estado yendo y viniendo entre dos ciudades durante ese tiempo. Aquello la estaba volviendo loca—. Está de parto —agregó, acongojado por tener que discutirlo con ella allí.

Si eso era cierto, se había adelantado tres meses, comprendió Benedetta.

—¿Está en Roma? —preguntó con la voz cargada de sufrimiento.

—No. Aquí —prosiguió en italiano—. Tenía un trabajo aquí esta semana. Acaban de ingresarla en el hospital hace una hora por parto prematuro. Detesto dejarte, pero creo que debería ir. Está sola y aterrorizada.

Le mortificaba explicarle aquello a su esposa; hacía meses que la situación era dolorosa y complicada y los paparazzi habían hecho su agosto. Benedetta lo había llevado con elegancia; la chica rusa no tanto. Le llamaba constantemente y quería estar con él en momentos en los que era del todo imposible. Era un hombre casado y pretendía seguir siéndolo, y así se lo había dicho desde el principio. Pero ella estaba sola en un hospital de París, con un parto prematuro que se había adelantado tres meses, y le parecía que no tenía más alternativa que ir con ella de inmediato. A fin de cuentas era un ser humano decente, que se encontraba en una situación terrible tanto para él como para su esposa. Sabía que abandonarla en la Cena Blanca no le sentaría nada bien.

—¿No puedes esperar hasta que esto termine?

Anya estaba llorando como una histérica por teléfono, pero no quería explicarle eso a Benedetta. Ya sabía suficiente.

—No creo que deba. De verdad que lo siento. Me escabulliré sin armar ruido. Puedes decir que he visto a unos amigos en otra mesa. Nadie se dará cuenta de que me he ido.

Por supuesto que se darían cuenta, pero lo peor de todo era que ella sabría que se había marchado y adónde había ido, y con quién estaba y por qué. En ese instante se acabó el placer de la velada. Aún intentaba asimilar que su marido iba a tener dos hijos con otra en tanto que ellos no tenían ninguno.

Entonces él se levantó, sin querer discutir con ella, pero decidido a marcharse. Por desafortunada que fuera su unión y el embarazo de Anya, no quería dejarla en el hospital, de parto, presa del pánico y sola. Benedetta estaba segura de que no era más que una estratagema para que fuera allí y que resultaría ser una falsa alarma.

—Si está bien, te ruego que vuelvas —dijo, con aspecto tenso, y él asintió.

Resultaba embarazoso tener que excusarle una vez que los demás repararan en su ausencia, lo cual harían al verla sentada a su mesa sin él y cuando se marchara sola tan pronto como terminara la velada.

—Lo intentaré —dijo, hablando aún con ella en italiano.

Le lanzó una mirada incómoda y acto seguido, sin decir nada ni a su anfitrión ni al resto de los invitados, desapareció entre la multitud mientras la gente iba de mesa en mesa, visitando a amigos entre un plato y otro. Se esfumó en un instante mientras Benedetta trataba de aparentar que no había pasado nada y que no estaba disgustada. Chantal y Dharam continuaron hablando y un poco más tarde Chantal se excusó para ir a saludar a alguien a quien conocía de otra mesa. Benedetta estaba tratando de serenarse tras la apresurada marcha de Gregorio, cuando Dharam se volvió hacia ella con expresión amable.

—¿Se ha marchado tu marido? —preguntó con cautela, pues no quería inmiscuirse.

—Sí..., ha tenido una emergencia..., un amigo ha sufrido un accidente y ha ido a ayudarle al hospital —repuso, reprimiendo las lágrimas mientras trataba de sonar despreocupada—. No quería interrumpir la fiesta despidiéndose.

Dharam había visto las miradas tensas que habían intercambiado y se daba cuenta de que estaba disgustada, de modo que hizo lo que pudo para animarla.

—Qué bien. Debe de ser el destino —respondió—. He estado intentando tenerte para mí toda la noche. ¡Ahora puedo cortejarte de manera implacable sin su intromisión! —Esbozó una amplia sonrisa y ella se echó a reír—. En un lugar romántico como este ya estaremos locamente enamorados cuando regrese.

—No creo que regrese —adujo con tristeza.

—Pues perfecto. Los dioses están de mi lado esta noche. Hagamos planes de inmediato. ¿Cuándo vendrás a verme a la India? —Estaba bromeando para levantarle el ánimo, pero se sentía más cautivado por ella de lo que se habría atrevido a admitir, y ella rió de su actuación cuando le entregó una rosa blanca del jarrón de Chantal que había en la mesa. Benedetta aceptó la rosa y sonrió, justo en el momento en que el grupo de música empezó a tocar delante de la catedral—. ¿Te gustaría bailar? —preguntó.

En realidad, no tenía ganas, pues sabía adónde había ido Gregorio y lo que estaba ocurriendo, pero no quería ser maleducada con Dharam, que se estaba mostrando tan amable con ella. Se levantó y le siguió hasta la pista de baile mientras él la llevaba de la mano entre la multitud. Era buen bailarín y bailar con él la distrajo de sus problemas durante un rato. Estaba sonriendo cuando regresaron a la mesa y vieron a Chantal enfrascada en una conversación con Jean-Philippe, que levantó la vista cuando los vio.

—¿Dónde está Gregorio? —le preguntó a Benedetta.

Dharam respondió por ella.

—He pagado a dos hombres para que se lo lleven y lo aten y así poder seducir a su esposa. Se estaba convirtiendo en toda una molestia —adujo mientras los demás reían, y hasta Benedetta estaba sonriendo.

Jean-Philippe tuvo la inmediata sensación de que no debía preguntar más por su amigo. La expresión de Benedetta decía que había ocurrido algo desagradable y Dharam estaba intentando distraerla. Se preguntó si la pareja se había peleado y Gregorio se había marchado presa de la ira. De ser así, Jean-Philippe no se había dado cuenta, pero ya había visto a Gregorio montar escenitas antes. Y por boca de Valerie sabía que entre ellos no era todo de color de rosa en esos momentos.

La historia sobre la supermodelo embarazada era la comidilla del mundo de la moda y su mujer le había hablado de ello hacía meses. Pero Jean-Philippe jamás había mencionado nada ni a Gregorio ni a Benedetta. Tan solo esperaba que lo superaran, tal y como habían hecho antes, cuando él se liaba con jovencitas. Se había alegrado cuando aceptaron acudir a la cena esa noche, pero era una pena, sobre todo por ella, que él no se hubiera quedado. Jean-Philippe estaba agradecido a su amigo indio por ayudar a Benedetta a guardar las apariencias y a salvar la velada. Dharam estaba charlando animadamente con Benedetta y Chantal cuando Jean-Philippe se alejó para charlar con sus otros invitados. Todos parecían estar pasándoselo de maravilla.

Dharam había estado haciendo fotos toda la noche con su móvil para enseñarles a sus hijos lo hermosa que era la velada. Se alegraba mucho de haber ido. Todos se alegraban. Hasta Benedetta, gracias a que Dharam estaba siendo tan amable y divertido con ella. Y la había atiborrado de excelente champán para levantarle el ánimo. Tanto Chantal como ella se lo estaban pasando bien con él y con el resto del grupo. Por las mesas desfilaron deliciosos postres y vino y champán a raudales. Alguien había llevado una enorme caja de bombones, que compartieron de forma generosa, y otra mesa aportó delicados *macarons* blancos de Pierre Hermé.

Y a las once en punto Jean-Philippe repartió las bengalas de costumbre a sus invitados y la plaza quedó de repente iluminada por titilantes y centelleantes luces que sujetaban en alto o agitaban mientras Dharam fotografiaba también aquello. Había realizado una crónica de todo el evento con fotos y vídeos. Chantal se sintió conmovida cuando le dijo que lo hacía para enseñárselo a sus hijos. Ella no se imaginaba enviando a los suyos fotografías del evento. Eran independientes y no les interesaban sus actividades, y lo más probable era que la consideraran una tonta si les enviaba imágenes de la Cena Blanca y que se preguntaran por qué estaba allí. La tenían por alguien que se quedaba trabajando en casa, sin una vida propia aparte de ellos. Por eso les contaba muy poco sobre lo que hacía, y ellos casi nunca preguntaban. No se les ocurría hacerlo. Estaban mucho más metidos en sus actividades que en las de ella, aunque no por malicia; simplemente no creían que fuera una persona cuya vida pudiera tener algún interés para ellos. Entretanto, Dharam hacía que todos posaran para las fotos que iba a enviar a su hijo y a su hija, convencido de que querrían saberlo todo. Su rostro se iluminaba cuando hablaba de ellos.

La fiesta seguía animada; gente de otras mesas se aventuraba a hacer visitas y comenzaba a pasearse con más asiduidad que antes. Y cuando Chantal se volvió para saludar a un cámara que conocía y había trabajado en un documental que ella hizo en Brasil y a otro guionista, reparó en la gente guapa y más joven sentada a la mesa que estaba detrás de la suya. Estaban repartiendo farolillos de papel de una enorme caja. Uno de los hombres de la mesa enseñó a todos cómo montarlos y entregó también varios a los invitados de Jean-Philippe. Los farolillos tenían unos noventa centímetros de alto y contaban con un pequeño quemador en la base, que se encendía con una cerilla, y cuando el pequeño fuego ardía, el farolillo de papel se llenaba de aire caliente. Una vez inflado, él lo sujetó en alto por encima de su cabeza y lo soltó. Contemplaron el farolillo al elevarse hacia el cielo mientras el fuego continuaba ardiendo en su interior. Los demás podían verlo surcar el cielo nocturno, tan brillante como una estrella fugaz, llevado por el viento. Era una imagen preciosa y los invitados a su alrededor encendieron los suyos con gran excitación. El hombre que los repartía les dijo que pidieran un deseo antes de soltarlos, una vez encendida la llama de la base y cuando estuvieron repletos de aire caliente. Daba verdadero gusto verlos. Chantal quedó hipnotizada por tanta belleza, mientras Dharam grababa un vídeo y ayudaba después a Benedetta a encender el suyo. Le recordó que pidiera un deseo mientras sujetaban el farolillo y liberaban a continuación tan delicado objeto en la noche.

—¿Has pedido un buen deseo? —le preguntó Dharam con seriedad después de que el farolillo de ella se elevara en el cielo.

Benedetta asintió, pero no le contó qué había pedido por temor a que no se cumpliera. Había deseado que su matrimonio volviera a ser como antes de que Anya entrara en sus vidas.

Los demás estaban ocupados encendiendo sus farolillos al tiempo que el hombre que los había llevado continuaba ayudando a todo el mundo. A continuación se volvió y vio a Chantal. Sus miradas se encontraron durante largo rato. Era un hombre guapo, ataviado con vaqueros y jersey blancos, de espesa melena oscura, y parecía tener la edad de Jean-Philippe, unos treinta y tantos. Las chicas de su mesa eran guapas y considerablemente más jóvenes, de unos veintipico, como la edad de su hija.

Se dirigió a ella de forma directa, sin apartar los ojos de los suyos en ningún momento.

—¿Tienes ya uno?

Chantal meneó la cabeza. No tenía. Había estado demasiado ocupada viendo a Dharam y a Benedetta montar los suyos, y el de Jean-Philippe había sido uno de los primeros.

El hombre se acercó a Chantal y le ofreció uno. Se lo encendió y esperaron a que se llenara de aire caliente mientras le decía que era el último que quedaba. Pareció llenarse más rápido que los demás y le sorprendió el calor de la pequeña llama.

—Sujétalo conmigo y pide un deseo —le indicó con celeridad, sosteniéndolo con ella para no soltarlo demasiado pronto. Y justo cuando estuvo listo, se volvió hacia Chantal con una mirada penetrante—. ¿Has formulado un deseo?

Ella asintió y entonces él le dijo que lo soltara. En cuanto lo liberaron, el farolillo salió disparado hacia el cielo como un cohete, dirigiéndose a las estrellas. Se quedó contemplándolo, como una niña observando un globo que se aleja, con absoluta fascinación, con él a su lado y sin apartar la vista del farolillo. Vieron la llama arder en la base, hasta que apenas alcanzaron a distinguirla, y después él se volvió para brindarle una sonrisa.

—Tiene que haber sido un buen deseo. Ha sido uno poderoso; ha subido directo al cielo.

—Eso espero —repuso, y le devolvió la sonrisa. Había sido uno de esos momentos perfectos que sabes que jamás olvidarás. La velada en sí lo había sido. La Cena Blanca siempre lo era—. Gracias. Ha sido precioso. Gracias por hacerlo conmigo y por darme el último.

Él asintió y volvió con sus amigos, y un poco más tarde le vio mirándola de nuevo e intercambiaron una sonrisa. Estaba sentado con unas jóvenes encantadoras y una mujer preciosa enfrente.

La hora siguiente pasó demasiado rápido para todos y, a las doce y media, Jean-Philippe les recordó que tenían que recoger. Había llegado la hora bruja. E igual que siete mil Cenicientas, era el momento de abandonar el baile. Las bolsas de basura blancas hicieron acto de presencia y metieron en ellas aquello que había que tirar. El resto lo guardaron en sus carritos; vajilla y cubiertos, jarrones, copas, restos de vino y de comida. Todos los accesorios desaparecieron en cuestión de minutos. Doblaron los manteles, plegaron mesas y sillas; las elegantes hileras de mesas se esfumaron y siete mil personas vestidas de blanco abandonaron en silencio la plaza situada frente a Notre Dame, echando una última mirada por encima del hombro al lugar donde se había obrado la magia. Chantal pensó de nuevo en los preciosos farolillos, surcando el cielo con su luz, y vio que la gente que los había llevado ya se había marchado. Los farolillos ya habían desaparecido del cielo, transportados por el viendo hacia donde otras personas los verían y se preguntarían de dónde habían salido.

Jean-Philippe se aseguró de que todos tuvieran un medio de volver a casa. Chantal tenía pensado coger un taxi. Dharam se había ofrecido a llevar a Benedetta al hotel, ya que se hospedaban en el mismo. Y los demás también disponían de un medio de transporte. Jean-Philippe prometió llamar a Chantal por la mañana y quedar para comer, y ella le dio las gracias por otra velada inolvidable. La Cena Blanca era su día favorito del año y de todo aquel lo bastante afortunado para asistir. Y con los hermosos farolillos de papel elevándose en el cielo, creía que aquella había sido la más mágica de todas.

—Me lo he pasado de maravilla —dijo Chantal a Jean-Philippe mientras le daba un beso de despedida.

Él la ayudó a montarse en el taxi con su maleta, la mesa y las sillas, y le pidió al taxista que le echara una mano cuando llegara a casa.

—Yo también —repuso Jean-Philippe con una amplia sonrisa, mientras Valerie se despedía con la mano al tiempo que metía las cosas en su coche. Dharam y Benedetta se estaban subiendo a un taxi para volver al hotel George V. Y los demás iban en busca de taxis o de sus coches o se dirigían a la estación de metro más cercana—. Te veo mañana —le dijo a Chantal cuando su taxi se alejaba y ella agitaba la mano por la ventanilla.

De repente Chantal se preguntó si su deseo se haría realidad. Esperaba que sí, pero aunque no lo hiciera, había sido una velada perfecta e inolvidable, y sonrió durante todo el camino hasta su casa.

2

Dharam fue un perfecto caballero cuando acompañó a Benedetta hasta su habitación, llevándole la mesa y las sillas plegables mientras ella tiraba del carrito con la comida. Había trasladado los adornos para la mesa desde Italia y el hotel le había prestado los platos y los cubiertos. Le preguntó si le gustaría tomar una copa en el bar de abajo, pero ella quería ver si recibía noticias de Gregorio en su habitación. No quería mantener esa conversación en un lugar público. Le dijo a Dharam que estaba cansada y él lo entendió. Este le dijo que había pasado una noche deliciosa gracias a ella y que le enviaría las fotografías y los vídeos y le pediría su dirección de correo electrónico a Jean-Philippe. No quería molestarla con aquello en esos momentos. Se daba cuenta de que, ahora que la fiesta había acabado y no había distracciones, estaba de nuevo preocupada. No cabía duda de que había ocurrido algo para que su esposo desapareciera como lo había hecho. Ni tampoco de que estaba disgustada por ello. Le dio las gracias por su ayuda y su amabilidad durante la velada y se despidió de él.

Y en cuanto estuvo a solas se tumbó en la cama. Echó un vistazo a su teléfono móvil y vio que no tenía ningún mensaje de texto ni de voz. Lo había comprobado de manera discreta de vez en cuando durante toda la velada y no había sabido nada de él. Y no quería llamarle y pillarle en un momento incómodo en el que no pudiera hablar con ella. Se quedó allí tumbada, esperando noticias de él, y a las tres de la madrugada se quedó dormida sin haber recibido ninguna.

Gregorio llegó al hospital justo antes de las diez de la noche y ya habían ingresado a Anya en una habitación en maternidad. Cuando entró en la habitación, la estaban examinando dos médicos. Estaba en la cama, llorando, y le tendió los brazos de manera inmediata. Se había puesto de parto y aún no había empezado a dilatar, pero las contracciones eran constantes y fuertes y el magnesio que le habían administrado por vía intravenosa hacía una hora no las había parado. Les preocupaba que los bebés fueran aún demasiado pequeños y estuvieran poco desarrollados para nacer. Ambos médicos estaban de acuerdo en que solo había una mínima probabilidad de salvarlos si daba a luz ahora, debido al estado de gestación y al hecho de que eran todavía más pequeños de lo normal porque eran gemelos. Y Anya estaba histérica después de lo que habían dicho.

—¡Nuestros bebés van a morir! —se lamentó mientras Gregorio la estrechaba en sus brazos.

No era esa la situación en que habría querido verse metido. Había abrigado la esperanza de que, a su debido tiempo, todo fuera como la seda y pudiera salir sin problemas de su vida, con apoyo financiero para los gemelos y para ella. Nunca quiso que se quedara embarazada y mucho menos que los tuviera. Debido a un trivial y divertido desliz, se había visto envuelto en una situación en la que no había estado antes ni quería estarlo. Y ahora era todavía peor.

La obstetra había sido franca con ellos y les había dicho que era probable que los bebés murieran o sufrieran daños, y él tendría que enfrentarse no solo a un parto no deseado, sino también a una posible tragedia. Y también estaba preocupado por su esposa. No podía dejar a Anya el tiempo necesario para llamar a Benedetta y consolarla. Era fácil imaginar en qué estado se encontraba. Había sido paciente con sus indiscreciones anteriores, pero esa vez era infinitamente más terrible. Jamás había dejado embarazada a ninguna mujer. Y ahora iba a tener dos hijos que no deseaba con una chica a la que apenas conocía y que le había pedido que dejara a su esposa por ella, algo que era del todo imposible. Nunca había engañado a ninguna de las mujeres con las que se había liado y siempre les había dicho que amaba a su esposa. Y ninguna de ellas le había pedido jamás que la abandonara. Pero en cuanto Anya se quedó embarazada, se volvió por completo dependiente de él, como si fuera una niña, y Gregorio no estaba a la altura de la presión a la que ella le sometía. Habían sido seis meses de pesadilla y las posibilidades que esa noche les habían planteado los médicos eran espantosas. Sentía lástima por Anya, que no dejaba de llorar en sus brazos, pero no estaba enamorado de ella, si bien eso ya daba igual. Estaban juntos en aquello y no había escapatoria. Tenía que llegar hasta el final. Había dos diminutas vidas en juego y podían sufrir graves discapacidades si sobrevivían, lo cual era también una gran responsabilidad. No se imaginaba a Anya enfrentándose a aquello, pues a los veintitrés años tenía la madurez de una chica de dieciséis. Esa noche se aferró a él como una niña y Gregorio no se alejó de ella en ningún momento. La situación era terrible. También a él le afectaba.

Las contracciones disminuyeron durante un tiempo, pero a medianoche se intensificaron, se volvieron más fuertes, y luego empezó a dilatar. Le habían administrado esteroides vía intravenosa para intentar aumentar la capacidad pulmonar de los bebés si nacían, pero era muy pronto, y a las cuatro de la madrugada les dijeron que era poco probable que pudieran impedir el parto. Llevaron un equipo especial de neonatología mientras la monitorizaban con atención y el parto comenzó en serio, aunque en vez de la alegría y la expectativa normalmente asociadas a un nacimiento, había una sensación de temor y resignación en la habitación. Pasara lo que pasase, todos sabían que no sería bueno. La única cuestión era la magnitud de la gravedad y si los gemelos sobrevivirían.

Anya estaba aterrada y gritaba con cada oleada de dolor. No le dieron nada que aliviara las contracciones para no poner más en peligro a los bebés, aunque al final le pusieron la epidural para mitigar el dolor. A Gregorio todo le parecía brutal. Ella tenía tubos y monitores por doquier, y a medida que avanzaba el parto, los bebés comenzaron a mostrar indicios de sufrimiento en cada contracción, pero había dilatado por completo, de modo que le dijeron que podía empujar. Gregorio estaba espantado al ver por lo que estaba pasando ella, aunque se mantuvo fielmente a su lado. Al final se olvidó por completo de su esposa; solo podía pensar en aquella pobre y patética chica, que se aferraba a él, presa del terror y llorando entre contracciones. Casi estaba irreconocible en la condición en que se encontraba. Aquella no era la chica atrevida y exuberante que conoció y con la que se acostó por diversión.

Su hijo nació primero, a las seis de la mañana. Estaba azul cuando salió; un diminuto varón que no parecía estar formado del todo y tenía que luchar por su primer aliento. En cuanto cortaron el cordón, se lo llevaron por el pasillo en una incubadora hasta la unidad de cuidados intensivos de neonatología, acompañado por dos médicos y una enfermera. Con un respirador ya puesto, el bebé luchaba por su vida. Su piel era tan fina que se transparentaban las venas. Se le paró el corazón una hora después de nacer, pero el equipo que lo atendía le reanimó y le dijo a Gregorio que sus probabilidades de sobrevivir no eran muchas. Mientras escuchaba lo que decían, las lágrimas corrían por sus mejillas. Nunca imaginó que se emocionaría tanto al ver nacer a su primer hijo, con tantos apuros, además. El bebé parecía una criatura de otro mundo, con grandes ojos saltones que suplicaba ayuda. Gregorio no podía dejar de llorar mientras lo miraba y Anya balbuceaba presa del dolor.

La niña llegó veinte minutos después, un poco más grande que su hermano, y con un corazón más fuerte. Ninguno superaba los novecientos gramos de peso. Pero los pulmones de ella eran tan deficientes como los del niño. La conectaron a un respirador y un segundo equipo se la llevó. Anya sufrió una hemorragia tras el segundo alumbramiento, que tardaron en controlar y que requirió de dos transfusiones, y Gregorio vio que estaba muy pálida. Y entonces, gracias a Dios, le administraron algo para que durmiera después del trauma por el que había pasado y volvieron a informarlos a ambos de que los bebés tal vez no sobrevivieran. Los dos se encontraban en estado crítico y pasaría mucho tiempo antes de que estuvieran fuera de peligro, en caso de que no murieran. Los días siguientes serían cruciales. Los médicos hablaron con Gregorio después de sedar a Anya, cuando estaba inconsciente. Entonces fue a ver a los bebés en sus incubadoras y se quedó allí y lloró, pues aquellos diminutos seres, sus hijos, le conmovían enormemente. Había sido una noche difícil también para él y lo peor estaba por llegar. No tenía ni idea de qué iba a decirle a Benedetta. Aquello era mucho más serio que cualquier cosa que hubiera imaginado. Había pensado que todo se solucionaría de algún modo y ahora estaba claro que no sería así, al menos no durante mucho tiempo. No había forma de escapar de la realidad ni de las consecuencias de sus actos.

Una enfermera le dijo que Anya dormiría unas cuantas horas gracias a lo que le habían administrado, y comprendió que aquella era su oportunidad de volver al hotel. Eran las ocho de la mañana y no había llamado a Benedetta en toda la noche. No había tenido ocasión de hacerlo y era posible que no pudiera ausentarse de nuevo una vez que Anya despertara. No tenía familia en Europa Occidental, solo una madre en Rusia, a la que hacía años que no veía, y nadie más que la ayudara. Solo él. Y ahora había unos niños en los que pensar. Se había sentido unido a ellos de inmediato, lo cual le supuso una sorpresa.

Cogió un taxi de vuelta al hotel y entró en el George V sintiéndose como si regresara de otro planeta. Allí todo parecía normal e igual que la noche anterior, cuando se marcharon a la Cena Blanca. Resultaba extraño ver una vida tan cotidiana a su alrededor. La gente salía para acudir a sus citas, iba a desayunar, atravesaba el vestíbulo, llegaba al hotel. Subió a su habitación y encontró a Benedetta sentada al escritorio, con la cabeza apoyada en las manos, contemplando el teléfono. Estaba desolada y había pasado casi toda la noche en vela, esperando noticias de él. Gregorio llevaba aún la ropa de la noche anterior y reparó en que había sangre en sus zapatos blancos, y se le revolvió el estómago al recordar cómo había llegado allí. Había sangre por todas partes cuando Anya dio a luz. Le habían hecho dos transfusiones. El parto había sido terrible.

—Siento no haberte llamado anoche —dijo con voz apagada cuando entró. Ella se volvió con una mezcla de ira y temor y vio la tragedia en sus ojos—. No podía.

—¿Qué ha pasado? —Parecía frenética.

—Han nacido hace dos horas. Puede que no sobrevivan. Ha sido lo peor que he visto en toda mi vida. Es posible que sean demasiado prematuros para salvarlos. Están haciendo todo lo que pueden. Ni siquiera parece que estén formados del todo o listos para nacer. Y ninguno pesa más de novecientos gramos.

Actuaba como si esperara que ella llorase con él y Benedetta se limitó a mirarle con tristeza.

—¿Qué vas a hacer ahora? —le preguntó con expresión angustiada.

Ahora tenía dos hijos con otra. Y podía ver que eran muy reales para él. No había esperado tal cosa.

—Debo volver. No tiene a nadie más. Y no puedo largarme y dejarlos sin más. Están luchando por su vida y podrían morir en cualquier momento. Debo estar allí por ella y por los niños. —Parecía sorprendentemente noble y Benedetta asintió, incapaz de hablar. Se sentía excluida de lo que le estaba pasando. Era el día más duro de su vida—. Te llamaré más tarde y te contaré qué está pasando.

Estaba sacando ropa del armario mientras hablaba y cambiándose mientras ella le miraba. No se molestó en ducharse ni en comer; solo quería regresar.

—¿Debo esperar aquí? —preguntó ella sin ánimo.

—No lo sé. Te lo diré luego. —Se dio cuenta de que tal vez todo hubiera terminado cuando volviera al hospital. Se guardó la cartera en los pantalones y miró a Benedetta con tristeza—. Lo siento. De verdad que lo siento. Superaremos esto de alguna forma, te lo prometo. Te lo compensaré. —Aunque no tenía ni idea de cómo, y ella no sabía cómo iba a poder hacerlo. Y si los gemelos sobrevivían, ahora tenía dos hijos. Se acercó para besarla y ella se apartó. Por primera vez en su vida en común era incapaz de hacerle frente y tal vez tampoco pudiera perdonarle. Aún no lo sabía—. Te llamaré —dijo con voz ronca, y acto seguido se marchó de la habitación a toda prisa.

Benedetta se puso a llorar en cuanto lo hizo. Volvió a la cama y lloró hasta quedarse dormida. Y para entonces Gregorio estaba de nuevo en el hospital, sentado entre las dos incubadoras, viendo a sus hijos recién nacidos luchar por su vida, con un batallón de personas atendiéndolos y tubos por todas partes.

Volvió a la habitación de Anya una hora después, cuando le dijeron que estaba despierta, y se pasó el día consolándola. Siempre que creía que podía dejarla unos minutos, iba a ver de nuevo a los bebés. Eran casi las seis cuando se acordó de llamar a Benedetta, pero esta no le cogió ni el móvil ni el teléfono del hotel.

Había salido a dar un paseo y se topó con Dharam cuando abandonaba el hotel. Llevaba el pelo recogido en una coleta, vestía vaqueros y zapatos planos y parecía destrozada. Él la compadeció al instante y procuró que no se notara. Benedetta entabló una charla trivial mientras salían del hotel y él se volvió para mirarla. Era más menuda de lo que recordaba y se dio cuenta de que la noche anterior llevaba tacón alto. Era una mujer delgada y delicada y ahora le parecía frágil, con unos enormes ojos tristes que hacían que su rostro se viera más pequeño.

—¿Te encuentras bien? —preguntó con delicadeza.

No quería entrometerse, pero le preocupaba. Daba la impresión de que algo terrible había ocurrido. Se preguntó si tenía que ver con la marcha de su marido la noche anterior. A diferencia de Jean-Philippe y de Valerie, no estaba al corriente de los cotilleos sobre el mundo de la moda ni de la aventura de Gregorio con la modelo rusa.

—Yo..., sí..., no —empezó a mentirle y no pudo continuar, pues las lágrimas cayeron por sus mejillas, de modo que se limitó a menear la cabeza—. Lo siento... Solo iba a salir a tomar el aire.

—¿Quieres compañía o prefieres estar sola?

—No lo sé...

Estaba confusa y él detestaba dejar que abandonara sola el hotel. Estaba tan distraída que no parecía que estuviera a salvo ella sola. No estaba en condiciones de recorrer las calles sin compañía.

—¿Puedo acompañarte? No tenemos por qué hablar. No creo que debas salir sola.

—Gracias. —Asintió y él la siguió fuera del hotel y caminó a su lado. Recorrieron varias manzanas antes de que ella hablara. Y entonces le miró con expresión desesperada, como si el mundo hubiera llegado a su fin; para ella, así había sido—. Mi marido inició una aventura con una modelo hace varios meses. Lo ha hecho antes, lo cual es embarazoso, pero siempre ha acabado recuperando el sentido común y lo ha dejado enseguida. Esta vez la chica se quedó embarazada de gemelos. Esta mañana ha dado a luz, tres meses antes de lo debido. Y ahora mi marido está en medio de un drama, con dos bebés que pueden morir y una joven que le necesita, y estos son sus primeros hijos. Nosotros no tenemos. Es un lío tremendo y no tengo ni idea de cómo vamos a superarlo. Y esto puede prolongarse meses. No sé qué hacer. Él está en el hospital con ella. —Narró la historia de forma atropellada mientras las lágrimas corrían por sus mejillas.

Dharam mantuvo la calma, aunque estaba aturdido.

—Tal vez deberías irte a casa —dijo en voz queda—. Tal vez sea mejor eso que esperar noticias en la habitación de un hotel tú sola. Puede que las cosas tarden una temporada en calmarse. Ahora mismo no puedes hacer nada.

Todo cuanto decía era sensato y Benedetta se preguntó si tenía razón. Era Gregorio quien debía hacer frente a su drama, no ella, al menos no ahora. Antes necesitaba ver si los bebés sobrevivían. Después resolverían el resto y verían qué ocurría con su matrimonio.

—Me parece que tienes razón —repuso con tristeza—. El asunto ha sido muy desagradable. Y todo el mundo lo sabe. Ha salido en todos los periódicos de Italia. Desde que se mudó a Roma, los paparazzi le han hecho fotos a diario. Gregorio nunca se había implicado tanto ni de forma tan pública —prosiguió, tratando de ser leal a su marido, aunque ya no sabía por qué—. Creo que volveré a Milán.

—¿Tienes gente allí que te apoye? —preguntó, preocupado por ella.

Benedetta asintió.

—Mi familia y la suya. Todos están furiosos con él por meterse en este lío. Y yo también.

Miró a Dharam con todos los pesares del mundo en los ojos y él asintió, aliviado de oír que no estaría sola cuando llegara a su casa.

—No es de extrañar. Parece que has sido muy paciente, dado que estás aquí con él.

—Creía que pasaría al olvido y no ha sido así. Al menos no todavía; y ahora, con el drama de que los bebés son prematuros y están en grave peligro, no creo que la cosa vaya a mejorar en breve. Lo siento por él, pero también lo siento por mí —confesó con sinceridad.

Él asintió de nuevo.

—Da la sensación de que las cosas van a ser complicadas durante una temporada —convino con ella Dharam—. ¿Puedo visitarte para ver cómo te encuentras, solo como amigo? Quiero saber que estás bien.

—Gracias. —Normalmente se avergonzaría de hablar así de sus problemas, pero era una persona compasiva—. Siento contarte cosas tan espantosas. No es una historia agradable.

—No, pero es la vida real —replicó, comprensivo aunque no escandalizado—. A veces la gente se mete en situaciones espantosas. Mi esposa me dejó por otro hombre hace quince años y el asunto salió en la prensa. Era un actor italiano muy conocido. Todo el mundo estaba horrorizado y yo detestaba que mi vida privada apareciera en las revistas. Con el tiempo volvió la calma y la gente lo olvidó. Todos lo superamos. Mis hijos se quedaron conmigo y todo fue bien. En su momento pensé que acabaría conmigo, pero no fue así. —Le brindó una sonrisa—. Te sorprendería lo que uno es capaz de soportar. Esto se solucionará por sí solo con el tiempo. Lo superarás. ¿Ha dicho si va a casarse con ella?

—Dice que no —respondió Benedetta en voz queda, sintiéndose mejor después de charlar con él. Se alegraba de habérselo encontrado en el vestíbulo, aunque era humillante contarle a un desconocido sus problemas; pero él se mostraba amable y tranquilizador al respecto. Aquello la ayudó a tomar perspectiva—. Creo que era solo una aventurilla que se le fue de las manos. Y ahora está metido en un buen lío.

—Yo diría que sí —dijo Dharam con sorna, y Benedetta sonrió.

Una hora antes, no se imaginaba que sonreiría, pero era mejor eso que sollozar en la habitación de su hotel.

Dharam mostraba un talante sereno y protector mientras

pensaba en su situación. Ella era una víctima inocente en aquella historia, lo mismo que había sido él en su divorcio. Y Dharam se preguntó si en su caso llegaría a ese extremo o si perdonaría a Gregorio. Por lo que decía, era obvio que había tolerado sus otras infidelidades. Pero el drama actual era algo extremo.

Regresaron al hotel sin prisas, y él le dijo que se marchaba a Londres a la mañana siguiente y que regresaría a Delhi unos días más tarde.

—Avísame de lo que hagas —dijo cuando ya estaban de nuevo en el vestíbulo del hotel George V, rodeados por numerosas orquídeas rosa y púrpura. El hotel era conocido por sus espectaculares arreglos florales realizados por su famoso diseñador estadounidense—. Si regresas a Milán, me gustaría saberlo.

Ella asintió y le dio las gracias por su amabilidad, y se disculpó una vez más por atosigarle con sus problemas.

—Para eso están los amigos, incluso los nuevos —repuso con una expresión afectuosa en los ojos—. Llámame si puedo ayudarte del modo que sea.

Le dio una tarjeta de visita con todos sus números de contacto y Benedetta le dio las gracias de nuevo mientras se la guardaba en el bolsillo. Dharam tenía planes para cenar esa noche o de lo contrario se habría ofrecido a llevarla a cenar, pero sospechaba que estaba demasiado afligida para comer o ir a un restaurante. Le dio un suave abrazo unos minutos más tarde, cuando la dejó, y ella volvió arriba en tanto que él salía hacia el coche que esperaba para llevarle a cenar. Pensó en ella durante todo el trayecto hasta el restaurante. Lo sentía muchísimo por ella. Era una buena mujer y no merecía lo que le estaba pasando. Esperaba que todo saliera tal y como ella deseaba. Y se alegraba mucho de haberla conocido la noche anterior.

Cuando Benedetta volvió a su habitación, se tumbó en la cama, y Gregorio la llamó al cabo de unos minutos. Parecía inquieto, apresurado, y le dijo que no podía entretenerse demasiado tiempo. Le contó que los bebés seguían en peligro, pero vivos, y que Anya estaba histérica. Se encontraba en una situación de vida o muerte, con la vida de los bebés pendiendo de un hilo. Benedetta cerró los ojos mientras escuchaba. Nunca le había oído así. Ahora no podía hablar ni pensar en nada que no fueran los bebés; no tenía tiempo ni compasión para ella.

—Creo que regresaré a Milán por la mañana. No tiene sentido que esté aquí sentada, esperando noticias tuyas.

Parecía triste, pero más calmada de lo que él había esperado. No podría haber lidiado con ella si también perdía el control. Al menos estaba siendo sensata, que fue como interpretó lo que ella le dijo y su tono de voz. Su marido no tenía ni idea del pánico que sintió cuando le dijo que no podía dejar a Anya y a los bebés en París y que además por el momento no quería hacerlo. Que eso era imposible. Y Benedetta comprendió que, a tenor de lo que estaba ocurriendo, tal vez estuviera allí mucho tiempo. Los médicos habían dicho que, si sobrevivían, los gemelos estarían al menos tres meses en el hospital, hasta la fecha prevista en que tendrían que haber nacido. Y no quería preguntarle si él también tenía intención de quedarse allí.

—Te llamaré y te pondré al corriente de lo que pase —repuso en tono sombrío. Le aliviaba saber que ella volvía a casa. Resultaba demasiado estresante que estuviera esperándole en el hotel. No quería tener que preocuparse también por ella—. Lo siento, Benedetta, no imaginaba que pasaría esto.

Ella no supo qué responder. Aquello no debería haber pasado, pero estaba ocurriendo y tenían que subirse al carro y ver adónde los llevaba. Costaba creer que algún día las cosas volvieran a ser iguales entre ellos, pero no estaba segura de que Gregorio comprendiera aquello todavía. Lo único en lo que él podía pensar era en Anya y en sus dos bebés, metidos en sus incubadoras. No pensaba en ella en absoluto.

Después de finalizar la llamada, Benedetta hizo el equipaje y llamó al servicio de habitaciones. No había tomado nada en todo el día, de modo que pidió una ensalada y reservó un vuelo de regreso a Milán para el día siguiente. El conserje le preguntó si el señor Mariani volaría con ella y le dijo que no.

A la mañana siguiente, se levantó a las seis en punto y abandonó el hotel a las ocho. Se le pasó por la cabeza llamar a Dharam para decírselo, pero era demasiado temprano. En vez de eso, le envió un mensaje y le dio las gracias por su amabilidad con ella el día anterior. Y mientras el chófer la llevaba al aeropuerto, pensó en Gregorio en el hospital y se preguntó qué estaba ocurriendo. Sabía que no podía llamar.

Los bebés sobrevivieron a la noche, y Gregorio había dormido en una silla junto a sus incubadoras. Se había enamorado en el acto de las dos diminutas criaturitas y ahora solo podía rezar para que vivieran. De pronto era padre y su corazón jamás había rebosado tanto amor y dolor al mismo tiempo. Lo único que ahora le importaba era su bienestar. Y mientras los miraba, por sus mejillas corrían lágrimas de felicidad y de pena. Anya y él se sentaron durante horas con ellos, cogidos de la mano, y por primera vez se dio cuenta de que estaba enamorado de ella y de que nunca se había sentido así. Ella le había hecho el mayor regalo de todos. Era algo que Benedetta y él no habían compartido nunca. De pronto su mujer era parte de otra vida. Su corazón y sus hijos estaban ahora allí. Y Anya había adoptado un nuevo papel en su vida, que para él era sagrado. Era la madre de sus hijos. Aquello había hecho que pasara de ser una joven con la que había mantenido una relación casual a una mujer digna y de vital importancia. Y mientras la miraba vio algo muy diferente en la chica que había sido antes. De la noche a la mañana habían forjado un vínculo, como desolados padres que rezaban para que sus hijos sobrevivieran. Aquella noche, Anya se quedó dormida sentada a su lado y, con el zumbido de las incubadoras y el pitido de los monitores, con la cabeza de ella sobre su hombro, en lo último en que pensó fue en Benedetta. Al menos por el momento, en aquel universo de amor y terror al que se había visto catapultado, su esposa había dejado de existir. Anya era ahora su compañera, la madre de sus gemelos.

3

Tal y como había prometido, Jean-Philippe llamó a Chantal la mañana después de la Cena Blanca. La noche pasada había estado ocupado con sus invitados y no había tenido demasiado tiempo para charlar con ella. Como de costumbre, había querido cerciorarse de que todos se divertían y de que la velada iba de maravilla, y en cuanto reparó en que Gregorio se había marchado, lo cual consideró una grosería, se sintió muy preocupado por Benedetta. Pero, por fortuna, Dharam la había acogido bajo su ala e incluso había bailado con ella, y ella pareció pasarlo bien de todas formas. Jean-Philippe siempre se preocupaba por sus invitados y deseaba asegurarse de que todos estaban bien atendidos. Y había visto a Chantal saludar a varias personas de otras mesas que conocía, y otras habían pasado a verla a ella. Había abrigado la esperanza de que Dharam se sintiera atraído por ella, ya que era un hombre muy interesante y amable y creía que se gustarían, pero parecía que a su amigo le atraía mucho más Benedetta. A Chantal no pareció importarle y no tenía ningún interés romántico por él. No era fácil predecir esas cosas, pero Jean-Philippe había preparado el camino para ellos lo mejor que había podido. La chispa que saltaba entre hombres y mujeres era efímera y esquiva, y unas veces surgía y otras veces no.

—Qué velada tan maravillosa —dijo Chantal con entusiasmo en cuanto oyó su voz al teléfono—. Gracias por contar conmigo. Creo que ha sido la mejor de todas. Los farolillos del final hicieron que resultara aún más especial; fueron mágicos. Esa gente fue muy amable al compartirlos con nosotros.

Jean-Philippe estuvo más que de acuerdo con ella y luego comentaron la temprana marcha de Gregorio.

—Debió de ser algo relacionado con esa chica con la que está liado. No quise preguntarle a Benedetta. Está loca por aguantarlo. Valerie dice que ha sido muy comentado por parte de la prensa especializada en el mundo de la moda. Parece que esta vez ha organizado una buena.

—¿Crees que dejará a Benedetta por ella? —inquirió Chantal, sintiéndolo por ella.

—Cabría pensar que sería al revés. Quizá le deje ella a él. Tampoco es que se haya comportado de manera ejemplar antes de esto. Es tan encantador que ella lo aguanta y han construido juntos un gran imperio. Pero puede que uno de estos días se harte de sus aventuras. Anoche me dio mucha pena. Fue embarazoso para ella que se largara incluso antes de la cena. Menos mal que Dharam intervino.

—Es un hombre encantador —convino Chantal.

Se lo había pasado bien charlando con él. Parecía brillante y muy modesto en lo tocante a sus logros. Según Jean-Philippe, había estudiado en el MIT, en Estados Unidos, y era una leyenda en su propio país.

—Pero ¿no es para ti? —le preguntó, yendo directo al grano.

Siempre había tenido la esperanza de que ella conociera a alguien que la protegiera y la cuidara. Su trabajo era muy solitario y sabía lo sola que a veces estaba sin sus hijos. Le habría encantado presentarle al hombre adecuado.

—No creo que haya surgido la chispa en ninguno de los dos —respondió con sinceridad—, pero me gustaría verle de nuevo como amigo. Seguramente sea demasiado mayor para él.

Era muy guapo y poseía una elegancia exótica, además de

inteligencia, y era solo unos años más joven que ella. Pero no había surgido nada entre ellos y había notado que él sentía lo mismo. Parecía mucho más interesado en Benedetta, o tal vez solo se había compadecido de ella y se había portado como un caballero. Chantal no estaba segura. Sin embargo, no cabía duda de que ella no le había atraído como mujer y él tampoco había hecho que a ella se le acelerara el corazón. Pero esa había sido la fantasía de Jean-Philippe, no la suya, así que no estaba desilusionada. En realidad ya no esperaba conocer a ningún hombre. Eso empezaba a parecerle imposible y todos los hombres buenos que conocía estaban casados. Los franceses raras veces se divorciaban, aunque su matrimonio fuera infeliz. En tal caso, hacían una especie de pacto de extranjis, algo que a Chantal no le atraía lo más mínimo. No quería precisamente un marido y desde luego no quería al marido de otra. Era una de las razones de que cayera bien a otras mujeres; era una persona franca, honesta y decente.

—Es una pena lo de Dharam. Es un tío genial. Si alguna vez vas a la India, te presentará a todo el mundo. Valerie y yo fuimos a visitarle el año pasado y nos lo pasamos de fábula. Todo el mundo le adora. Hasta tiene hijos estupendos de la misma edad que los tuyos. —Por eso había pensado que harían buena pareja, pero el destino había decidido otra cosa. Era evidente que no había química entre ellos. Y ambos sabían que esas cosas no se podían planear ni forzar—. Bueno, ¿comemos juntos hoy? Necesito que me aconsejes.

—¿Sobre el nuevo color para tu cuarto de estar o sobre algo serio? —bromeó ella.

Se consultaban el uno al otro sobre casi todo, y Jean-Philippe valoraba su opinión. Había discutido muchas cosas con ella a lo largo de los doce años que hacía que duraba su amistad, incluso la decisión de casarse con Valerie siete años atrás. Chantal la había aprobado de todo corazón y aún lo hacía. Creía que eran la pareja perfecta y su matrimonio era muy feliz. Había sido la decisión correcta.

—Serio —respondió Jean-Philippe con aire misterioso.

—¿De trabajo o personal? —inquirió.

—Te lo diré en la comida. ¿Misma hora, mismo sitio?

Comían juntos muy a menudo, al menos una vez a la semana, en el mismo restaurante sencillo del distrito siete de la orilla izquierda, no lejos del apartamento de ella. Habían probado otros restaurantes, pero preferían aquel.

—Perfecto. Nos vemos allí —confirmó.

Jean-Philippe ya estaba sentado a su mesa habitual en la terraza, cuando ella llegó ataviada con un jersey rojo, vaqueros y esos zapatos planos que los franceses llamaban «bailarinas», inspirados en las zapatillas de ballet. Estaba guapa y tenía un aspecto saludable, con su largo cabello rubio recogido en una coleta con un lazo rojo. Él había ido directamente desde el despacho, con atuendo formal, y se había guardado la corbata en el bolsillo. Él pidió un filete y ella, una ensalada, y vino para ambos. Jean-Philippe no siempre bebía vino en la comida, de modo que aquello le indicó a Chantal que estaba preocupado y tenso. Podía verlo en sus ojos mientras conversaban sobre Valerie y los niños y la cena de la noche anterior.

—Bueno, ¿qué ocurre? —preguntó al fin, incapaz de soportar el suspense.

A veces Jean-Philippe era muy francés y tardaba lo suyo en ir al grano, yéndose por las ramas en lugar de tomar el camino más directo. Hacía solo cinco días que había comido con él y no había mencionado que necesitara su consejo sobre ningún tema serio, así que lo que había ocurrido, fuera lo que fuese, era algo muy reciente. Él vaciló un instante antes de responder.

—Tengo un problema o estoy a punto de tenerlo. Los negocios no van bien, la economía es un desastre. La mitad de los países europeos están en una situación precaria y nadie realiza grandes inversiones aquí. Hace años que a los franceses les da miedo mostrar su riqueza debido a los impuestos sobre las grandes fortunas y el patrimonio personal. Invierten en el extranjero todo lo posible y ocultan su patrimonio neto siempre que pueden. Lo último que quieren los franceses es invertir en Francia y exponerse a tener que pagar impuestos más elevados. No confían en el gobierno.

—¿Te van a despedir?

Al instante le invadió la preocupación por él. Sabía que le iba bien en la empresa de inversiones en la que trabajaba, pero no tenía un gran patrimonio personal y sí una esposa y tres hijos que alimentar y un estilo de vida muy acomodado. Y sabía lo generoso que era con Valerie y que le gustaba comprarle cosas bonitas, vivir bien y disfrutar con ella de lujosas vacaciones. Los niños hacía poco que iban a colegios privados y tenían un precioso apartamento en el distrito seis, la parte más elegante de París. Perder su trabajo ahora sería todo un reto y supondría un gran cambio para ellos. Valerie tenía un magnífico trabajo en *Vogue*, pero ganaba bastante menos que él, pues la revista no pagaba ni mucho menos tan bien. Dependían de sus ingresos para vivir. Con treinta y nueve y treinta y cinco años, tenían que ganar dinero para financiar su modo de vida, y eso había hecho Jean-Philippe.

—No, no me van a despedir. Pero, siendo realista, nunca voy a ganar más de lo que gano ahora a menos que haya un enorme repunte en la economía, y eso no va a pasar. Al menos en la próxima década. No me puedo quejar; tengo un sueldo decente, pero no voy a poder ahorrar mucho dinero para mi familia y todo está muy caro. Y, afrontémoslo, con tres hijos y una buena vida, cada granito de arena cuenta. Simplemente no me imagino progresando aquí. Si acaso, los gastos irán aumentando a medida que los niños crezcan, pero no veo que vaya a ganar más, a menos que realice un cambio drástico de algún tipo. Le he estado dando vueltas durante todo el año, pero no le encontraba una solución. Hasta ahora. Cuidado con lo que deseas. Me han ofrecido un trabajo increíble hace tres días, que lleva aparejada una magnífica oportunidad de ganar dinero de verdad. La clase de dinero con el que aquí solo puedo soñar.

—¿Cuál es la pega?

Chantal sabía que siempre había alguna. Y tenía que haberla, o de lo contrario no parecería tan preocupado ni querría su consejo. Si se tratara de cambiarse a otra empresa que le ofrecía mucho más, lo estarían celebrando, y él se lo habría dicho.

—Me han hecho una oferta de una empresa de capital de riesgo muy importante. Tienen socios estadounidenses y han estado ganando una fortuna. Me darán la oportunidad de participar y se puede ganar mucho dinero. El sueldo inicial es increíble, pero la participación que me ofrecen es incluso más atractiva. Es justo lo que necesito si quiero ganar dinero de verdad para mantener a mi familia en el futuro. Es una oportunidad de oro. —Pero estaba tenso cuando el camarero les llevó la comida y se marchó, mientras Chantal esperaba para oír qué era lo que le retenía.

—¿Por qué no pedimos champán para celebrarlo? —preguntó mientras él la miraba con aire triste.

—Es en China. Ahí es donde se gana dinero hoy en día. Quieren que me traslade a Pekín de tres a cinco años. No es un lugar fácil en el que vivir. No creo que Valerie quiera llevar allí a los chicos. Está enamorada de París y adora su trabajo aquí. Es su carrera y sin duda un día será editora de *Vogue* Francia, pero su trabajo no va a mantenernos y lo sabe. Una oportunidad como esta no se presenta todos los días, y si la rechazo, puede que no tenga otra. Puede que me pase los próximos veinte años dándome de cabezazos, tratando de llegar a fin de mes y de ahorrar dinero. Si vamos a Pekín, podría ganar dinero y asegurar nuestro futuro. Creo que me odiará si vamos y tendría que renunciar a su carrera. Y a mí me va a costar asimilarlo si nos priva de esta oportunidad. Es una situación espantosa —dijo, con cara de pena.

Chantal pensó con calma en lo que había dicho. No iba a

ser una decisión fácil y coincidía con él en que Valerie se disgustaría. Tendría que renunciar a su carrera por la de él. Y no podía ponerla en espera durante tres o cinco años. Alguien ocuparía su lugar. La rivalidad en las revistas de moda era feroz.

—¿Se lo has preguntado? —inquirió Chantal despacio, tratando de sopesar los pros y los contras en su cabeza. Pero si intentaba ganar dinero y lo necesitaba para su familia, los pros a favor de China se impondrían a los contras.

—Hace solo tres días que me llamaron y me reuní con ellos justo ayer. Sus socios estadounidenses estaban en la ciudad y anoche fue la Cena Blanca. No he tenido tiempo para sentarme a hablarlo con ella con calma. Pero tengo que decírselo enseguida. Quieren saber la respuesta en unas semanas y me quieren allí en septiembre.

Le dijo a Chantal el nombre de la empresa y ella se quedó impresionada con eso y con los estadounidenses con quienes estaban asociados. Era una oferta fiable de una empresa importante.

—¿Cuándo se lo vas a decir?

—Esta noche. Mañana. Pronto. Chantal, ¿qué crees que debería hacer?

—Vaya —dijo en voz queda, mirándole a los ojos desde su silla y dejando de comer—. Es complicado. Alguien saldrá perdiendo o esa es la impresión que va a dar. Ella o tú en un futuro inmediato, o todos a largo plazo si rechazas la oferta.

—No creo que pueda —dijo con sinceridad—, pero ¿y si a ella se niega? ¿Y si me deja? —Parecía presa del pánico y Chantal lo sentía por él.

¿Por qué una oportunidad de oro siempre tenía un lado negativo? Nada era nunca sencillo, no cuando había mucho dinero de por medio. Y, en ese caso, el problema sería Pekín. Chantal no se imaginaba a Valerie mudándose tan fácilmente, ni siquiera de forma voluntaria. Jean-Philippe tendría que arrastrarla hasta Pekín en contra de su voluntad o tal vez se negara a ir y a renunciar a su carrera, aunque fuera menos lucrativa que la de él. Significaba mucho para ella y había trabajado en la moda, y para *Vogue*, en dos países diferentes, durante más de doce años, desde que terminó la universidad. Era mucho a lo que renunciar. Pero también lo era el trabajo que le habían ofrecido a él.

—No te va a dejar. Te quiere. —Chantal trató de tranquilizarle—. Pero se disgustará. —Eso no podía negarlo y ambos lo sabían—. Y no puedes culparla. Trabaja duro en *Vogue* y el puesto de relevancia que quiere ya está a su alcance, cuando se jubile la editora jefe de París. ¿Podrías marcharte a Pekín por menos tiempo? ¿Uno o dos años, quizá, en vez de tres o cinco?

Era mucho tiempo para comprometerse y él negó con la cabeza a modo de respuesta.

—Tal vez podría limitarlo a tres, al menos en principio, pero no menos de eso. Quieren que dirija la sede de Pekín. El hombre que tienen allí se marcha. Ha estado cuatro años y les abrió la sede.

—¿Sabes por qué se marcha?

—Su mujer odia aquello. Se volvió a Estados Unidos hace un año —dijo Jean-Philippe con arrepentimiento y ambos se echaron a reír.

—Bueno, eso nos dice lo que necesitamos saber, ¿no te parece? —repuso Chantal, sonriéndole—. Creo que, si lo haces, has de saber que no va a ser fácil, pero que merece la pena por un tiempo limitado para lograr tus objetivos. A veces tenemos que hacer cosas que no nos gustan para llegar a donde queremos. Es un buen paso para tu carrera. Valerie también entenderá eso.

Pero, al igual que él, también sabía que Valerie no podía dejar su trabajo y regresar al cabo de tres o cuatro años. Para entonces ya habría otro editor jefe y no sería ella. Y había esperado mucho tiempo para conseguir ese puesto.

—No sé si Valerie lo entenderá o si querrá hacerlo. Solo

oirá que afectará a su carrera y que tendrá que dejar *Vogue* para mudarse a una ciudad deprimente en la que todos dicen que resulta difícil vivir, y con tres hijos pequeños. No estoy seguro de hasta qué punto va a ser razonable. Puede que no lo sea en absoluto.

—Ten más fe en ella. Es una mujer lista y el panorama es muy claro en el aspecto económico. Si quiere una vida segura en el futuro, aquí la tiene. Y, en cualquier caso, tienes que decírselo y encontrar juntos una solución, aunque al principio no se tome bien la noticia. Cambiará de parecer y a lo mejor podéis alcanzar un acuerdo razonable.

Pero no se le ocurría cuál y a él, tampoco. O aceptaba la oferta o no lo hacía. Y en cuanto a Valerie, o le acompañaba o no. Era dolorosamente simple y «doloroso» era la palabra clave.

Hablaron de ello durante toda la comida y Chantal se despidió de él en la acera delante del restaurante.

—Llámame en cuanto se lo cuentes y me dices cómo ha ido la cosa. —Valerie era una mujer sensata y adoraba a Jean-Philippe. Pasara lo que pasase, estaba segura de que su relación sobreviviría, aunque al principio se resintiese, algo que creía posible—. Estaré aquí la próxima semana, y el siguiente fin de semana me voy a Berlín a ver a Eric. —Su hijo pequeño—. No le veo desde febrero; ha estado creando una nueva obra y no quería interrumpirle.

Le iba bien, aunque sus montajes conceptuales eran demasiado provocadores para ella, pero era uno de los artistas emergentes más respetados y sus obras se vendían bien. Estaba orgullosa de él y disfrutaba yendo a visitarle. Llevaba tres años viviendo en Berlín y el ambiente artístico había sido estupendo para él. Y tenía una novia nueva a la que quería que Chantal conociera. Eric la incluía en su vida más que su hermano y su hermana, y ellos vivían más lejos. Pero, aunque vivía en Berlín, solo le veía unas pocas veces al año. Estaba demasiado ocupado con su trabajo para verla con frecuencia y ya solo iba a París cada año por Navidad, como los demás.

Había criado hijos independientes, ninguno de los cuales quería vivir en Francia. Era una lástima, tal y como le decía a Jean-Philippe. Los tres tenían una excelente ética profesional, igual que ella, y les iba bien, pero habían encontrado otros países que se adecuaban más a ellos. Charlotte llevaba viviendo en Hong Kong desde que acabó su máster en Columbia hacía cinco años y hablaba mandarín con fluidez.

Y a Paul, su hijo mayor, le encantaba vivir en Estados Unidos y se había vuelto más estadounidense que los perritos calientes y la tarta de manzana. Tenía una novia estadounidense, que a Chantal no le caía bien, pero con la que llevaba viviendo siete años. El menor, Eric, fue el último en volar del nido hacía tres años, y qué solitarios habían sido para ella, algo que solo le había confesado a Jean-Philippe. Sus hijos tenían talento y eran gente de provecho, pero no tenían tiempo para ella.

Chantal volvió a su apartamento después de comer con Jean-Philippe, y no supo nada de él durante varios días, algo poco habitual, ya que solía llamarla con frecuencia para ver qué tal estaba. Desde que sus hijos se marcharon, se había convertido en su familia por decisión propia. No tenía hermanos ni padres, así que sus hijos y sus amigos eran todo lo que tenía. Se enfrascaba en su trabajo durante días y semanas, y en esos momentos estaba escribiendo un guión muy serio sobre un grupo de mujeres en un campo de concentración durante la Segunda Guerra Mundial, y su supervivencia.

Sospechaba que el anuncio de Jean-Philippe de la oferta de trabajo no había sido bien recibido por su esposa y no deseaba llamarle y entrometerse. Trabajó todo el fin de semana y estaba satisfecha con sus avances. Él la llamó el lunes por la tarde.

—¿Qué tal ha ido? —preguntó nada más oír su voz.

—Tal y como preveías —respondió, con aire cansado. Había sido un fin de semana largo y estresante, y Chantal lo percibió en su tono—. Estaba sorprendida, disgustada y furiosa porque lo estuviera considerando. Se pasó toda la tarde del domingo llorando. La buena noticia es que no me ha pedido el divorcio.

Bromeaba, pero Chantal estaba segura de que aquello había caído como una auténtica bomba en su bien gestionada vida, que había transcurrido sin problemas durante siete años. Habían sido más afortunados que la mayoría; tenían hijos felices, momentos felices, buena salud, buenos amigos, trabajos que les encantaban y una casa preciosa en una ciudad que adoraban. Ahora, de la noche a la mañana, deberían tomar una difícil decisión en la que uno de ellos iba a salir perdiendo y tendría que sacrificarse. No los envidiaba, aunque se querían y su matrimonio era sólido, lo cual ayudaría, fuera cual fuese la decisión.

—¿Crees que aceptará mudarse a Pekín? —dijo Chantal.

—Ahora mismo, creo que no. Pero eso podría cambiar. Lo está pensando y dispongo de tres semanas para decidir. —Iban a ser tres semanas eternas para él.

Comieron juntos el miércoles de esa semana y él parecía muy tenso. No había más que decir del tema, hasta que Valerie tomara su decisión. Para Jean-Philippe, la decisión estaba clara. Creía que debían irse por todas las razones que le había enumerado a Chantal la semana anterior. Hablaron de otras cosas, y él le contó que Valerie le había dicho que toda la prensa se hacía eco de las noticias sobre los gemelos de Gregorio y que estaban en un hospital de París, pues habían nacido de forma prematura y corrían peligro.

—Pobre Benedetta —dijo Chantal de corazón. A esas alturas ya sabía que nacieron la noche de la Cena Blanca, razón por la que él se había marchado pronto—. Me pregunto qué va a pasar. No sé si yo sería tan indulgente como ella.

—Puede que esta vez ella tampoco lo sea. Debe de ser una auténtica conmoción saber que ahora él tiene dos hijos con otra mientras que ella no puede tenerlos.

Benedetta nunca lo había ocultado y había compartido sus pesares, aunque se había reconciliado con ellos al cabo de los años. Pero ahora él tenía hijos y ella no, y ambos se preguntaban si eso haría que la chica rusa cobrara más relevancia en la vida de Gregorio. Benedetta había hecho la vista gorda a sus aventuras con anterioridad, y nunca habían durado mucho, pero aquello había adquirido una nueva dimensión. Chantal lo sentía por Benedetta y Jean-Philippe pensaba que Gregorio había sido un imbécil y que al final había ido demasiado lejos. No aprobaba sus aventuras y él siempre había sido fiel a su esposa, algo de lo que Gregorio parecía incapaz.

Después de comer, Chantal fue a la sección de alimentación de Bon Marché para comprar algunas de las cosas preferidas de Eric. Procuraba siempre llevarle la comida francesa que echaba de menos, pues decía que en Alemania vivía a base de salchichas y escalopes. Así que llenó una cesta con foie gras enlatado y diversos manjares, sus galletas favoritas, café francés y todo lo que sabía que le gustaba. Que ella se presentara en Berlín con una bolsa llena de delicias gastronómicas francesas era un gesto maternal que él siempre agradecía, y Bon Marché era el lugar perfecto para encontrarlo todo. Acababa de meter una caja de las galletas que más le gustaban en la cesta que llevaba colgada del brazo, cuando vio a un hombre mirándola desde el fondo del pasillo, donde estaba eligiendo varias marcas de té. Le resultaba familiar, pero no conseguía ubicarle, y siguió caminando.

Coincidieron de nuevo en la cola para pagar en caja y su rostro la obsesionó. No era capaz de decidir si se trataba solo de un desconocido al que había visto antes, posiblemente en Bon Marché, y que le era familiar, o si se habían conocido en algún lugar, lo cual parecía poco probable, pues de lo contrario se acordaría de él. Era guapo y debía de rondar los treinta y muchos años. Vestía pantalón vaquero, zapatos de ante y un jersey negro. Estaba detrás de ella en la cola, y después de que se olvidara de él y lo expulsara de su mente, oyó una voz masculina en su oído.

—¿Aún no has conseguido tu deseo?

Chantal se volvió para mirarle cuando lo dijo y esa vez se percató de quién era. Se trataba del hombre que había llevado los preciosos farolillos de papel a la Cena Blanca y que había sostenido uno con ella al tiempo que le decía que pidiera un deseo. Sonrió al reconocerle y comprender dónde se habían visto antes.

—Aún no. Puede que tarde un poco —dijo con naturalidad.

Él también estaba sonriendo.

—Ah, es uno de esos deseos. Parece que la espera merece la pena. —Ella asintió y él echó un vistazo a su cesta, impresionado por el surtido de manjares que había elegido. La cesta pesaba—. Parece que vas a dar una buena fiesta. —Había añadido un par de botellas de vino tinto, lo que aumentaba el peso y el aspecto festivo.

—Voy a llevárselo a mi hijo a Berlín.

—Un chico con suerte. Tiene buen gusto y una madre encantadora —dijo, fijándose en el foie gras y en el vino.

—Es un artista muerto de hambre y se harta de salchichas y cerveza. —Él rió su gracia y entonces le tocó pagar a Chantal. Cuando terminó de firmar el recibo, se volvió hacia el hombre en el momento en que se marchaba—. Gracias de nuevo por el deseo y por el precioso farolillo. Nos alegraste la noche.

Le brindó una sonrisa y se fijó en que tenía los ojos de color castaño oscuro y que la miraban fijamente. Había algo muy poderoso en su mirada y tuvo la sensación de que la recorría una descarga eléctrica. Recordó que también se había fijado en sus ojos en la Cena Blanca, cuando le ofreció el farolillo y le dijo que pidiera un deseo. Su tono traslucía un matiz apremiante entonces, antes de que el farolillo se elevara, y su expresión era igual de penetrante que ahora. Tenía un rostro serio y muy atractivo.

—Me alegra que disfrutaras. Yo también disfruté. Espero que se cumpla tu deseo. Y que lo pases bien con tu hijo.

—Gracias —dijo Chantal, y se marchó.

Pensó en él durante un minuto y en lo atractivo que era, y después lo olvidó, regresó a su apartamento y guardó la comida para Eric en su maleta. Estaba deseando verle. Había pasado mucho tiempo. Esperar cuatro meses para ver a su hijo pequeño le parecía una eternidad. Siempre era así. El gran lapso que transcurría desde que veía a sus hijos hasta que volvía a verlos era una de las razones por las que trabajaba tanto. Disfrutaba escribiendo, pero además llenaba su vida con las personas ficticias sobre las que escribía, que se volvían reales para ella mientras las creaba. Escribir obras y guiones para documentales esporádicos sobre temas que eran importantes para ella colmaba su vida y el resultado era excelente. Ponía el corazón y el alma en todo lo que hacía; en sus escritos; en sus amistades; y en sus hijos, cuando se lo permitían. Estaba impaciente por ver a Eric en Berlín.

4

Ahora, cuando Valerie volvía a casa de trabajar por la noche, podía cortar con un cuchillo la tensión que se respiraba en el apartamento. Apenas había hablado con Jean-Philippe desde que le había contado lo de Pekín. Cenaban juntos después de acostar a los niños y, a diferencia de las conversaciones de las que solían disfrutar al final de sus jornadas laborales, ahora ella no decía una sola palabra. Jean-Philippe tenía la sensación de que le estaba castigando, pero Valerie decía que solo necesitaba tiempo para pensar. Y mientras tanto no quería hablar de ello con él. Conocía todos los pros y los contras. Pero su reflexión para tomar la decisión había hecho que se excluyeran todos los demás temas o conversaciones.

Sus hijos eran demasiado pequeños para entender el ambiente enrarecido, pero de forma instintiva percibían la tensión que había entre sus padres. Y su decisión final afectaría a los niños de manera inevitable. A Valerie no le parecía idóneo que los niños occidentales crecieran en Pekín. Como mínimo, la polución era espantosa, las condiciones de vida complicadas y la mayoría de los occidentales no se llevaban a sus hijos pequeños a Pekín. Los suyos tenían cinco, tres y dos años. Hasta le preocupaba la asistencia médica para ellos allí y el riesgo de enfermedades. No se trataba solo de renunciar a su trabajo y del impacto sobre su carrera, tal vez de forma permanente, sino también de sus hijos. Jean-Philippe insistía en que otras familias se mudaban allí y que ampliaría los horizontes de sus hijos a una edad temprana, lo cual podría ser bueno para ellos.

Pero para ella no era menos cierto que el mundo de la moda era un ambiente despiadado y que no lo tendría fácil para volver a entrar en él al cabo de tres o cinco años. Era posible que todo terminara para ella y no estaba lista para renunciar a eso. A veces se preguntaba cómo Jean-Philippe podía considerarlo siquiera. Y aunque se esforzaba, no podía evitar estar furiosa con él por querer poner su vida patas arriba.

Él intentó hablar de ello varias veces después de su primera conversación, y ella se negó.

—¿Por qué no podemos discutirlo al menos? —preguntó, suplicándoselo.

—Porque no quiero. No quiero que me presiones ni intentes influenciarme de ningún modo. Necesito pensarlo sin que me presiones.

Se había mostrado irritable con él desde que surgió el tema, algo que no era propio de ella.

—No voy a presionarte ni a obligarte a que vayas —dijo con sensatez, pero ella no quería oírlo y no le creía. Sabía lo que él quería. Deseaba aceptar la oferta de Pekín. Lo había dejado claro—. También es tu decisión.

—¿Lo es? —Se volvió hacia él en mitad de la cena, echando fuego por los ojos, y dejó el tenedor—. ¿O solo quieres que diga que no pasa nada para que no pueda culparte por destruir mi carrera? Esta decisión no es mía, Jean-Philippe. Me has planteado una decisión imposible. Ir contigo a un lugar que todos vamos a odiar y mandar mi carrera a la mierda o quedarme y que me odies para siempre por la oportunidad que te arrebaté. Ganas más dinero que yo, así que imagino que al final tú tienes el voto decisivo. No creo que sea justo que me cargues a mí con toda la responsabilidad. Y ¿qué va a pasar cuando odiemos aquello, cuando los niños se pongan malos, yo no vuelva a conseguir otro trabajo o tú no ganes tanto dinero como creías? ¿Qué ocurrirá entonces?

—Volveremos a casa —dijo en voz queda.

—Puede que para entonces sea demasiado tarde para mí. ¿Por qué tengo que renunciar a eso? ¿Solo porque ganas más dinero que yo o porque eres un hombre?

—Lo haríamos por la familia, Valerie. Por nuestro futuro. Aquí no puedo ganar tanto dinero y es un gran paso para mí. —Era la verdad y ella también lo sabía—. Ahora es el momento; el mercado allí está en su punto álgido. Se puede ganar una fortuna.

—No necesitamos una fortuna —replicó ella con seriedad—. Estamos bien con lo que tenemos.

—Entonces puede que al final sea esa nuestra decisión. Solo quiero una oportunidad de ganar más y ahorrar un poco. Puede que algún día nos alegremos de tenerlo. Y no puedo ganar esa cantidad de dinero ni en Francia ni en Estados Unidos. —Aunque nunca había pensado en trabajar allí. Estaban bien arraigados en Francia y les encantaba.

—¿Por qué el dinero tiene que regir nuestra vida? Antes no eras así. Es una de las razones de que me guste esto. No se trata de ir solo a por el dinero; se trata de la calidad de vida. Y ¿qué calidad de vida tendremos en Pekín? No somos chinos. Es una cultura completamente diferente para todos nosotros y no es una ciudad fácil. Lo dice todo el mundo. ¿Estás dispuesto a sacrificar todo eso por el dinero que vas a ganar? Yo no estoy segura de estar dispuesta a hacerlo.

—Pues no iremos —repuso, abatido.

Se sentía derrotado por sus argumentos y era muy consciente de los aspectos negativos, sobre todo los referentes a sus hijos, y no podía negarlo. No quería mentirle. Comprendía que había muchas posibilidades de que detestaran aquello y, en el mejor de los casos, incluso tres años era mucho tiempo.

Valerie siguió trabajando en su ordenador cuando él se fue

a acostarse y apenas le dio las buenas noches. Hacía días que no le había besado y de la noche a la mañana se había convertido en una mujer furiosa, dispuesta a echarle la culpa de todo. Nunca había sido así. Pero tenía la sensación de que su vida entera estaba en peligro y también le preocupaba su matrimonio. ¿Qué ocurriría si eran infelices allí y se pasaban todo el tiempo peleando? Nada de lo que Pekín ofrecía le atraía, pero Jean-Philippe lo deseaba con desesperación. Valerie lo sabía. Y aquello había iniciado entre ellos una guerra que lo contaminaba todo. Ambos sentían que su mundo se estaba derrumbando. Habían pasado de ser aliados y los mejores amigos a ser enemigos al instante, algo que, tras siete años cómodos y felices, les era ajeno. Y fuera cual fuese el resultado, decidieran lo que decidiesen, uno de ellos iba a salir perdiendo, o incluso era posible que la familia entera.

Cuando Chantal se subió al avión rumbo a Berlín el viernes por la tarde solo podía pensar en la emoción de ver de nuevo a su hijo pequeño. Le llevaba la comida que adoraba, dos jerséis nuevos, que estaba segura de que le irían bien, ya que la última vez que le vio, todo lo que llevaba tenía agujeros, y varios libros que pensaba que le gustaría leer. Y cuando estaba allí siempre se fijaba en que había cosas en su apartamento que había que reemplazar. Se había llevado incluso un juego de herramientas para realizar pequeñas reparaciones. Eric nunca les prestaba atención ni se molestaba en hacerlo él. Era una madre para todo y sus hijos siempre le tomaban el pelo con eso. Eric era el único que lo agradecía y le encantaba que se preocupara por él. Era una lástima que el mundillo del arte en Berlín fuera más vanguardista que el de París y que a nivel profesional fuera más feliz allí. Sentía que por el bien de su arte tenía que estar en Berlín, lo cual era una pena para ella.

Su relación con Charlotte, su hija mediana, siempre había sido más difícil, y le gustaba que vivieran separadas por casi medio mundo. Y Paul se había enamorado de Estados Unidos cuando estudió en la escuela de cine de la Universidad del Sur de California y decidió quedarse, lo cual no le sorprendió. A sus treinta y un años, después de llevar trece allí, parecía más estadounidense que francés. Eric era su pequeño, un niño dulce que disfrutaba de su compañía, y era muy abierto con ella. Siempre se habían divertido juntos. Tenía solo tres años cuando falleció su padre y le había criado ella sola. Y era al que más echaba de menos. Había conservado aquella dulzura incluso siendo un hombre de veintiséis años y aún le parecía un muchacho.

Eric le dio un enorme abrazo cuando se reunió con ella en la zona de recogida de equipajes, y un amigo le había prestado una furgoneta para llevarla a su apartamento, pues siempre insistía en que se quedara allí. Le encantaba que se quedara con él y que desayunaran juntos por la mañana. En la actualidad ganaba suficiente con su arte para mantenerse, aunque ella le ayudaba de vez en cuando, pero no necesitaba mucho. Vivía en el distrito de Friedrichshain y pagaba un alquiler bastante bajo por un apartamento que parecía una choza, aunque a él le encantaba, y además había alquilado un estudio en el mismo edificio, en el que realizaba sus montajes. Seguían sin tener sentido para ella, pero había un mercado para su obra y estaba representado por una de las galerías conceptuales de vanguardia de Berlín. Estaba orgullosa de él, a pesar de que no comprendiera su obra. Pero admiraba su dedicación y lo mucho que significaba para él. Y le encantaba ver a sus amigos y su ambiente cuando estaba allí. Visitarle era siempre una aventura.

Cuando llegaron a su apartamento, Chantal le dio lo que había comprado en Bon Marché y él se quedó encantado. Abrió el foie gras de inmediato y ella le preparó una tostada en el viejo horno que nunca usaba. Con solo estar con él, escuchando sus historias, riéndose los dos juntos de las cosas y hablando del guión sobre la Segunda Guerra Mundial que estaba escribiendo, se sentía de nuevo como una madre. Hacía que se diera cuenta una vez más de lo mucho que le echaba de menos y lo vacía que estaba su vida sin ninguno de sus hijos en casa. Pero no podía volver a la época en que eran niños. Aquellos días habían terminado y solo podía disfrutar de ellos cuando los veía, cuando tenían tiempo para pasarlo con ella, aunque fuera con poca frecuencia y vivieran tan lejos.

Ser madre de hijos en edad adulta era todo un arte, que no le había resultado fácil. Al marcharse, habían dejado un enorme vacío en su vida, pero nunca se lo había dicho. No había razón para hacerlos sentir culpables por crecer, por muy difícil que fuera para ella. Dependía de ella reconciliarse con aquello y lo había hecho lo mejor que podía. Y ver a su hijo pequeño la alentaba durante semanas. Hacía que se sintiera bienvenida mientras estaba allí y parecía sinceramente contento de pasar tiempo con ella. Procuraba no trabajar cuando estaba con sus hijos para dedicarles toda su atención.

Aquella noche llevaron a cenar a Annaliese, su nueva novia. Era una chica dulce de Stuttgart, estudiante de arte, que adoraba a Eric. Era evidente que le consideraba un genio, y a Eric le avergonzaba un poco su desenfrenada adoración, pero se alegró de que a Chantal le cayera bien y pareciera aprobarla a pesar de sus muchos tatuajes y los piercings faciales. Chantal ya estaba acostumbrada a esas pintas en muchos de sus amigos. La mujer simplemente daba las gracias por que él no tuviera ninguno.

Le resultaba curioso lo distintos que eran sus hijos. Charlotte era la más conservadora y siempre se había opuesto a los amigos de extraña apariencia dentro del mundo de las Bellas Artes de su hermano menor y a su estilo de vida. Incluso acusaba a su madre de ser bohemia y esperaba que se vistiera de manera formal para cenar cuando iba a verla a Hong Kong. Y Paul había adoptado todos los aspectos de la vida en Estados Unidos, incluyendo el culturismo y la obsesión por el gimnasio, y hacía años que era vegano. Siempre sermoneaba a su madre sobre su dieta y, cuando estaba en Los Ángeles, la llevaba al gimnasio con él para hacer cardio y pilates. A Jean-Philippe le contó que la última vez casi la había matado y le había advertido de las descabelladas modas que podían seguir sus hijos cuando crecieran. Pero se lo tomaba con deportividad y siempre suspiraba de alivio cuando volvía a casa y podía hacer lo que deseaba, comer lo que quisiera, vestirse como le viniera en gana e incluso fumar de vez en cuando si le apetecía. La única ventaja de vivir sola era que podía hacer lo que quisiera cuando le diera la gana, pero era una compensación muy pequeña por ver tan poco a sus hijos.

Cuando Chantal se fue de Berlín el domingo por la noche, había llenado la nevera de Eric, cambiado todas las bombillas fundidas de su apartamento, limpiado lo mejor que había podido, reparado dos estanterías de su estudio con su juego de herramientas, reemplazado una lámpara estropeada, le había llevado a sus restaurantes preferidos a tomar abundante comida y pasado tiempo suficiente con su nueva novia para conocerla al menos de manera superficial. El sábado habían ido todos al Museo Contemporáneo de Berlín, que era uno de los sitios favoritos de Chantal, y Eric y Annaliese también lo disfrutaron.

Le abrazó con fuerza cuando se despidió de él en el aeropuerto y reprimió las lágrimas para que no se diera cuenta de lo mucho que iba a echarle de menos en los próximos días. El tiempo que habían pasado juntos había sido inestimable, como siempre, y se subió al avión rumbo a París con el corazón lleno de pesar.

Cuando despegó el avión, vio con abatimiento cómo Berlín se hacía más pequeño a través de la ventanilla, y todavía la invadía la tristeza por haber dejado a Eric cuando aterrizó en París y fue a recoger su equipaje. Debido al juego de herramientas, pesaba una tonelada, pero se alegraba de haberlo llevado. Siempre le daba buen uso cuando iba a visitarle. Y le había hecho docenas de fotos con su móvil, que imprimiría, enmarcaría y repartiría por su sala de estar cuando llegara a casa. Lo hacía siempre después de visitar a uno de sus hijos, como si quisiera demostrarse que aún existían, pese a que ya no los viera todos los días.

Estaba sacando como podía su maleta de la cinta transportadora del aeropuerto, cuando tropezó con alguien a su espalda. Se volvió para disculparse y se encontró cara a cara con el hombre que había llevado los farolillos de papel y que había visto en Bon Marché cuando compraba la comida para llevarle a Eric a Berlín. Él pareció igualmente sorprendido de verla y se ofreció a llevar su maleta, al menos hasta que encontrara su coche.

—No, de verdad que estoy bien. Me las puedo apañar. —Pesaba tanto que él apenas podía levantarla y ella no quería decirle que llevaba un juego de herramientas dentro—. Pero gracias.

—No te preocupes. La acercaré a la acera. Yo voy sin equipaje. —Solo llevaba un maletín y vestía un traje de aspecto impecable. Ella viajaba en vaqueros y con un jersey, que era lo único que necesitaba cuando iba a Berlín a ver a Eric—. ¿Has visto a tu hijo? —preguntó de manera cordial mientras cargaba con su maleta, y ella se disculpó de nuevo por lo pesada que era.

—Pues sí. De ahí vengo.

—¿Le ha gustado la comida que le llevaste? —Esbozó una sonrisa al recordar el foie gras—. Mi madre nunca me compraba cosas así. Es un chico con suerte. —Imaginaba que su hijo era estudiante, pues Chantal no se veía muy mayor—. ¿Qué te has traído tú? —preguntó con aire bromista—. ¿Un juego de bolos?

Ella se echó a reír y pareció avergonzada.

—Mi juego de herramientas. Siempre hay cosas que arreglar en su apartamento.

De repente él pareció conmovido. Aquello le daba una idea

de la clase de madre que era y cuánto debía de echar de menos a su hijo, que vivía en Berlín.

—Puedes pasar por mi casa cuando quieras. ¿Se te da bien?

—Mucho —respondió ella con orgullo.

—Me llamo Xavier Thomas, por cierto —dijo, presentándose a la vez que le tendía la mano cuando llegó a la acera y dejó su maleta.

—Chantal Giverny —repuso ella al estrecharse la mano.

—¿Dónde vives? —preguntó él de manera educada.

—En el número seis de la calle Bonaparte.

—No vivo lejos de ti. ¿Por qué no compartimos taxi? —Ella vaciló un segundo y luego asintió. Qué curioso que hubiera vuelto a tropezarse con él. Él tenía una explicación para aquello que le contó en el taxi—. Creo que el destino tiene algo que ver. Cuando te encuentras con alguien de forma casual tres veces significa algo. La primera en la Cena Blanca. Había siete mil cuatrocientas personas allí esa noche. Podrías haberte sentado a cualquier mesa y no nos habríamos conocido. En cambio, estabas en la que se encontraba al lado de la mía. Luego en la sección de alimentación de Bon Marché y ahora en el aeropuerto. Mi vuelo desde Madrid ha llegado dos horas tarde. Si lo hubiera hecho a tiempo, no nos habríamos visto. Pero aquí estamos, lo que es una suerte para ti porque no sé cómo habrías cargado con esa maleta tan pesada. —Ella rió—. Así que está claro que teníamos que encontrarnos de nuevo. Por respeto a eso y a las fuerzas que nos han unido, ¿quieres cenar conmigo esta noche? Conozco un pequeño restaurante que me gusta y al que suelo ir a comer.

Xavier dijo el nombre del lugar donde a menudo ella quedaba con Jean-Philippe. Chantal también lo frecuentaba. Su mundo parecía estar lleno de coincidencias. Estaba a punto de decirle que estaba cansada y quería irse a casa, pero pensó que por qué no. Parecía encantador. ¿Por qué no cenar con él? Era joven y sin duda no intentaba seducirla, solo ser amable. Y tenía una larga noche por delante sin Eric. Siempre le deprimía volver a casa, a su silencioso y vacío apartamento, después de ver a sus hijos.

—De acuerdo.

Él esbozó una sonrisa y pareció satisfecho.

—Pero antes vamos a dejar tu maleta. Sería una lata cargar con ella desde el restaurante después de cenar, aunque supondría un buen ejercicio. Espero que tu hijo la llevara por ti en Berlín.

—Pues sí. Es un buen chico. —Sonrió con orgullo.

Llegaron a su edificio poco después y ella subió la maleta en el ascensor mientras él esperaba abajo. Regresó al cabo de un momento, tras entretenerse el tiempo necesario para cepillarse el pelo y aplicarse un poco de carmín en los labios. Comparado con el elegante traje de negocios de Xavier, consideraba que estaba hecha un desastre. De camino al restaurante él le contó que había estado visitando a un cliente en Madrid y que había estado solo ese día. Dijo que era abogado especializado en derechos y propiedad intelectual en el ámbito internacional. Había ido a ver a un escritor francés que vivía en España y que era un antiguo cliente. Y Chantal le dijo que era guionista y que escribía guiones para documentales y guiones de ficción para el cine.

—Ya me parecía que me sonaba tu nombre —dijo él cuando llegaron al restaurante y pidió una mesa en la terraza. Estaba al lado de la mesa que Jean-Philippe y ella solían ocupar y el propietario la reconoció a ella y también a Xavier—. ¿Vienes a menudo? —le preguntó cuando se sentaron, y dejó el maletín debajo de la mesa mientras ella asentía—. Yo también. Puede que nos hayamos visto aquí antes.

Era posible y Chantal se preguntó si estaría en lo cierto y sus caminos estaban destinados a cruzarse. Le parecía una agradable coincidencia.

Él le preguntó primero por sus hijos y Chantal le habló de ellos. Más tarde inquirió sobre su trabajo en más profundidad. Estaba familiarizado con sus películas y había visto varias de ellas y sus dos documentales premiados, que le habían impresionado mucho. Parecía una persona tranquila e interesante que no estaba pagada de sí mismo, y disfrutaba de su compañía. Y ella también le preguntó por su trabajo. Él quiso saber si estaba casada y Chantal le respondió que había enviudado cuando sus hijos eran pequeños y no había vuelto a casarse. Y Xavier le confesó que él nunca se había casado. Sin que le preguntara, le contó que había vivido siete años con una mujer y que habían roto el año anterior.

—No pasó nada dramático; no hubo ninguna historia trágica. No se largó con mi mejor amigo. Los dos trabajábamos duro y nos fuimos distanciando. Cuando empezamos a aburrirnos el uno del otro acordamos que era el momento de un cambio. Aún nos llevamos bien. La relación simplemente se agotó.

—Fuisteis lo bastante sensatos para reconocerlo, algo que mucha gente no hace. Siguen juntos y se odian durante años.

—No quería llegar a ese punto —dijo con serenidad—. De esta forma seguimos siendo amigos. Fue lo mejor. Ahora está locamente enamorada de un tipo al que conoció hace seis meses. Creo que van a casarse. Ella tiene treinta y siete y está deseando tener hijos. Esa fue siempre una importante discrepancia entre nosotros. Yo no estoy seguro de creer en el matrimonio y sí lo estoy de no querer hijos.

—Puede que algún día cambies de opinión —dijo ella con tono maternal.

Él sonrió.

—Tengo treinta y ocho años y supongo que si hubiese querido tenerlos, casi con seguridad ya los habría tenido. Se lo dije al principio. Creo que pensaba que me haría cambiar de opinión. No fue así. Y su reloj biológico sonaba con fuerza cuando se marchó; otra buena razón para que termináramos cuando lo hicimos. No quería fastidiar sus posibilidades de tener hijos, si era eso lo que de verdad deseaba.

—Parecía una persona justa, sensata y pragmática—. Nunca he querido ser padre. Prefiero dedicar el tiempo y el esfuerzo a mi relación con una mujer a la que ame. De todas formas, los niños no se quedan para siempre. Así que vuelcas todo tu amor y tu tiempo en ellos y luego echan a volar. Con suerte, la mujer adecuada se quedará.

—Es muy sensato por tu parte —repuso Chantal, sonriendo—. A mí nadie me lo explicó y he terminado con unos hijos que viven repartidos por el mundo. Ellos lo pasan genial, pero yo apenas los veo, lo cual no me resulta nada divertido. Viven en Berlín, Hong Kong y Los Ángeles.

—Debes de haber hecho un buen trabajo con ellos para que tengan la suficiente confianza en sí mismos para desplegar las alas así.

Qué comentario tan interesante por su parte. Jean-Philippe siempre le decía lo mismo.

—O los he espantado lo más lejos posible —replicó, riendo, pero él dudaba que fuera así.

Chantal parecía buena persona y se veía que quería a sus hijos solo por cómo hablaba de ellos. Parecía que los aceptaba tal y como eran, no por cómo esperaba que fueran, algo que le impresionó.

—Mi abuelo y mi padre eran abogados, así que confiaban en que mi hermano y yo también lo fuéramos. Mi hermano se hizo músico, así que yo me sentí todavía más obligado a continuar con la tradición, y aquí estoy, volando a Madrid en domingo para ver a un cliente. Pero al menos me gusta el trabajo que hago. Quería ser abogado criminalista, pero salvo por algún crimen relevante de vez en cuando, era algo tedioso y muy poco interesante, así que me dediqué al tema de la propiedad intelectual y me encantan mis clientes. No me uní al bufete de mi padre. Se dedicaba al derecho fiscal y cerró cuando se jubiló. Me habría aburrido como una ostra. Da la impresión de que tus hijos tienen trabajos interesantes.

—Así es. Mientras crecían les decía que persiguieran sus

sueños. Me creyeron, así que lo hicieron. Banquera, cineasta y artista. —Sonrió mientras lo decía.

Xavier vio lo orgullosa que estaba de ellos.

—En vez de obligarlos a asumir un trabajo que odiaran, les hiciste un magnífico regalo.

—La vida es demasiado larga para hacer algo con lo que no disfrutas. —Era un punto de vista interesante—. Yo empecé siendo periodista y lo detestaba. Tardé un tiempo en descubrir que me encantaba escribir. Me resultó especialmente duro cuando perdí a mi marido y tuve que ganarme la vida escribiendo. Durante una época tuve miedo, pero todo salió bien. Me divierto mucho haciéndolo.

—Y eres buena —comentó él.

Charlaron de forma animada durante toda la cena y eran pasadas las once cuando por fin Xavier la acompañó a su casa, recorriendo a pie la corta distancia hasta su apartamento.

—Me encantaría comer contigo alguna vez o cenar de nuevo, si te parece bien —dijo con esperanza.

Chantal no supo distinguir si solo estaba siendo amable o si le interesaba como mujer, algo que le parecía poco probable teniendo en cuenta la diferencia de edad. Él no se lo había preguntado, pero era evidente por la edad de sus hijos. Y resultaba obvio que era considerablemente mayor que él. De hecho, se llevaban diecisiete años, aunque no lo pareciera. Pero le halagó que quisiera quedar con ella y no había razón alguna para que no pudieran ser amigos. No solía cenar con desconocidos, pero sus caminos se habían cruzado lo bastante a menudo para que se sintiera cómoda quedando con él, sobre todo después de conocerse en la Cena Blanca.

—Me encantaría. —Le brindó una sonrisa natural.

Él le entregó su tarjeta de visita y le dijo que le llamara o mandara un mensaje para que tuviera su número.

—Repitamos pronto —repuso, sonriéndole—, para que no tengamos que seguir viéndonos en supermercados ni aeropuertos. —Ella se echó a reír. Había sido una velada tranquila y agradable—. Y desde luego no quiero esperar hasta la Cena Blanca del año que viene.

—Yo tampoco —confirmó ella—, aunque espero que vengas y traigas más farolillos y te sientes cerca de nosotros otra vez. Nos alegraste la velada.

—Tú también me la alegraste a mí —adujo él.

De repente clavó sus intrigantes y oscuros ojos castaños en los de ella. Ahí había algo más que amistad. De pronto Chantal sintió una descarga eléctrica y se dijo que lo había imaginado. Xavier tenía unos ojos muy expresivos y una actitud muy masculina. La mirada que le había lanzado no había tenido nada que ver con su diferencia de edad ni con las afectuosas miradas fraternales y amistosas de Jean-Philippe. Xavier Thomas era un hombre hablando con una mujer, sin importar la edad que ella tuviera. Chantal se preguntó si era un mujeriego, aunque no lo parecía. Carecía por completo de esa conducta frívola de Gregorio. Xavier simplemente se mostraba franco y honesto y dejaba muy claro que le gustaba, y eso era algo que le atraía de él. Parecía muy sincero y tenía el presentimiento de que a Jean-Philippe le caería bien, lo cual era importante para ella, ya que respetaba su opinión. Tal vez pudieran comer los tres juntos algún día.

Le dio las gracias de nuevo por la cena cuando la dejó junto a su edificio y agitó la mano para despedirse mientras tecleaba el código de la puerta. Acto seguido atravesó la puerta exterior y desapareció. Xavier sonrió durante todo el camino de vuelta hasta su apartamento.

5

Los días posteriores a la Cena Blanca en París, una vez que Benedetta regresó a Milán, fueron peores de lo que había temido. Alguien había informado a la prensa de que los bebés de Gregorio habían nacido y los paparazzi acamparon frente al hospital, con la esperanza de divisarle a él, a Anya o a los niños, que luchaban por su vida en las incubadoras. Y cuando el hospital se negó a contestar a sus preguntas y a darles información, acosaron a Benedetta en Milán, fotografiándola cuando iba y venía del trabajo a su casa y viceversa. Hasta el momento, todo cuanto habían conseguido era una fotografía de Gregorio entrando en el hotel George V, con expresión sombría, después de ir a por ropa. De lo contrario no habría dejado a Anya ni el hospital. El hospital les había procurado una habitación en la zona de maternidad, donde prácticamente estaban viviendo, y pasaban todas las horas en la unidad de cuidados intensivos de neonatología con los bebés, observando los procedimientos a los que los sometían y viéndolos abrir y cerrar sus diminutas manitas y encoger los deditos. Ambos gemelos seguían teniendo insuficiencia pulmonar y problemas cardíacos, y estaban en constante peligro. De modo que al enfrentarse a la posibilidad de perder a uno o a los dos, Anya había madurado de la noche a la mañana. Se sentaba con aire serio, hacía guardia, rezaba por sus pequeños en la capilla del hospital a altas horas de la noche, pasaba las horas de visita, con Gregorio siempre a su lado. Se había convertido en el padre devoto que nunca había sido y en el devoto marido que debería haber sido con su esposa. Y el calvario que estaban viviendo le unía cada día más a Anya. Todavía planeaba volver con Benedetta, pero no tenía ni idea de cuándo, y dado el constante terror al que se enfrentaban, no se lo había mencionado a Anya.

Intentó llamar a Benedetta con más frecuencia que al principio, pero cada día traía un nuevo problema que encarar, otro obstáculo que debían superar los bebés. Habían puesto a los gemelos los nombres de Claudia y Antonio, y Gregorio se había empeñado en que los bautizara el capellán del hospital, cosa que también descubrió la prensa. Benedetta se sintió asqueada al leerlo. Gregorio tenía otra vida aparte de ella, con dos hijos y una mujer, y eso jamás tendría que haber pasado. Y cuando la llamaba solo hablaba de Anya y de los bebés, pues como estaba aislado en el hospital de París, eran las únicas personas en su universo. Benedetta acabó temiendo sus llamadas, y sin embargo él le prometía una y otra vez que volvería con ella en cuanto pudiera, que ahora había pasado a ser un futuro lejano, seguramente al cabo de meses. Estaba siendo responsable con Anya y con los bebés, algo que cualquiera consideraría noble por su parte, pero tenía una esposa en Milán, a la que afirmaba amar y que decía que no quería perder.

Y entretanto Benedetta tenía que lidiar con la empresa, con las familias de ambos y con los paparazzi que la acosaban en Milán. La prensa continuaba persiguiéndola semanas después de que hubieran nacido los gemelos, y dado que no podían hacerle fotos a Gregorio, a Anya ni a los bebés, se las hacían a ella, con cara afligida.

La familia de Gregorio se enfadaba tanto como la de ella cuando leían las historias. El padre de él estaba furioso con su hijo y su madre llamaba a Benedetta todos los días porque quería saber cuándo volvería él a casa, y lo único que ella podía responder era que no tenía ni idea. El estado de los niños era ligeramente mejor que al nacer, pero era demasiado pronto para saber si vivirían, o la gravedad de los daños si conseguían salir adelante. La madre de Gregorio lloraba a todas horas al teléfono por la deshonra y la vergüenza de todos y, para colmo de males, Benedetta tenía que consolarla. Su propia madre decía que no quería volver a ver a Gregorio y que los había traicionado a todos.

Benedetta estaba tan ocupada bregando con cada uno de ellos que apenas disponía de tiempo para pensar. Y tenían que ocuparse de una crisis laboral tras otra. Habían tenido un problema en las fábricas con una remesa de seda, que había afectado a cientos de prendas que tenían que producir. Uno de sus principales proveedores sufrió un incendio en China que destruyó tres fábricas, lo que entrañó que no pudieran cumplir con un importante pedido para Estados Unidos. Y debido a una huelga portuaria en Italia, tenían mercancía retenida en el mar.

La vida de Benedetta se había convertido en una interminable serie de calvarios y problemas que no podía solucionar. Ella era la jefa de su equipo de diseño, pero con Gregorio en París, y sin poder contactar con él, tenía que asumir también su trabajo y tomar todas las decisiones laborales complicadas de las que solía ocuparse él. Hasta el momento, habían sido un equipo. Uno de los hermanos de Gregorio intentó ayudarla, pero debía encargarse de los problemas en las fábricas y no podía asumir también el papel de este. A pesar de la falta de responsabilidad en su vida privada, Gregorio era muy bueno para los negocios y siempre podía corregir cualquier desastre antes de que ocurriera. Pero esa vez no. Cuando Valerie la llamó a finales de junio, Benedetta tenía la sensación de que se la había tragado un tsunami. No le preguntó los detalles, solo quería que supiera que se acordaba de ella y que sentía mucho todo lo que había pasado. Y había oído algo sobre sus problemas en las fábricas, pero tampoco comentó nada de eso. Imaginaba que Benedetta ya tenía más que suficiente sin que sus amigos preguntaran.

—Solo quería decirte que te queremos y que llegará el momento en que esto quede atrás y parezca solo un mal sueño. —Era lo único que se le ocurría decir para apoyar a su amiga.

—Es una pesadilla —reconoció Benedetta con voz quebrada un día especialmente malo. Un buque portacontenedores que transportaba mercancía que necesitaban con desesperación se había hundido en una tormenta frente a la costa de China. Aquello se estaba convirtiendo en una letanía de catástrofes y todas le caían encima a ella—. Todo lo que puede salir mal, sale mal, y mientras tanto él está en París, sentadito con esa chica y sus bebés, y ni siquiera podemos llamarle. No quiere que le molesten. Es una locura.

La situación era surrealista y daba la impresión de que Benedetta había llegado al límite. Por primera vez en veinte años sentía que ya no tenía marido. La había engañado en otras ocasiones y lo habían superado, pero la cosa nunca había alcanzado proporciones tan épicas. Los bebés lo habían cambiado todo, principalmente debido a las críticas circunstancias en que habían nacido.

—¿Ha dicho cuándo va a poder volver a casa? —preguntó Valerie con tacto.

Imaginaba que aún pensaba hacerlo. No podía ser tan imbécil como para abandonar a su esposa por una modelo rusa de veintitrés años, con o sin gemelos. Gregorio no se comportaba bien, pero no era tonto, y los negocios de sus respectivas familias estaban tan interrelacionados que no habría forma de disolver una alianza con más de un siglo de existencia. Hacerlo podría destruir sus empresas y a sus familias, y nadie quería eso.

—Solo dice que no puede dejar a Anya sola en París y que no tiene a nadie que se quede con ella. Siguen sin saber si los bebés sobrevivirán. Como han sido tan prematuros, tienen problemas de corazón y de pulmón. Cuando me llama, no habla de otra cosa. Actúa como si fueran nuestros bebés y le importa una mierda la empresa.

—Ojalá pudiera ayudarte. Tienes que aguantar. Tarde o temprano volverá y recobrará la sensatez, y entonces podréis solucionarlo.

—No dejo de repetirme eso. Pero ¿quién sabe lo loco que está ahora? No dice nada coherente.

Benedetta parecía abrumada.

—Procura mantener la calma todo lo posible —repuso Valerie con delicadeza.

—Lo intento, pero no es fácil —respondió Benedetta con un suspiro—. Hace semanas que no duermo. Me paso las noches en vela, preocupada. —Y además del negocio que estaba dirigiendo en su ausencia, tenía las mismas preocupaciones que cualquier mujer cuyo marido acabara de tener gemelos con una chica casi veinte años más joven que ella—. ¿Qué hay de ti? ¿Va todo bien por París?

Suponía que sí. Valerie y Jean-Philippe tenían una vida muy organizada. Eran la pareja ideal, con tres hijos, buenos empleos, amigos maravillosos y una casa perfecta. Eran un modelo para todo el mundo y Benedetta los envidiaba. No se esperaba la respuesta que obtuvo.

—No exactamente. Estamos teniendo una crisis. Jean-Philippe tiene que tomar una decisión laboral muy importante y va a afectar también a mi carrera. O a nuestro matrimonio. Aún no lo sé. Puede que a ambas cosas.

Benedetta se sorprendió de oír eso.

—Lo siento. ¿Hay algo que yo pueda hacer para ayudar?

—No, tenemos que solucionarlo nosotros solos. Es el primer problema de verdad al que nos enfrentamos.

Benedetta había pasado muchos malos momentos con Gregorio y estaba preocupada por Valerie, pero tenía fe en que Jean-Philippe mantuviera la cabeza fría.

—Es un buen hombre. Al final hará lo correcto. Tengo fe en vosotros —dijo Benedetta con afecto.

—Ojalá yo pudiera decir lo mismo. No sé de dónde sopla el viento en esto. Y ya nos está pasando factura. Pero no te he llamado para quejarme de mis problemas. Solo quería que supieras que pienso en ti y que Jean-Philippe y yo te enviamos nuestro amor.

—Resulta muy humillante que todo el mundo esté al tanto de este asunto. Me siento estúpida —adujo, casi al borde de las lágrimas una vez más.

—No eres estúpida. Él lo es, por meterse en este lío.

—Parezco imbécil por aguantarlo. Solo quiero que las cosas vuelvan a ser como antes. Ni siquiera sé cuándo le veré otra vez o cuándo va a venir a casa.

—No durará eternamente. Todo volverá a su cauce y la gente acabará por olvidarlo.

Valerie no estaba muy segura de que eso fuera cierto, dado lo escandaloso de la situación, pero le parecía que era lo que tenía que decir.

—Gracias por llamar. Significa mucho para mí, y siento que Jean-Philippe y tú también tengáis problemas. Rezaré por vosotros.

—Gracias —repuso Valerie con lágrimas en los ojos.

Cuando colgaron, ambas se limpiaron las lágrimas. Los hombres de sus vidas les estaban causando una pena considerable. Incluso Jean-Philippe, que solía ser el padre y el marido perfecto, había desestabilizado su vida y estaba disgustando a Valerie.

Y a primeros de julio, a Benedetta se le presentó una decisión menos importante. Se suponía que tenían que ir a Cerdeña con unos amigos a la semana siguiente y no sabía si ir o no. Se lo preguntó a Gregorio cuando llamó.

—¿Cómo esperas que piense en unas vacaciones en un momento así? ¿Cómo se te ocurre preguntar siquiera? Hoy se le ha parado el corazón a mi hijo durante varios segundos y han tenido que practicarle un masaje cardíaco para reanimarlo. ¿Crees que me importa una mierda nuestras vacaciones en Cerdeña en el barco de Flavia y Francesco? —Parecía encolerizado y fuera de sus cabales.

Benedetta rompió a llorar al otro lado del teléfono.

—¿Hablas en serio? He estado viviendo esta pesadilla contigo. Estoy dirigiendo la empresa y bregando con huelgas portuarias, desastres en las fábricas y un incendio en las plantas de China, los puñeteros paparazzi que no me dejan ni a sol ni a sombra por culpa de tu zorra y tú, ¿y actúas como un padre indignado cuando te pregunto por nuestras vacaciones? ¿Por qué no te quedas ahí con ella? De todos modos ya lo estás. Da igual, no te preocupes por Cerdeña. Lo decidiré yo sola.

Y después de eso, le colgó el teléfono, y él la llamó al instante y se disculpó por lo que había dicho.

—La situación aquí es terrible. Deberías verlos; son diminutos, parece que van a poder sobrevivir y Anya no está capacitada para enfrentarse a ello. Tengo que estar aquí por ella.

Y encima esperaba que su esposa lo entendiera y se compadeciera.

—Por supuesto —dijo Benedetta con voz apagada.

Ya no podía seguir escuchándole. Por un lado, se había convertido en un padre responsable y devoto al instante, y por otro quería que ella comprendiera lo preocupado que estaba por sus bebés y por la madre de estos, cosa que nada tenía que ver con ella, salvo por el hecho de que todos ellos estaban dirigiendo su vida.

—Creo que deberías ir a Porto Cervo con Flavia y con Francesco y relajarte. Y, con un poco de suerte, cuando regreses ya podré volver a casa, al menos una temporada.

—¿Estás planeando ir y venir a diario de su casa a la mía? —preguntó Benedetta con tono glacial.

—Desde luego que no. Y Anya y los bebés no podrán salir de París en meses. No podrán irse a casa hasta septiembre u octubre.

—Y ¿dónde piensas estar hasta entonces? —quiso saber Benedetta.

Él le respondió lo mismo de siempre:

—No lo sé. Vivo día a día.

—También yo. Y así no puedo dirigir un negocio ni mi vida. Tienes que decidir lo que vas a hacer, y pronto.

Estaba harta de que le dijera que los bebés estaban a las puertas de la muerte, como si eso le absolviera por lo que le estaba haciendo a ella. Y si iba a quedarse con Anya, quería saberlo.

Era la primera vez que se lo había dicho y Gregorio se sorprendió.

—¿Es una amenaza?

—No, es la realidad —dijo con tono sereno, pero había un matiz frío en él—. No podemos seguir así eternamente. No es justo para nadie. Se suponía que todo esto se iba a acabar cuando tuviera a tus hijos y le firmaras un jugoso cheque, y tú volverías a casa. Ahora las cosas son muy distintas. Es posible que tus hijos padezcan alguna incapacidad y que necesiten tu ayuda a largo plazo. Tú no pareces querer dejarla y le estás otorgando reconocimiento como madre de tus hijos. Ya no hay espacio para mí en esta historia.

No había esperado que todo saliera así y él tampoco. Pero Gregorio no había previsto lo que podría sucederles a los gemelos ni el vínculo que se forjaría entre Anya y él. En algún momento entre su nacimiento y las semanas que ambos estuvieron velando junto a las incubadoras había empezado a enamorarse de ella. Pero también amaba a Benedetta y habían vivido mucho juntos. No quería dejar a ninguna de las dos. No se lo dijo a Benedetta, pero hacía semanas que ella lo presentía. Ahora estaba unido a Anya de una forma que jamás imaginó. Anya y él eran compañeros mientras seguía fingiendo ante Benedetta que volvería a casa con ella. Estaba haciendo promesas a ambas que no podría cumplir. Solo podía estar con una, no con las dos. A Anya la consolaba diciéndole que todo iría bien y a Benedetta, que regresaría a casa y su matrimonio sobreviviría y volvería a ser como antes.

—Por supuesto que hay espacio para ti —le dijo a Benedetta con voz ronca—. Eres mi esposa.

—Eso se puede cambiar —dijo con frialdad—. No pienso seguir viviendo así durante mucho más tiempo.

—No tendrás que hacerlo. Solo te pido compasión hasta que sepamos qué va a pasar con los gemelos.

—Eso puede tardar meses.

Él también lo sabía. Benedetta había estado leyendo sobre bebés prematuros en internet y sabía mucho más que antes acerca de los peligros y de las cosas a las que tendrían que hacer frente después de nacer. Y era consciente de las discapacidades que podían sufrir si sobrevivían. Y entonces, ¿cómo iba Gregorio a dejar a Anya y a los niños?

—Iré a casa en cuanto pueda. Te lo prometo —le aseguró, serio por lo que le había dicho—. Ve a Cerdeña. Yo iré a casa después, aunque no me pueda quedar mucho tiempo.

Benedetta se sorprendió incluso a sí misma con lo que le dijo acto seguido:

—Si no puedes quedarte o no tienes intención de hacerlo, será mejor que no vengas a casa.

Y entonces le sorprendió de nuevo colgando el teléfono. La licencia que hasta el momento le había otorgado se había terminado. Era hora de que enmendara sus errores.

En París, Gregorio se quedó sentado, contemplando el teléfono, y a continuación regresó a la UCI, donde Anya estaba velando por sus dos hijos. Se volvió para mirarle cuando entró.

—¿La has llamado? —Sabía lo que ella quería decir y asintió—. ¿Cómo ha ido?

Anya trataba ahora a Benedetta como a un enemigo. Entrañaba una amenaza para su vida con él y el futuro que quería para sus gemelos. Y sabía que Benedetta tenía el poder de retenerle.

—Igual que siempre. Está muy disgustada. Y está dirigiendo el negocio ella sola.

Anya no era consciente de lo vasto que era su imperio y Gregorio no tenía ganas de compartir con ella esa información. Parecía nervioso cuando hablaba de su esposa y más aún cuando lo hacía Anya. Ninguna mujer estaba dispuesta a tolerar a otra mucho más joven, y él estaba atrapado en medio y dividido entre ambas.

—¿Se lo has dicho ya? —preguntó Anya con expresión severa.

—Todavía no. —Anya quería que dejara a Benedetta de manera definitiva—. No puedo decirle algo así por teléfono. Tengo que ir a Milán.

Y Anya no quería que la dejara ni cinco minutos. Le aterraba que ocurriera algo espantoso en su ausencia. Y ambos sabían que eso era posible, así que no se iba. En algunos aspectos, era como una niña y se había vuelto totalmente dependiente de él.

—Deberías ir en cuanto los niños estén más fuertes. Quiero que sepa que ya no eres suyo. Nos perteneces a nosotros.

Él no respondió. Tal vez se estuviera enamorando más de ella cada día, pero tampoco quería pertenecerle. Aún no estaba listo para establecer esa clase de compromiso y no estaba seguro de querer dejar a Benedetta, razón por la cual no le había mencionado nada. Estaba indeciso, debatiéndose entre dos decisiones agónicas, mientras ambas mujeres le exigían cosas y pensaban que tenían el derecho de hacerlo. Las únicas personas con las que estaba dispuesto a comprometerse en esos momentos eran los dos niños que luchaban por su vida. Lo que sentía por ellos era abrumador y había supuesto toda una sorpresa.

Benedetta llamó a sus amigos en Roma a la mañana siguiente y les dijo que iría a visitarlos a Porto Cervo como estaba planeado, pero que lo haría sola.

—¿Gregorio no viene? —preguntó Flavia con voz seria.

—No, no puede. —Ambas sabían por qué y Flavia no siguió preguntando—. A menos que prefieras que no vaya yo sola. No tengo por qué ir. —Se ofreció a librarlos del compromiso.

—No seas tonta; estaremos encantados de que te quedes con nosotros. Lo que pasa es que siento..., ya sabes... Sé que es un momento difícil. También debe de serlo para él. —Lo sentía por los dos. Hacía veinte años que eran amigos.

—Seguro que sí —repuso Benedetta con frialdad, molesta por la compasión hacia Gregorio, que estaba arruinando tantas vidas, sobre todo la suya.

Quedaron en que iría al cabo de una semana y se quedaría diez días. Tenían un yate precioso en el que salían todos los días y una bonita casa en la que Gregorio y ella se quedaban cada año. Aquella sería la primera vez que iba a ir sola.

Dharam la llamó dos días después y le dijo que tenía negocios en Roma. Esperaba poder ir a Milán y se sintió decepcionado cuando ella le dijo que no estaría allí, sino visitando a unos amigos en Cerdeña. Él vaciló un instante y acto seguido hizo una sugerencia:

—¿Podría ir a verte allí? Puedo quedarme en un hotel. Es una lástima que esté tan cerca y que no te vea, pero, claro, si te resulta incómodo, ya nos veremos en otra ocasión.

A Benedetta le pareció divertido cuando pensó en ello. Siempre que se alojara en un hotel, no causaría molestias a Flavia y a Francesco, y podía salir en el barco con ellos durante el día. Dharam dijo que solo podía quedarse unos días.

—Si a ti no te importa, creo que sería estupendo. Tienen un barco de vela maravilloso y podrías venir a navegar con nosotros durante el día. Y por la noche solemos salir por el puerto. Son viejos amigos y gente muy agradable.

Francesco provenía de una importante familia de banqueros y era de la edad de Dharam, así que creía que los dos hombres congeniarían. Y Flavia era una reputada joyera. Ambos tenían mucho estilo.

Comunicó a Dharam las fechas en que estaría en Cerdeña y él le envió un e-mail al día siguiente para confirmarle que iría a Porto Cervo el fin de semana y que había reservado habitación en el hotel Cala di Volpe. Le había preguntado qué tal iban las cosas con Gregorio y ella le dijo que nada había cambiado. En realidad no deseaba hablar de ello. La situación entre ambos era demasiado deprimente y todavía no había resuelto nada.

Tal y como había esperado, el tiempo que pasó en Cerdeña le hizo mucho bien. Flavia y Francesco fueron estupendos con ella y le encantó quedarse en su casa y salir en el barco todos los días. No cambió nada la situación con Gregorio, pero supuso un respiro y le dio perspectiva, y cuando llegó Dharam, lo pasaron de maravilla juntos. Francesco y él congeniaron tan bien como había imaginado. Solo la última noche de su estancia, mientras estaban sentados en la terraza de la casa de sus amigos, después de que estos se fueran a acostarse, Dharam le preguntó qué pensaba que iba a pasar con Gregorio. Notaba que se sentía atraído por ella, pero no había hecho nada que pusiera su amistad en peligro o la pusiera a ella en una situación embarazosa. Se daba cuenta de lo frágil que Benedetta se sentía.

—No lo sé —respondió con sinceridad—. Hace más de un mes que no le veo. No sé qué siente por esa chica. Sospecho que más que al principio. Lo percibo en su voz. Y parece estar tomándose la paternidad muy en serio. Puede que se quede con ella y tal vez deba hacerlo —dijo con tristeza, tratando de mostrarse serena.

—¿Qué quieres tú? —preguntó Dharam con delicadeza.

—Desearía que nada de esto hubiera pasado, pero ha pasado. No estoy segura de que podamos superarlo esta vez ni de que alguno de los dos quiera. Sabré más cuando le vea. Al menos eso espero. Me dijo que vendría a casa cuando volviera de Cerdeña. No estoy segura de que nuestro matrimonio se pueda salvar. Ni siquiera sé si le quiero como antes. Le quiero, pero todo ha cambiado.

—Mi mujer intentó volver conmigo cuando se terminó su aventura con el actor, pero para mí ya era demasiado tarde —dijo con voz serena—. Solo tú puedes saber lo que sientes. Y puede que aún sea un poco pronto. Esto ha sido una gran conmoción.

Sentía una profunda compasión por ella.

—Sí que lo ha sido —convino Benedetta mientras se miraban a los ojos.

Él le acercó una mano y asió la suya.

—Si las cosas entre los dos no funcionan me encantaría pasar tiempo contigo. No deseo que esto te influya si quieres seguir casada con él. Solo quiero que sepas que siento algo por ti. Pero si sigues con él, me conformaré con ser tu amigo.

No trató de besarla y sentía el más absoluto respeto por ella.

—Gracias —repuso ella con voz queda.

Se quedaron en silencio durante un rato, cogidos de la mano bajo la luz de la luna. Habían pasado un tiempo maravilloso con los amigos de Benedetta y a la mañana siguiente él se marchaba a Roma y de ahí volaría a Delhi en su avión privado.

—Siempre puedes llamarme si me necesitas —le dijo antes de regresar a su hotel.

Benedetta pensó en él durante toda esa noche. Desayunaron juntos a la mañana siguiente con Francesco y Flavia y luego le dio un casto beso en la mejilla a Benedetta y se marchó tras dar las gracias a sus anfitriones por acogerle en su barco de forma tan generosa. Les había causado una gran impresión y así se lo hicieron saber a Benedetta después de que él se fuera.

—Qué persona tan increíble.

No les cabía la menor duda de que a Dharam le habría gustado ser algo más que un amigo para Benedetta, pero era un caballero y no se pasó de la raya en ningún momento, lo cual era admirable por su parte. No quería complicar más su ya de por sí complicada situación, algo que era muy noble. Y Benedetta tenía que enfrentarse a Gregorio cuando volviera a casa. Se sentía aliviada de que Dharam no la hubiera presionado.

Gregorio llegó a Milán dos días después de que ella regresara y, tras hablar durante un rato, le prometió que dejaría a Anya en cuanto pudiera hacerlo de manera razonable. Esperaba que los gemelos estuvieran estables al cabo de otro mes, si mejoraban, y quería estar en casa, en Milán, a finales de verano.

—¿Ella ha accedido a eso? —le preguntó Benedetta sin rodeos—. No quiero más dramas cuando vuelvas.

—Tendrá que hacerlo —replicó Gregorio con seriedad, aunque aquello no era lo que le había prometido a Anya antes de volver.

Estar en Milán y ver a Benedetta, estar en su casa, le había abierto los ojos y le había hecho recapacitar. A pesar de su vínculo emocional con Anya y de los nuevos sentimientos por ella, quería volver con su esposa. Y cuando fueran más mayores, quería poder visitar a los gemelos. Pero se dio cuenta de que a pesar de lo mucho que Anya y él habían pasado, su relación no podía durar, pues ella era demasiado joven y no poseía la madurez de Benedetta. Al ver a Benedetta, con toda su dignidad y elegancia, supo que aquel era su lugar.

Se quedó dos días y después volvió a París. No quiso decirle a Anya lo que había decidido, ya habría tiempo para eso, y la noche que regresó al hospital ocurrió lo peor. El niño, que había luchado por su vida con tanto coraje, sufrió un derrame cerebral y no pudieron hacer nada. Entró en muerte cerebral tras el derrame. Gregorio y Anya estuvieron llorando junto a su incubadora, sintiéndose desamparados, cuando murió. Las enfermeras dejaron que le cogiera en brazos una última vez y luego se lo llevaron. Y ahora tenían que organizar el funeral. Era algo inimaginable. Gregorio envió un mensaje de texto a Benedetta aquella noche. No podría habérselo dicho por teléfono. Ella cerró los ojos y lloró al leerlo, preguntándose si aquella pesadilla terminaría algún día.

Gregorio se encargó personalmente de los preparativos para el funeral en el crematorio del cementerio Père Lachaise. Fue el peor momento de su vida, con el diminuto féretro con el cuerpo de Antonio en su interior, y Anya llorando como una histérica en sus brazos. Y luego hizo que le prometiera que jamás la dejaría. No tuvo valor para decirle que le había prometido a Benedetta que regresaría. No podía hacerle eso a Anya. Se quedaron toda la noche velando por su hija, rezando para que no le pasara lo mismo a ella. Era tan frágil como lo había sido su hermano. Gregorio dudaba que sobreviviera. Y Anya no hallaba consuelo por la pérdida de su hijo. Habría sido imposible y demasiado cruel decirle que él también iba a marcharse. Tenía que esperar al momento adecuado.

Después de eso, Anya se aferraba a él todo el tiempo y se dio cuenta de que no era lo bastante fuerte para sobrevivir si la abandonaba. Hablaba de suicidarse si su hija moría y por fin fue consciente de que la irresponsable aventura del año anterior se había convertido en una tragedia de tales dimensiones que ahora no había forma de escapar de ella. Tenía que quedarse con Anya, y Benedetta tendría que entenderlo. Quizá pudiera volver con ella algún día, pero no ahora. No quería tener las manos manchadas con la sangre de Anya. Esta poseía la misma vena dramática que sus compatriotas y un lado muy oscuro. Benedetta era sin duda la más fuerte de las dos y Anya le necesitaba más.

Y con el corazón encogido, Gregorio fue de nuevo a Milán, esa vez para decirle a Benedetta lo que ella había temido y que era todo lo contrario de lo que él le había prometido dos semanas antes. Se sentía un demente y un monstruo. Iba a dejar a Benedetta y no creía tener opción después de la muerte de su hijo y de las condiciones en que se encontraba

Anya. No quería ser responsable también de su muerte. Y sabía que Benedetta era fuerte y lo bastante estable para sobrevivir. Anya no.

Benedetta le miró conmocionada cuando se lo dijo. Gregorio estaba mortalmente pálido. Intentó rodearla con los brazos, y ella se apartó de él como si fuera una serpiente a punto de atacar. En realidad lo era. Había esperado mucho tiempo solo para oírle decir que no podía volver unas semanas después de haberle prometido que lo haría. Sus promesas no significaban nada, era como una pelota que iba y venía entre dos mujeres y que cambiaba de opinión todos los días, pero ya se había acabado.

—Seguiré en la empresa, desde luego —dijo con compasión—. No puedes dirigirla tú sola.

Ya lo había pensado y había tomado la decisión.

—La he dirigido desde que te fuiste. Y no, no vas a seguir en ella. Le he dado muchas vueltas, por si acaso tomabas esta decisión. Quiero disolver nuestra sociedad. Te compraré tu parte, pero no puedes mantener tu participación en nuestro negocio. Eso también vas a dejarlo —repuso ella con una férrea determinación.

—Eso es absurdo —replicó, mirándola con incredulidad—. Nuestras familias llevan generaciones trabajando juntas; no puedes disolver eso de un plumazo. ¿Por qué vas a castigarlos a ellos por este desafortunado error? —Continuaba denominándolo así en vez de decir que se había convertido en un desastre.

—¿Por qué debería ser yo la castigada? He hablado con nuestros abogados y la sociedad se puede disolver como parte de nuestro divorcio. —Le anunció aquello con expresión pétrea y Gregorio pareció horrorizado.

—¿Qué divorcio? He dicho que iba a dejarte, no a divorciarme de ti. No tenemos por qué divorciarnos.

—Puede que tú no, Gregorio, pero yo sí. No quiero un matrimonio en el que tú vives con tu amante y su hija y yo soy la esposa abandonada, pero que sigue casada y además dirige nuestra empresa. ¿Qué clase de vida es esa para mí? ¿Y que cuando te hartes de ella vuelvas a mí durante una temporada y luego te busques a otra? No. —Le brindó una sonrisa gélida. Estaba más preparada que él para lo siguiente y se había armado de valor para ello—. Si quieres dejarlo, has de hacerlo del todo; tienes que dejar nuestro matrimonio y nuestra empresa. Se acabó, Gregorio. Has tomado tu decisión. Ahora, vuelve con ella. Te deseo suerte con ella y con tu hija. —Se levantó a modo de señal para que él se marchara.

Gregorio estaba en estado de shock.

—No puedes hablar en serio. —El pánico se apoderó de él.

—Claro que puedo. Hablo muy en serio. —Abrió la puerta de su despacho para mostrarle la salida.

—¿Qué le voy a decir a mi familia?

—Eso es cosa tuya. Llevará un tiempo sacar a nuestras familias del negocio y desvincular las partes en que están metidas. Pueden encargarse nuestros abogados. Haré que redacten de inmediato los documentos para eliminarte de nuestra sociedad.

—No puedes hacer eso —dijo, enfurecido.

—Sí que puedo. Y voy a hacerlo. He sido una idiota por esperar tanto. Solo lo hice por amor hacia ti, para darte la oportunidad de volver si así lo querías. Al menos ahora está todo claro.

—No tenemos por qué divorciarnos, Benedetta —insistió—. Podemos arreglarlo todo en privado entre nosotros, de manera informal.

—No, yo no puedo. Yo necesito el divorcio aunque tú no lo necesites. Lo quiero todo bien claro entre nosotros. Y así podrás casarte con ella si lo deseas. Eres un hombre libre.

Se marchó del despacho de Benedetta con expresión aturdida y lo último que ella le dijo fue que le enviaría sus cosas al apartamento de Anya en Roma. Daba por sentado que iba a volver allí y eran muchas cosas para enviarlas a un hotel. Se volvió una última vez para mirarla antes de que ella cerrara la puerta de su despacho.

—Creía que me amabas —dijo con lágrimas en los ojos—. Por eso estaba dispuesto a volver contigo en unas semanas. —Pero eso había cambiado cuando su hijo murió y Anya se vino abajo y decidió quedarse con ella. Aun así había estado seguro de Benedetta hacía solo unas semanas.

—Te quiero —respondió Benedetta en voz queda—. Te sigo queriendo mucho. Tanto como para haber estado dispuesta a continuar contigo. Espero que un día deje de amarte. Es lo único que ahora deseo. —Dicho eso, Benedetta cerró la puerta de su despacho.

Gregorio se marchó llorando. Jamás pensó que Benedetta pudiera ser tan cruel.

6

Gregorio regresó a París aquella noche y llamó a Anya desde el aeropuerto para preguntarle por el bebé. Anya le dijo que estaba igual, que no había ninguna novedad.

—¿Puedes reunirte conmigo en el hotel? —le pidió, con voz entrecortada.

Aparte del día en que falleció su hijo, aquel había sido uno de los más duros de su vida. Se sentía como si lo hubiera perdido todo en cuestión de horas. Benedetta le quería fuera de su negocio. Había perdido su trabajo, su historia y a su esposa desde hacía veinticuatro años. Había querido dejarla para estar con Anya, pero se había llevado la sorpresa de que ella quería el divorcio. Pensó que seguirían casados mientras él vivía con Anya y con la niña. Eso era lo que hacía la mayor parte de la gente que conocía. En Europa, tener una amante seguía siendo más común que el divorcio, sobre todo en Italia, pero incluso en Francia. A Gregorio le horrorizaba más la idea de divorciarse que la idea de tener gemelos con otra que no fuera su mujer.

—¿Qué ocurre? —A Anya le sorprendió su tono de voz—. ¿Qué tal han ido las cosas con ella? ¿Se lo has dicho?

Llevaba todo el día esperando esa llamada, pero él no la había llamado. Había ido a ver a su hermano mayor para hablarle de la empresa y este le había dicho que era un imbécil y que había arruinado a la familia y su negocio.

—Le he dicho que iba a dejarla. No le he pedido el divorcio. —Seguía en estado de shock.

Benedetta iba a jugar duro y su hermano le había advertido que el divorcio les costaría una fortuna a la familia y a él. No culpaba a su cuñada por lo que pensaba hacer. Dijo que su propia esposa le habría matado. Gregorio tenía suerte.

—¿Qué te ha dicho? —Anya parecía contenta con la noticia que le había dado, pero no le había contado el resto.

—Es demasiado complicado para hablarlo por teléfono. Necesito un descanso. ¿Por qué no pasamos la noche en el hotel? Claudia estará bien sin nosotros por una noche.

Ya no le quedaba ni una pizca de energía que darle a nadie. Necesitaba recargar las pilas, con el servicio de habitaciones, un baño caliente y una cama cómoda. Su viaje relámpago a Milán había ido mucho peor de lo que había previsto.

—Podemos celebrarlo. —Anya sonaba como una cría de quince años y no había captado su tono de voz.

Lo había perdido todo. De repente se preguntó si quizá su hermano tenía razón y se había vuelto loco. Lo había hecho por la madre de su hija y ella no tenía ni idea de lo que aquello entrañaba para él. Para ella, el divorcio sería una buena noticia, aunque no tenía intención de hablarle aún de eso. No tenía por qué saberlo y en Italia tardarían dos años en concedérselo. Tenía un largo y tortuoso camino por delante, mientras Benedetta destruía lo que quedaba de su vida.

—Reúnete conmigo en el hotel —dijo, y parecía agotado.

Cogió un taxi hasta el hotel George V y Anya llegó cinco minutos después, hermosa y con aspecto descansado, vestida con camiseta y pantalones vaqueros, que era lo único que tenía en el hospital y cuanto necesitaban para pasarse el día y la noche sentados en la sala de cuidados intensivos de neonatología. Ya habían pasado un mes allí. Parecía toda una vida desde la noche de la Cena Blanca.

Anya pidió champán casi nada más entrar en la habitación y Gregorio fue a darse una ducha. Apenas la saludó y ella estaba tumbada en la cama, viendo la tele, cuando volvió con uno de los gruesos y lujosos albornoces del hotel puesto. Se tumbó a su lado en la cama, sin saber qué decir. Todo lo que había pasado ese día era demasiado desagradable y jamás olvidaría la expresión de Benedetta ni la dureza en sus ojos cuando le dijo que iba a pedir el divorcio. Siempre había sido muy comprensiva. Claro que antes no la había dejado por otra mujer ni había tenido un bebé con ella ni la había humillado públicamente.

—Bueno, ¿qué te ha dicho? —le preguntó Anya de nuevo, mientras se arrimaba a él.

No habían hecho el amor en meses, pero sabía que no podría hacerlo en ese momento. No le quedaba nada. Tenía la sensación de que Benedetta le había aniquilado. Se quedó ahí, sintiéndose la víctima, preguntándose cómo podía ser tan cruel como para arrebatarle la empresa y divorciarse de él. Para él, aquello era peor incluso que lo que él había hecho y un castigo desmedido.

—Me va a echar de la empresa de una patada. —Aquello era cuanto estaba dispuesto a contarle a Anya—. Nuestras familias han trabajado juntas desde hace más de un siglo y ella está dispuesta a romper la tradición.

Anya no parecía impresionada y tampoco parecía entender la magnitud de la reacción de su esposa. Y entonces, durante un instante, se la vio preocupada.

—¿Significa eso que va a quitarte todo tu dinero?

—No, pero seguramente quiera eso también.

Estaba muy deprimido. Entonces ella le besó y él le brindó una sonrisa, con la esperanza de que todo saliera bien y que tal vez Benedetta se tranquilizara y se olvidara del divorcio. No podía creer que le hiciera aquello, pero ver a Anya tumbada a su lado hizo que el horror del divorcio pareciera menos inmediato, menos real. Ella lo estrechó en sus brazos y deslizó una mano dentro del albornoz. A pesar de todo lo que había pasado, logró excitarle, y un momento después estaban haciendo el amor de forma apasionada y todo lo que había sufrido ese día y el último mes se desvaneció mientras se aferraban el uno al otro hasta quedar exhaustos. Había olvidado lo increíble que era ella haciendo el amor. Ahora era suya y la necesitaba con la misma desesperación que ella a él.

Se terminaron la botella de champán y pidieron más al servicio de habitaciones a medianoche. Fue una noche de descanso para ambos. Y cuando despertó a su lado a la mañana siguiente, le hizo el amor otra vez.

Intentó no pensar en Benedetta cuando se ducharon juntos y se vistieron para volver al hospital. Pero resultaba reconfortante saber que su bebé y su futuro les aguardaban. Y quizá cuando Benedetta se calmara, cambiaría de parecer sobre la empresa y el divorcio. Solía ser sensata y esperaba que lo fuera de nuevo.

Jean-Philippe siempre había adorado desayunar con su mujer y sus hijos mientras esperaban a que llegase la niñera para que ellos pudieran ir a trabajar. Cuando disponía de tiempo, dejaba a Valerie en su despacho. Pero desde que le había contado lo de Pekín, su mujer siempre se retrasaba, los niños lloraban, a ella se le quemaba el desayuno y tardaba mucho en prepararse para que él no la esperara, e iba al trabajo en taxi. Su vida parecía estar desmoronándose bajo la presión de tener que tomar una decisión y aquella mañana hasta la niñera llegaba tarde. Y Damien, su hijo de dos años, llevaba llorando desde las cuatro de la madrugada por un dolor de oídos. Valerie lo llevaría al pediatra antes de ir a trabajar.

—¿Es que ya nada va bien por aquí? —espetó, con cara de exasperación.

Jean-Louis, su hijo de cinco años, se había zampado el desayuno de su hermana y la niña también estaba llorando.

—¿A que te encantaría afrontar esto en Pekín? —replicó—. Con un pediatra que no hable francés ni inglés.

En las últimas semanas, Valerie había hablado con varios amigos que conocían la ciudad y decían que casi nadie hablaba inglés. Que si no sabías chino, era necesario un traductor en todas partes. La empresa que le había hecho la oferta a Jean-Philippe le había dicho que tendría el suyo.

—Estoy seguro de que tiene que haber médicos occidentales allí. Podemos buscar uno a través de la embajada. Por el amor de Dios, no es un país tercermundista.

—No, es China —replicó con aspereza.

—Entonces, ¿esta es tu respuesta?

Hacía días que la estaba presionando. Ya les había dicho a sus posibles futuros jefes que necesitaba más tiempo para tomar la decisión, pues suponía un gran cambio también para su esposa, y ellos le dijeron que lo entendían.

—¡Si quieres una respuesta ahora...! —bramó mientras sus hijos los miraban, sorprendidos por aquel tono tan poco habitual—, si quieres una respuesta hoy, la respuesta es no —añadió Valerie, bajando la voz al ver la cara de sus hijos—. No estoy preparada para ir a *Vogue* y renunciar ya mismo. Necesito más tiempo para pensarlo.

—No hago esto por mí, lo hago por nosotros, por el futuro —adujo él, frustrado.

Ambos empezaban a preguntarse si, tal y como estaban las cosas, habría un futuro a largo plazo. En siete años no se habían enfrentado nunca a nada tan conflictivo, a nada que los hubiera afectado tanto. Y cada uno culpaba al otro por la insoportable tensión que los engullía cada día. Damien comenzó a llorar otra vez y la joven que trabajaba para ellos llegó y se lo llevó a su cuarto para vestirle. Jean-Louis estaba atento a lo que decían, y cuando derramó su zumo de naranja en la mesa, Valerie lo recogió con la bayeta.

—Estás poniendo nerviosos a los niños —acusó a su marido con voz tirante mientras él meneaba la cabeza con desesperación y se marchaba sin decir adiós. Eso no había sucedido nunca.

—¿Adónde va papá? —preguntó Isabelle, de tres años, visiblemente preocupada—. No me ha dado un beso.

—Tenía prisa por irse a trabajar —le dijo su madre, besando sus regordetas mejillas mientras se percataba de que si Jean-Philippe se marchaba y no iban con él, tendría que ocuparse ella sola de los tres niños.

—¿Qué es *Piquín*? —preguntó Jean-Louis mientras ella le ayudaba a quitarse el pijama y a ponerse unos vaqueros con una camiseta roja.

—Es una ciudad de China. —Valerie procuró sonar calmada al responder mientras le ponía unas sandalias rojas en los pies.

—¿Por qué no hablan francés ni inglés?

Jean-Louis había oído cada palabra de su conversación y seguramente escuchaba sus discusiones por la noche, aunque no entendiera de qué iban. La tensión en el ambiente entre Jean-Philippe y Valerie era palpable.

—Porque hablan chino, tontito. Ahora quiero que te portes bien hoy con Isabelle. Has sido muy malo al comerte su desayuno. Es más pequeña que tú.

—Me ha llamado «estúpido». Es una palabra fea.

—Sí que lo es —convino Valerie, y luego fue a ver cómo estaba el pequeño.

Todavía tenía que ir al pediatra y llegaría tardísimo al trabajo. Siempre la hacían esperar.

Estaba en su coche con Damien media hora después y eran ya cerca de las once cuando le llevó a casa y le dejó con la niñera y se marchó a toda prisa.

—¿Una mala mañana? —preguntó su ayudante con compasión cuando por fin llegó a su despacho en *Vogue*.

No quiso contarle que ahora todas las mañanas lo eran y que su trabajo peligraba porque su marido quería que se mudaran a Pekín. Trató de apartarlo de su cabeza mientras echaba un vistazo a sus mensajes y e-mails; a mediodía tenía una reunión editorial por Skype con la sede de Nueva York sobre el número de septiembre, que era la publicación más importante del año y en la que la sede de París también colaboraba.

Sabía que al final de un día tan duro en la oficina no estaría más cerca de saber qué hacer. Todo su ser le decía que se quedara en París, donde se encontraba su vida laboral. ¿Por qué Jean-Philippe quería arrastrarlos por medio mundo? Para ella no tenía sentido ni por dinero ni por un espaldarazo profesional. ¿Y por qué su carrera era más importante que la de ella?

Estuvo distraída casi toda la reunión y al final de la jornada tenía un tremendo dolor de cabeza. Pero al menos cuando llegó a casa los niños ya estaban bañados, habían cenado y Damien ya no lloraba. Los antibióticos que le había recetado el pediatra habían hecho efecto. Así que les estaba leyendo un cuento cuando Jean-Philippe llegó a casa, y los niños llevaban todos pijamas a juego con pequeños ositos.

—Esta mañana te has olvidado de darme un beso, papi —le recordó Isabelle, con su larga melena negra, como la de su madre, aún húmeda después del baño.

—Pues tendré que darte dos besos esta noche cuando te acuestes. —Mientras lo decía, Valerie le sonrió, deseando que su vida fuera tan sencilla como antes—. ¿Qué tal el día? —le preguntó por encima de las cabecitas de sus hijos.

Ella respondió encogiéndose de hombros, pues no había nada que pudiera decir. Ahora solo podía oír el constante redoble de tambores de la decisión que tenían que tomar. Dejó que ella terminara el cuento y fue a la habitación de cada uno cuando los metió en la cama. La niñera ya se había marchado, y poco después, sus hijos ya estaban acostados.

Jean-Philippe y ella fueron juntos a la cocina al cabo de unos minutos, pero ninguno tenía hambre. Valerie sacó de la nevera algo de pollo que quedaba y preparó una ensalada para compartir. No se dirigieron la palabra. Ambos tenían demasiado miedo de empezar de nuevo a discutir. Comieron en la mesa en silencio, lo cual era poco habitual en ellos. Valerie fregó los platos después de cenar mientras Jean-Philippe repasaba unos documentos en su despacho, y cuando se fue a la cama, Valerie ya estaba acostada y su dolor de cabeza había empeorado.

Su matrimonio parecía haberse agriado las últimas semanas. Costaba creer lo rápido que había ocurrido. Y de repente no tenían nada que decirse salvo pelear por el trabajo en Pekín. Jean-Philippe se preparó para acostarse y luego se metió en su lado de la cama. Valerie estaba de espaldas a él, y cuando apagó la luz, lo único que ella le dijo fue: «Buenas noches». Y ahí, a oscuras, ninguno de los dos se había sentido tan solo en toda su vida. Parecía que la persona a la que amaban había desaparecido y su lugar lo había ocupado un desconocido. Y esos desconocidos estaban destruyendo el matrimonio que habían tardado siete años en construir. Empezaba a parecer que no quedaba nada.

Xavier llamó a Chantal una semana después de que se encontraran en el aeropuerto y fueran a cenar. Ella le había facilitado su número de teléfono cuando le escribió para darle las gracias por la cena y se olvidó por completo de él mientras se ponía de nuevo a trabajar en su guión, con energía renovada tras su viaje a Berlín. Ver a sus hijos siempre suponía una inyección para ella.

—Quería llamarte antes, pero he estado toda la semana en Zurich —explicó Xavier—. Volví anoche.

—Viajas mucho —comentó. Se alegraba de saber de él.

—Sí, viajo mucho. Tengo clientes por todo el mundo. ¿Estás libre mañana por la noche? Te invitaría esta noche, pero es muy precipitado y sigo en el despacho.

Ya eran las ocho en punto.

—Mañana me viene genial. —Sonrió ante la perspectiva de cenar con él.

—Perfecto. ¿Qué clase de comida te gusta?

—Cualquier cosa; no soy complicada. Pero no demasiado picante.

—No me gusta la comida picante —coincidió él—. Me las apañaré. Te recojo a las ocho y media y no hace falta que te arregles mucho. Me encanta la comida de restaurante casero.

—A mí también.

Chantal estaba contenta. Detestaba ponerse elegante y llevar zapatos de tacón. Le encantaba vestir de manera informal para salir con los amigos.

Xavier la recogió a las ocho y media, tal y como él había prometido y ella había aceptado. Llevaba pantalones vaqueros, zapatos de tacón y un jersey de cachemir del color de sus ojos, además de una chaqueta por si acaso refrescaba. Y él también vestía vaqueros, con zapatos de ante marrón, que a ella siempre le habían gustado. Pensaba que a los hombres les quedaban muy sexis.

Fueron hasta el restaurante en el coche de Xavier, un viejo MG que él adoraba, con el volante en el lado derecho, donde lo llevaban los vehículos británicos. Ella admiró su coche, lo cual le encantó, y fueron con la capota bajada porque hacía una buena temperatura. Se dirigieron a la orilla derecha hasta un restaurante que no conocía, con un precioso jardín y con terraza. Y después de pedir, comprobaron que la comida era buena. Era comida típica de taberna francesa y el ambiente era agradable y relajado.

Él le contó lo que había estado haciendo en Zurich, sin revelar ningún secreto de sus clientes, y le preguntó si alguna vez había ido a la Feria de Arte de Basilea. Cuando le respondió que no, le dijo que tenían que ir algún día.

—Es un acontecimiento asombroso, con obras de arte fabulosas. Realizadas sobre todo por artistas importantes, pero también por algunos desconocidos. Varios de mis clientes exponen allí, aunque uno de ellos ya solo diseña para videojuegos.

Su trabajo le parecía divertido y él le preguntó por el guión en el que estaba trabajando. Chantal se lo explicó con detalle mientras pensaba en lo agradable que era tener a alguien con quien hablar de su trabajo y con quien cenar. Xavier estaba impresionado por los temas sobre los que escribía, por sus obras dramáticas y sus documentales. Y le gustaba cómo sonaba su actual historia sobre las mujeres supervivientes de un campo de concentración. Ya iba casi por la mitad y llevaba meses trabajando en él. Y cuando sugirió que fueran a la Feria Internacional de Arte Contemporáneo de París en otoño, Chantal no pudo resistirse a preguntarle qué iba a hacer con una mujer de su edad. Su interés por ella la tenía perpleja, a menos que quisiera que fueran amigos. Para ella no tenía sentido que un hombre tan interesante y atractivo como él quisiera salir con alguien diecisiete años mayor, cuando cualquier chica de su edad se habría sentido entusiasmada de salir con él, como amante o como amigo. Jean-Philippe y ella tenían una relación desde hacía dieciséis años, pero la forma en que Xavier le hablaba era muy diferente y hacía que pareciera que le gustaba como mujer y no solo como amiga.

—¿Qué tiene que ver la edad? —Pareció quedarse desconcertado cuando ella le preguntó—. Eres preciosa, interesante e inteligente y es divertido hablar contigo. —Le brindó una sonrisa—. Es cuanto me importa. Y con un poco de suerte, no me darás la lata con tener un hijo. Tú ya tienes tres.

—Y hay otra ventaja. —Se rió de lo que él decía—. Ya se han marchado de casa, así que no tienes que lidiar con ellos.

—Tú tampoco; otra ventaja más. Tienes tiempo para mí, espero.

Chantal tenía mucho tiempo y espacio en su vida para un hombre, aunque ya no esperaba conocer a nadie y nunca había salido con nadie de la edad de Xavier.

—¿Dices en serio lo de salir conmigo? ¿De verdad no te importa mi edad? —Le costaba creerlo.

—Por Dios, que no eres un vejestorio. Para mí, la edad es

solo un número. Podrías tener treinta o veinticinco y aburrirme como una ostra. Eres una mujer fantástica, sexy y con talento, Chantal. Tengo suerte de que estés dispuesta a cenar conmigo.

Chantal podía ver que creía de verdad lo que decía. Aquello le subió el ego por las nubes, y siguieron cenando entre risas y pasando un rato estupendo. Más tarde, regresaron a su apartamento. Y ese fin de semana volvieron a salir. Pasearon por los jardines de las Tullerías, cenaron en el jardín junto al hotel Costes y después fueron al cine. Fue otra velada maravillosa, y Chantal le habló a Jean-Philippe de él cuando quedaron a comer. Le explicó que era el hombre que les había dado los farolillos chinos en la Cena Blanca.

—Me acuerdo de él; parecía un tío encantador. Pero bueno, anda que no eres pícara. —Le brindó una sonrisa—. ¿Cuándo empezó todo? ¿Aquella noche? No me dijiste nada cuando comimos al día siguiente.

—Me tropecé con él un par de veces en el Bon Marché y en el aeropuerto, al volver de Berlín. Me ayudó con el equipaje y luego dijo que estábamos destinados a conocernos porque nos habíamos encontrado tres veces.

—¿Quién sabe? Puede que tuviera razón.

Se alegraba por ella; parecía está divirtiéndose con él.

—Me da un poco de miedo —le confesó a su amigo—. Es diecisiete años más joven que yo. Son muchos. A él no parece importarle, pero si alguna vez le tomo en serio, tarde o temprano encontrará a alguna chica de su edad o más joven y a mí me dará la patada.

—Puede que no —dijo Jean-Philippe con seriedad—. ¿Quién sabe qué relación va a funcionar? Mi matrimonio parece estar desmoronándose en estos momentos y fíjate en el desastre en que Gregorio ha convertido su vida después de veinte años. Valerie ha oído que Benedetta ha pedido el divorcio.

—No la culpo —repuso Chantal con sinceridad—. Creo

que se ha pasado de la raya en demasiadas ocasiones, sobre todo esta última.

—Se rumorea que va a echarle del negocio. Creo que en eso también acierta. No puedes dirigir un negocio con un tío que te deja por otra mujer y de quien te has divorciado. Sería descabellado. Pero en lo que a relaciones se refiere, nadie puede predecir qué ocurrirá al final. Quizá este sea el hombre adecuado para ti. ¿Por qué no?

—No puedo competir con las mujeres de su edad.

—No tienes que hacerlo. Está saliendo contigo, no con otra.

—Por ahora —repuso con cautela—. ¿Qué hay de ti? ¿Se ha decidido ya Valerie sobre lo de Pekín?

Jean-Philippe suspiró cuando ella le preguntó y Chantal vio que se ponía tenso. Parecía cansado, desdichado y había pedido peso.

—Dice que si tiene que responder ahora, la respuesta es no. Pero no está segura. Aunque no creo que acceda a ir. Puede que tenga que hacer esto yo solo. —Se estaba resignando.

Chantal pareció sorprendida.

—¿Y dejar a Valerie y a los niños aquí? —preguntó, y él asintió—. A mí no me parece buena idea. Sois muy jóvenes para estar separados tanto tiempo. Cualquiera puede hacer alguna travesura cuando se siente solo.

Él también había pensado en ello, pero confiaba en Valerie y él nunca le había sido infiel.

—Podría volver cada dos meses. Podríamos intentarlo durante un año a ver cómo va. No quiero renunciar a esta oportunidad. Es el paso más importante de mi carrera.

—Y ella lo pasará mal aquí sola con tres niños. Confía en mí, yo lo he hecho, pero a mí no me quedaba más remedio. Ella sí tiene alternativa.

Y Jean-Philippe era un gran padre y estaba muy implicado con sus hijos.

—No creo que ella entienda aún lo duro que sería eso. Esto

no tiene una buena solución si ella no viene. Y no creo que renuncie a su trabajo en *Vogue*. Ha invertido mucho esfuerzo donde está para tirarlo a la basura.

—Puede que termine tirando a la basura vuestro matrimonio si no lo hace.

—Imagino que pronto vamos a averiguar cuáles son sus prioridades y no creo que yo encabece esa lista —dijo con tristeza—. Ahora mismo soy el enemigo público número uno por hacer peligrar su carrera. Y no puedo sacrificar la mía por la suya.

Era una situación terrible para ambos y Chantal lo sentía por ellos. Esperaba que su matrimonio sobreviviera, pero en absoluto parecía algo seguro en esos momentos.

Charlaron de otras cosas después de eso; luego Jean-Philippe tuvo que volver al trabajo y ella regresó a pie a su apartamento. Al día siguiente tenía que entregar varias escenas de su guión al productor y quería revisarlas una última vez antes de escanearlas y enviárselas.

Esa noche, cenó con Xavier y pensó en lo que Jean-Philippe había dicho acerca de que no se preocupara por la diferencia de edad. Se preguntó si tendría razón y Xavier era sin duda convincente. Y esa noche la sorprendió durante la cena.

—La semana que viene me voy a Córcega a visitar a mi hermano. Tiene una casa muy bonita allí, con varias habitaciones de invitados. ¿Podría convencerte para que vinieras conmigo? Es muy relajante; solo nadamos, pescamos, comemos y nos tumbamos al sol. Tiene dos hijos geniales y una mujer estupenda. Podrías tener tu propio cuarto —dijo para engatusarla, y Chantal sonrió.

Ni siquiera se habían besado aún y no estaba segura de hacia dónde iban. En su cabeza, el jurado seguía deliberando sobre si debía acostarse con él o seguir siendo amigos. Y no quería tomar una decisión bajo presión, así que se alegró de saber lo de las habitaciones separadas si le acompañaba a Córcega. Y, para su sorpresa, sonaba muy tentador.

—¿No les importaría tener a una desconocida en su casa?

—En absoluto —repuso Xavier con naturalidad—. Son personas sin complicaciones. Ya he llevado amigos antes y creo que te caerán bien y que a ellos les vas a encantar. ¿Qué me dices?

Chantal lo pensó un minuto, recordando lo que Jean-Philippe le había dicho, y decidió lanzar toda cautela por la ventana. No tenía otra cosa que hacer, salvo terminar la segunda mitad de su guión, e iba muy adelantada con respecto a la fecha de entrega.

—Será un placer —dijo, sonriéndole, y él se inclinó sobre la mesa y la besó, algo que también le sorprendió a ella.

Xavier era impredecible y eso le gustaba. Nunca sabía qué esperar de él y era tan inteligente que jamás la aburría.

—Gracias —repuso, satisfecho, mientras le cogía la mano por encima de la mesa.

—¿Por qué? —inquirió, sorprendida.

—Por confiar en mí. Nos vamos a divertir —prometió.

Chantal sabía que lo harían. Y pasara lo que pasase, estaba deseando disfrutar de las vacaciones con él. De repente estar sola y poder hacer lo que se le antojara no parecía tan malo. Le daba la oportunidad de ir a Córcega con él. Se preguntó qué pensarían sus hijos. Pero, por una vez, aquello no le importaba. Era una mujer libre y él era un hombre libre.

7

Chantal y Xavier volaron hasta el aeropuerto de Ajaccio en Córcega y alquilaron un coche al llegar. Ella se ofreció a pagar la mitad, pero él no se lo permitió. Cuando salían, siempre se portaba como todo un caballero en lo referente a pagar. Era muy amable por su parte, y ella sonrió para sus adentros mientras cargaban las maletas en el maletero y se montaban en el pequeño Peugeot. Hacía años de la última vez que fue de vacaciones con un hombre, diez desde su última relación seria. El tiempo se le había pasado volando mientras nadie había conquistado su corazón. Y lo que más le sorprendía era que apenas le conocía. Habían cenado unas cuantas veces, se lo habían pasado bien juntos y tenían una filosofía sobre la vida compatible. Pero ¿unas vacaciones? Ese era un gran paso para ella. Significaba relación y compromiso, y en el pasado había significado amor. Y ahora no era más que un buen rato con un nuevo amigo, que algún día podría o no convertirse en algo más. Se sentía libre de preocupaciones mientras se dirigían a casa del hermano de Xavier.

—¿Por qué sonríes? —le preguntó cuando abandonaban el aeropuerto.

Xavier había reparado en la sonrisa de oreja a oreja que se dibujaba en su cara.

—Por nada. Por todo. Por nosotros. Hace años que no me iba con un hombre. Siempre me iba de vacaciones con mis hijos y nunca incluía a los hombres con quienes salía en el momento. No me parecía bien mezclar mis relaciones románticas con mis hijos. Estaban acostumbrados a tenerme a mí sola y nunca estuve lo bastante segura de nadie para hablarlo con mis hijos.

—¿Y ahora?

A Xavier le interesaba lo que decía. Tenía muy claro lo mucho que quería a sus hijos y lo entregada que había estado y seguía estando a ellos. Ahora vivían en otro lugar, pero seguían siendo importantes para ella. Se preguntó si Chantal era importante para ellos, pero no quiso indagar.

—Ahora piensan que tengo cien años y no se les pasa por la cabeza que pueda haber un hombre en mi vida ni que yo quiera que lo haya —dijo, sonriéndole.

—¿Y es así? —preguntó, volviéndose hacia ella mientras se detenían en un semáforo.

—No lo sé —respondió con sinceridad—. Hace tiempo que dejé de pensar en ello. Suponía que siempre estaría sola. No es que lo quisiera, sino que lo aceptaba. Dejé de esperar al príncipe azul. Mi trabajo me mantiene ocupada y veo a mis hijos cuando puedo. Solo dos o tres veces al año a cada uno, que no es mucho, pero tienen sus vidas y no me gustaría entrometerme ni imponerles mi presencia.

—Y ahora, aquí estoy yo —adujo Xavier, con una sonrisa, y ella rió—. Empiezo a preguntarme qué deseo le pediste al farolillo aquella noche que me conjuró a mí. —Él tampoco había esperado conocerla y parecía que el destino los había unido; un emparejamiento inesperado, pero que los atraía a ambos y que hasta el momento parecía funcionar, sin importar la edad. Ella se sonrojó cuando hizo el comentario sobre el farolillo—. ¡Ajá! Así que tengo razón. ¡A lo mejor fui tu deseo!

—No seas bobo. —Le restó importancia, pero él estaba más cerca de la verdad de lo que imaginaba.

Había deseado encontrar a alguien a quien amar y que la

amara, alguien con quien compartir su vida. En su momento le pareció un deseo tonto, pero supuso que no hacía daño a nadie con intentarlo. Y entonces apareció él. De hecho, había estado a su lado cuando formuló el deseo y no se había referido a él.

—¡Cuidado con lo que deseas! —bromeó él de nuevo mientras se dirigían a la preciosa zona rural corsa, con su irregular paisaje natural y sus casas vacacionales.

Tardaron una hora en llegar a la casa de su hermano y pasaron por huertos y una granja, con el mar de fondo, y luego se detuvieron en una casona grande y vieja, a la que parecían haber hecho varios añadidos y que necesitaba una mano de pintura. Pero transmitía una sensación de hogar, y además había caballos en un pasto cercano, que según Xavier pertenecían al vecino. Era un lugar precioso y parecía ideal para pasar unas vacaciones tranquilas.

Entraron por la puerta de atrás y encontraron a su hermano Mathieu y a su cuñada Annick sentados a la mesa de la cocina. Ambos iban en pantalón corto, ya que hacía calor. Los niños estaban fuera, y ellos disfrutaban de un rato de paz antes de ir a la playa. Ya había pasado la hora de comer y se veían restos de una buena comida francesa en la mesa. Mathieu se levantó de inmediato con una amplia sonrisa de bienvenida y abrazó a su hermano, y le estrechó la mano a Chantal cuando fueron presentados. Mathieu parecía más de diez años mayor que su hermano y era más de la edad de Chantal, y Annick parecía tener unos cuarenta y tantos. Mathieu había sido músico de jazz en su juventud y había acabado metiéndose en el mercado inmobiliario y le había ido bien, en tanto que Annick trabajaba de traductora para una editorial. Su casa tenía todo el aspecto de ser un lugar muy frecuentado y amado, pero espacioso y acogedor. La clase de lugar que hacía que uno quisiese quedarse en él para siempre. Xavier había advertido a Chantal que los amigos de los niños estarían allí muy a menudo. A Mathieu y a Annick les encantaba estar rodeados de gente. Les ofrecieron los restos de la comida cuando se sentaron. Ellos mismos se sirvieron pollo frío, ensalada mediterránea, un poco de pan y queso y una copa de vino. Las vacaciones habían empezado.

—Me voy a pescar. ¿Quieres venir? —le ofreció Mathieu a Xavier, esperando que aceptara.

—Aún no. Primero quiero enseñarle esto a Chantal.

—¿Has estado antes en Córcega? —preguntó Mathieu mientras Annick recogía algunos platos de la mesa. Era evidente que habían dado de comer a una docena de personas en la larga mesa de comedor.

—Hacía mucho que no venía. —Le brindó una sonrisa mientras degustaba la deliciosa comida—. Vine con mis hijos cuando eran pequeños. Alquilamos un pequeño barco de vela y nos lo pasamos de maravilla.

—¿Sabes navegar?

Ella asintió, y Xavier soltó un gruñido.

—No le digas eso a mi hermano. Te tendrá en su barco todo el día. Emplea a sus invitados como galeotes. Por cada hora que pasas en el barco te tiene cinco fregando la cubierta. Ese barco es su amante.

—Es un viejo barco de madera de los años cuarenta, con la cubierta de teca —dijo Mathieu con orgullo—. Lo usamos mucho.

Annick puso los ojos en blanco al oír a su marido y todos se echaron a reír.

Después de comer, Annick los acompañó a sus habitaciones. Les había dado cuartos anexos, ya que Xavier había dicho que Chantal querría el suyo propio, y no sabía qué tipo de arreglo tenían ni tampoco lo preguntó. Su cuñado había llevado diversas mujeres a la casa de Córcega con anterioridad, algunas de las que estaba enamorado, algunas de las que no, algunas amantes, algunas amigas. Y ni Mathieu ni Annick parecían sorprendidos porque ella fuera mayor que Xavier, tan solo se alegraron de conocerla y de que estuviera con ellos.

Annick también conocía sus películas y dijo que era una gran fan suya.

Dejaron sus equipajes en sus respectivas habitaciones, y Xavier le cedió a ella el cuarto más grande con la vista más bonita. Esa tarde la llevó a dar una vuelta por los alrededores. Cuando a las seis regresaron a la casa, su sobrina y su sobrino volvían de la playa con sus amigos. Eran un grupo animado y muy sano, unos años más jóvenes que sus propios hijos, aunque no muchos. La hija tenía diecinueve y el hijo veintidós. Ella estaba estudiando en Lille para ser abogada como su tío, y él estaba realizando en Grenoble el curso preparatorio para ingresar en la facultad de Medicina. Eran la clase de vacaciones relajadas en familia con que la mayoría de la gente soñaba. Había muchas pullas y bromas, conversaciones tranquilas con sus padres, e implacables tomaduras de pelo a su tío, que él devolvía. El ambiente hizo que Chantal echara de menos a sus hijos, algo que no le mencionó a Xavier. Y esa noche disfrutaron de una gran cena en la cocina, que todos ayudaron a preparar, incluida Chantal. Había casi veinte personas a la mesa cuando se sentaron, contando también al hijo del vecino.

—¿Estás bien? —le susurró Xavier a mitad de la cena.

Ella parecía estar divirtiéndose, hablando con su sobrino, pero Xavier quería asegurarse. Sabía que su familia podía ser un poco abrumadora a veces.

—Estoy encantada —dijo, sonriéndole de oreja a oreja—. Esto es una familia.

Era justo lo que ella había disfrutado cuando sus hijos eran más pequeños, pero ahora todos habían abandonado el nido y tenían su propia vida, por lo que los echaba aún más de menos. Iban a casa por Navidad, pero no por mucho tiempo, tan solo unos días. Sus hijos habían perseguido sus sueños hasta el otro lado del mundo, salvo Eric, pero él también estaba demasiado ocupado en Berlín para ir a casa con frecuencia. Envidiaba a Mathieu y a Annick, pues todavía tenían a su familia cerca, y dado que sus hijos aún estaban estudiando, pasarían allí todo el verano. Ella también había pasado los veranos con sus hijos a esas edades. Alquilaban una casa en Normandía, en Bretaña y en el sur de Francia, cerca de Ramatuelle, en la provincia de Var, pero ahora ya no tenía sentido hacerlo, pues no aparecería ninguno y ella no quería estar sola en una casa de verano.

—Por eso no quiero hijos —dijo Xavier en voz baja, y le brindó una sonrisa—. Puedo disfrutar de los suyos. Y luego me marcho a mi casa.

Y a todos les caía bien. El tío Xavier triunfó con los chicos, y cuando terminó la velada, Chantal y él se sentaron fuera y contemplaron el cielo estrellado. Un momento de tranquilidad tras una velada repleta de diversión y animación.

—Me encanta esto, hace que yo también me sienta como una niña —dijo Chantal con alegría. Todo era muy fácil y entre ellos se respiraba un ambiente de unidad.

—A mí me pasa lo mismo. Volveré en agosto. Eres bienvenida si te apetece acompañarme. Me quedo dos o tres semanas por entonces e intento venir los fines de semana siempre que puedo.

Parecía relajado y feliz mientras sonreía a Chantal. Ella encajaba a la perfección, tal y como había sospechado. Le encantaba eso de ella; no era grandilocuente ni pretenciosa a pesar de su éxito. Era una mujer con mucho talento, pero modesta al mismo tiempo. Igual que Xavier. No soportaba a las mujeres a quienes les gustaba impresionar y alardear. Chantal tenía motivos para hacerlo y sin embargo ella no era así.

—En agosto me voy a Hong Kong a ver a mi hija —dijo con pesar—. Voy todos los años. Solo me quedo una semana. No me aguanta mucho más tiempo; la saco de quicio. Somos muy diferentes. Ella es mucho más formal y tradicional que yo. Piensa que soy una bohemia sin remedio. La quiero, pero, como dicen los ingleses, somos como el día y la noche. De hecho, ella es muy británica, vivió allí desde que empezó en la facultad de Empresariales, y ahora habla mandarín con fluidez. —Xavier percibía el orgullo en su voz y también la tristeza. Daban la impresión de ser como dos barcos que se cruzaban en medio de la noche. No se equivocaba—. Y a finales de mes me voy a Los Ángeles a ver a mi hijo mayor, aunque se ha vuelto todo un estadounidense. No sé qué salió mal, pero nadie de mi familia parece querer ser francés, salvo mi hijo pequeño, pero él no quiere vivir en París. Dice que allí el mundillo del arte está muerto, y puede que tenga razón.

No parecía crítica con ninguno de ellos, pero estaba claro que sus vidas transcurrían de forma independiente a la de ella y que sus decisiones y personalidades eran muy diferentes. Chantal por lo visto lo respetaba, algo que él admiraba.

—Me encantaría conocerlos algún día. Seguro que son personas interesantes.

Ella rió.

—Sí que lo son, y también muy diferentes. Entre sí y con respecto a mí.

—¿Están unidos entre ellos?

Sentía curiosidad por sus hijos y por ella. Estaba disfrutando conociéndola y le llamaba la atención que fuera una persona tan solitaria, tanto por su oficio como por la fuerza de las circunstancias. Y a veces alcanzaba a ver tristeza y soledad en sus ojos. Lo sentía por ella. No parecía tener quejas de sus hijos, pero estos pasaban muy poco tiempo con ella. Y se había empapado de toda la alegría de los jóvenes que los rodeaban ese día y se había divertido con ellos, tal y como había hecho con sus hijos.

Chantal pensó en su pregunta acerca de sus hijos.

—Estaban unidos cuando estaban juntos. Pero son muy distintos y poseen intereses propios diferentes. Charlotte es la más conservadora. Paul está muy ocupado con su vida en Los Ángeles y tiene una novia estadounidense, y Eric es el menos convencional. Es muy vanguardista. Si le ves con su hermana Charlotte, cuesta creer que estén emparentados. —Aquella noción le hizo reír—. La cosa se complica cuando tienen pareja, pues acentúa las diferencias y a veces crea fricciones. Era más fácil antes de que tuvieran pareja. Soy muy tolerante con las personas con las que comparten su vida, pero ellos no tienen siempre la mente tan abierta con respecto a los demás y se muestran críticos con la elección de pareja de sus hermanos. Yo creo que son adultos y tienen derecho a amar a quienes les venga en gana.

A Xavier le gustaba lo que decía y ella parecía una madre ideal.

—¿Son ellos tan compresivos contigo? —preguntó con seriedad.

Ella se echó a reír como respuesta.

—Probablemente no. Se portaban fatal con los hombres con los que salía cuando los conocían, lo cual no era muy a menudo. Y ahora piensan que estoy sola y que eso va conmigo.

—¿Y es así?

—No tanto como creen —respondió con franqueza—. Hace mucho que dejé de presentarles a los hombres con los que salía. No valía la pena tomarse tantas molestias, ya que no había nadie con quien fuera en serio. De hecho, pienso que no me ven de ese modo, como alguien con pareja. Su padre falleció cuando eran muy pequeños y me consideran una madre, una proveedora, no una mujer o un ser humano con necesidades. Fui una esclava para ellos durante mucho tiempo —añadió, con expresión un tanto avergonzada—, así que yo solita he creado mi propio monstruo. No creo que piensen en mí como en alguien que se siente sola, enferma o se pone triste.

Xavier recordó el juego de herramientas que llevaba en la maleta y no le costó imaginarla como la madre manitas que era.

—No está bien que no te vean como alguien que también tiene necesidades —dijo con serenidad—. ¿Por qué deberías ser solitaria o estar sola? Aún eres joven.

—No, no está bien —reconoció—. Tengo que trabajar en eso. Nunca quise que vieran mi lado débil ni mis flaquezas cuando eran pequeños. Ahora piensan que no los tengo.

—Parece que necesitas tu propia vida. Ellos tienen la suya.

Chantal estaba de acuerdo con él. Pero para dejárselo claro a sus hijos, debía tener una vida por la que mereciera la pena luchar. No quería librar esa batalla para nada, aunque había pensado en ello muy a menudo, sobre todo con respecto a Charlotte, que mostraba especial desinterés por los problemas de su madre y apenas la llamaba, salvo cuando quería algo. Nunca llamaba para preguntar qué tal estaba o simplemente para charlar. Eric era el único que lo hacía y era más sensible a los sentimientos de su madre. Era un buen chico y también había sido el que más unido a ella había estado mientras crecía. En esencia, Charlotte era una persona distante. Resultaba asombroso lo diferentes que eran todos, entre sí y con respecto a ella, pero eso también hacía que tener hijos fuera interesante. No había dos iguales.

Subieron a sus dormitorios después de charlar durante un rato y él se quedó mirándola con afecto durante un minuto frente a la puerta de su habitación. Le habría gustado pasar, pero no quería pedírselo. Era demasiado pronto. En vez de eso, la besó con ternura y con verdadera pasión por primera vez. Y mientras se abrazaban, oyó abrirse una puerta y vio a su sobrino pasar de largo camino del cuarto de baño del pasillo.

—¡Bien hecho, tío Xavier! —murmuró, y acto seguido cerró la puerta del baño mientras Xavier rompía a reír y Chantal hacía lo mismo.

—Bienvenida a mi familia —dijo, sonriendo.

—¡Me encanta! —repuso ella, obsequiándole con una amplia sonrisa.

A continuación, se besaron de nuevo.

A pesar de la presencia de tanta gente joven pululando por la casa, de la insistencia de Mathieu para que su hermano saliera a pescar con él al amanecer y de las paredes tan relativamente delgadas, al tercer día allí, Chantal estaba tan contenta y relajada que una noche acabaron en la cama y se convirtieron en amantes. Había sido el lugar perfecto para iniciar su relación en serio, en un ambiente lleno de amor, afecto y seguridad. Después de aquello, durmieron juntos todas las noches y les gustaba pensar que nadie se había dado cuenta, pero a finales de la semana se había vuelto un secreto a voces y renunciaron a la habitación de él durante las dos últimas noches para que pudiera ocuparla uno de los amigos de los chicos. Al final de la semana, Chantal se sentía parte de la familia, e incluso dedicó tiempo a limpiar a fondo el barco de Mathieu después de pasar la tarde en el mar en su precioso velero. Aquella noche miró a Xavier, agradecida por cada momento que habían compartido. Se alegraba mucho de haber ido y detestaba marcharse.

—Ha sido perfecto —dijo en voz baja cuando se besaban, sentados fuera en dos sillas mientras las estrellas dominaban el cielo.

Estaban cogidos de la mano y no recordaba haber sido tan feliz en toda su vida. Xavier parecía igual de satisfecho.

—¿Volverás? —preguntó con esperanza.

—Siempre que me lo pidas —le aseguró, y se besaron de nuevo—. Ojalá no me fuera a Hong Kong la semana que viene. Detesto dejarte.

Se habían acostumbrado mucho el uno al otro durante la última semana, y Chantal no había pensado en la diferencia de edad desde que llegaron. Él tenía razón; no importaba, ni a ellos ni a nadie. Nadie comentó nada y nadie pareció preocuparse por ello.

Y entonces tuvo una idea. No podía invitarle a Hong Kong para corresponder a la semana que acababa de pasar con él. Charlotte era demasiado estirada y formal y necesitaba de ciertos preparativos antes de que su madre se presentase con un hombre, sobre todo más joven, pues era algo que no entendería. Y Chantal no quería ningún quebradero de cabeza ni tener que justificar su relación con Xavier. Pero sí estaba dispuesta a llevarse a Xavier cuando fuera a ver a Paul a Los Ángeles. Él era más abierto de miras que su hermana y más informal. Y así se lo sugirió a Xavier cuando se fueron a acostar.

—¿Te gustaría venir conmigo? —le preguntó, esperando que aceptara.

—Tenía pensado pasar aquí las vacaciones, pero hace años que no voy a Los Ángeles. Podríamos recorrer la costa en coche y luego ir a ver a tu hijo a Los Ángeles. ¿Crees que pondrá alguna objeción a mi presencia?

Chantal lo pensó un momento antes de responder.

—Se sorprenderá, pero creo que os llevaréis bien. Es muy laxo respecto a sus propias normas y su visión de la vida, aunque no siempre lo es sobre mí. Tendremos que abrirle un poco la mente, pero creo que lo soportará. —Le dedicó una sonrisa—. Me encantaría que vinieras.

—Pues iré. Para entonces habré pasado ya dos semanas en Córcega.

Chantal tenía pensado pasar una semana con Paul en Los Ángeles y podían añadir unos días más para realizar el viaje en coche que Xavier había propuesto. A los dos les parecía una idea maravillosa, y avisaría a Paul de que iba a llevar a alguien y así no le pillaría por sorpresa. Y conociendo a Paul, ni siquiera preguntaría quién era y jamás se le ocurriría pensar que pudiera tratarse de un hombre. Lo vería con sus propios ojos cuando llegaran. Chantal siempre se hospedaba en un hotel cuando visitaba a Paul, así que Xavier no sería ninguna molestia para Paul ni para su novia. Solo a Eric le encantaba que ella se instalara en uno de sus cutres apartamentos. Y Charlotte detestaba los invitados de cualquier clase, pero toleraba que su madre se quedara allí de manera forzosa. Chantal los conocía bien.

Cuando se fueron de Córcega al día siguiente, todos los chicos salieron a despedirlos. Mathieu y Annick le dieron un beso y ya los consideraba viejos amigos. Le entristeció marcharse y todos le dijeron que volviera pronto. Facturaron el equipaje en el aeropuerto y no pudieron evitar sonreírse el uno al otro durante el vuelo de regreso a París. Habían sido las mejores vacaciones que había tenido en años y le dio las gracias de nuevo cuando la besó antes de que tomaran tierra en el aeropuerto Charles de Gaulle. Ahora tenían otras vacaciones juntos en el horizonte para ir a ver a Paul a Los Ángeles. Estaban deseando que llegaran.

8

Xavier se quedó en el apartamento de Chantal todas las noches, hasta que ella se fue a Hong Kong. Habló con Jean-Philippe una vez antes de marcharse, pero ambos estaban liados y él le dijo que nada había cambiado. Valerie y él apenas hablaban y esperaba que las cosas entre ellos mejoraran cuando fueran a casa de la familia de ella en Maine, como hacían cada verano. Chantal le contó su viaje a Córcega y Jean-Philippe se alegró por ella. Le dijo que quería conocer a Xavier cuando volviera de Maine. Y le deseó buen viaje a Hong Kong para ver a Charlotte.

Xavier la acompañó al aeropuerto cuando se fue. Se había llevado dos maletas. Como banquera, Charlotte llevaba una vida muy formal y esperaba que su madre vistiera bien durante su estancia allí. Nada de vaqueros, de ropa informal ni de lo que ella injustamente denominaba «atuendos hippies». La vida de Charlotte en Hong Kong no tenía nada de bohemia, y como joven y emergente ejecutiva bancaria, proyectaba la imagen adecuada.

Xavier besó a Chantal cuando se despidió de ella en el aeropuerto y volvió a su propio apartamento. Habían disfrutado quedándose en casa de ella y paseando juntos cada día como cuando estaban en Córcega. Él se marcharía al día siguiente a Londres para reunirse con unos clientes y después se iría a Ginebra. Iba a estar ocupado en su ausencia y a finales de semana volvería a Córcega para pasar algunos días. Ella le envidiaba por ello, pero estaba deseando ver a Charlotte. No la había visto desde las navidades y lamentaba que solo se vieran un par de veces al año. Chantal la visitaba todos los veranos en Hong Kong y Charlotte iba a casa por Navidad. A pesar de lo poco que tenían en común, seguía siendo su madre y la quería de corazón, si bien Charlotte no era una persona expresiva ni lo había sido de niña. Era más fría y reservada que sus hermanos, y a Chantal siempre le recordó a su abuela materna, que era una mujer fuerte y austera, parca en palabras. Charlotte se parecía mucho a ella y eso evidenciaba lo fuertes que eran los genes y que se transmitían de generación en generación.

Después de un vuelo de doce horas y media, durante el cual durmió a ratos, aterrizó en el Aeropuerto Internacional de Hong Kong. Charlotte le había dicho que estaría en una reunión, por lo que le había dejado las llaves del apartamento al portero para que pudiera entrar, y el servicio doméstico que tenía contratado iría para ayudarla. Tenía apartamento nuevo, que su madre no había visto aún, en el piso cuarenta de un edificio nuevo del distrito de Victoria Peak, a poca distancia del sector comercial, con una vista de los modernos edificios de Hong Kong. A Chantal le impresionó lo bonito que era. El apartamento era caro, pero se lo podía permitir. Charlotte lo había llenado de antigüedades inglesas que había encontrado allí. Parecía más un apartamento de Londres o de Nueva York que de Hong Kong, y la influencia británica seguía estando muy presente. No era cálido ni acogedor, sino formal y tradicional, como la propia Charlotte.

Chantal la estaba esperando cuando Charlotte llegó a casa de trabajar; pareció alegrarse de corazón al verla y le sirvió una copa de vino. Llevaba toda la tarde en una importante reunión de trabajo y dijo que estaba a la espera de un ascenso y un aumento de sueldo. Todo giraba en torno a su trabajo, y su sueño era ser directora del banco algún día. Era la más ambiciosa de sus hijos y estaba dispuesta a trabajar duro para conseguir lo que quería.

Esa noche prepararon la cena en la cocina, y Charlotte tenía grandes noticias que iba a darle a su madre mientras comían. Por extraño que fuera, se parecían; tenían los mismos ojos azules y el mismo cabello rubio, pero la energía que exudaba era diferente en todos los aspectos. Sin embargo, a Chantal le alegraba el corazón verla. Era su única hija y siempre había intentado encontrar cosas en común con ella.

—Bueno, ¿y cuál es la gran noticia? —preguntó Chantal, sonriendo y feliz de estar con ella.

—Estoy prometida. —A Chantal le dio un vuelco el corazón cuando Charlotte lo dijo. Por una parte, se alegraba por ella, pero por otra sabía que si se casaba en Hong Kong, jamás volvería a Francia. Ahora eso ya era seguro—. Es inglés, de Londres, pero lleva viviendo aquí más tiempo que yo. Es banquero de inversiones de una firma rival. —Sonrió a su madre—. Tiene treinta y cuatro años y estudió en Eton y en Oxford. Es muy inglés. Se llama Rupert MacDonald y vamos a casarnos aquí en mayo. —Era toda la información pertinente que necesitaba su madre y ya alcanzaba a imaginárselo; inglés de la cabeza a los pies—. Y quiero que vengas a la boda, claro. Quiero que me ayudes a planearla, aunque queremos que sea muy íntima. Aquí, en la comunidad china, las bodas grandes son la tradición. Nosotros queremos solo cien personas. Y tengo que buscar un vestido. Queremos dar la recepción en el Hong Kong Club. Me propuso matrimonio hace dos semanas, pero no quería decírtelo hasta que estuvieras aquí.

Acercó la mano para enseñarle a su madre un preciosísimo anillo de zafiros, rodeado de pequeños diamantes, que parecía algo que luciría la realeza británica. Era perfecto para Charlotte, y Chantal lo admiró. Quedaba muy bien en su mano. Chantal sabía que llevaban saliendo menos de un año, pero su hija parecía estar muy segura.

—¿Tenéis pensado quedaros aquí o volver a Inglaterra algún día?

Al menos así estarían más cerca si tenían hijos. Hong Kong estaba muy lejos, pero Charlotte meneó la cabeza.

—Nos encanta esto. Ninguno se imagina viviendo otra vez en Europa. No me importaría vivir en Shangai, pero somos felices en Hong Kong, sobre todo si consigo el ascenso; y Rupert es socio en su firma.

Así que no iban a irse a ninguna parte.

—¿Cuándo voy a conocerle? —preguntó Chantal con calma.

—Mañana por la noche. Va a llevarnos a cenar al restaurante Caprice en el Four Seasons. Es un restaurante de tres estrellas. —Era uno de los mejores de Hong Kong—. Quería dejarnos la primera noche para que nos pusiéramos al día. —Y entonces le brindó una sonrisa a su madre y pareció más dulce de lo que jamás la había visto—. Le quiero de verdad, mamá. Es muy bueno conmigo.

Chantal sonrió a su hija y la rodeó con los brazos.

—Así debe ser. Me alegro muchísimo por ti.

Y en un solo instante, Chantal se sintió como si la hubiera perdido para siempre, pero si ella era feliz con un hombre al que amaba, entonces era por una buena causa. Y Charlotte se mostró más abierta con ella que en años, hablando de la boda y de sus planes. Esperaba encontrar un vestido en París cuando volviera a casa por Navidad y quería que su madre fuera de compras con ella. Chantal dijo que estaría encantada de hacerlo y que lo estaba deseando.

Se acostó temprano y llamó a Xavier desde su cuarto y le habló del compromiso y de la boda. Se preguntó si aún estarían saliendo para entonces. De ser así, lo llevaría a la boda, si su hija no ponía objeciones, o quizá a pesar de que las pusiera, dependiendo de lo seria que fuera su relación con él en ese momento. Quedaba muchísimo tiempo, casi un año. Podían pasar muchas cosas en un año o en menos tiempo. A Chantal no le gustaba vender la piel de oso antes de haberlo cazado. Charlaron un rato, y luego se fue a dormir.

Charlotte ya se había marchado a trabajar cuando Chantal se levantó a la mañana siguiente. Fue al Museo de Arte de Hong Kong y luego de compras en la zona comercial de la bahía de Causeway. Estaba llena de las mismas tiendas que conocía en Europa. Prada, Gucci, Burberry, Hermès, Chanel. Y había calles repletas de joyerías y pequeños establecimientos especializados en copias de artículos de diseño a precios irrisorios, que hacían las delicias de los turistas en Hong Kong que buscaban grandes chollos. Uno de los lugares favoritos de Chantal era el mercado nocturno de Temple Street, que abría a las cuatro de la tarde. En todos los aspectos, Hong Kong era la meca mundial de las compras. La primera vez que estuvo allí fue víctima del consumismo, pero ya no lo era, o al menos procuraba no volverse loca en las tiendas, aunque era divertido. Y volvió al apartamento de su hija al final del día. Todavía hacía mucho calor; siempre era así en agosto.

Iban a reunirse con Rupert en el restaurante a las ocho. Charlotte llegó a casa a las siete, y Chantal ya estaba arreglada, con un sencillo vestido negro de seda, que la hacía sentir como si fuera su abuela, pero sabía que eso era lo que su hija esperaba de ella y no quería avergonzarla delante de su futuro marido. Y Rupert era tan clásico al estilo británico que a Chantal le costó lo suyo no reírse cuando lo vio. De clase alta, conservador, aburrido, maduro para la edad que tenía y muy estirado; la personificación del banquero inglés. En cierto modo le decepcionó que Charlotte estuviera con un hombre tan serio y con tan poca imaginación, pero su hija estaba radiante y le miraba con verdadera adoración. Él era todo cuanto su hija deseaba. Chantal no se imaginaba pasando toda la vida con él, pero para Charlotte era su sueño y el ideal de un apuesto príncipe, aunque su sentido del humor fuera tan rebuscado y trivial que tener que oír sus chistes resultaba penoso. Fue un alivio que la cena terminara. Esa noche, más tarde, Charlotte se presentó en el cuarto de su madre con el camisón puesto.

—¿A que es maravilloso, mamá? —preguntó con los ojos soñadores—. Es perfecto.

Chantal asintió. Solo quería que ella fuera feliz, sin importar qué entrañara eso para ella. Estaba dispuesta a dejar a un lado sus propios sentimientos y a respetar los de Charlotte.

Su hija cantó las alabanzas sobre él durante media hora y luego se fue a la cama. Entonces Chantal llamó a Xavier para hablarle de la velada de un modo más sincero y le contó que su futuro yerno le parecía estirado, soso y sin sentido del humor.

—¿No le habrás dicho lo que piensas de él en realidad?

—Desde luego que no —repuso en voz baja—. No es atracador de bancos ni drogadicto, no ha estado en la cárcel ni es un maltratador, que sepamos, no tiene diez hijos bastardos ni es un pedófilo. ¿De qué puedo quejarme? ¿De que es aburrido, estirado y demasiado conservador? Eso es lo que ella busca en un marido, y ¿qué derecho tengo a imponerle mis valores y mis sueños? Cada cual tiene su príncipe azul. No soy yo quien se va a casar con él, sino ella. No tiene nada cuestionable. Simplemente es soso y no es de mi gusto. Pero Charlotte no se parece en nada a mí.

—Eres una madre increíble, Chantal —le dijo con admiración—. Ojalá la mía se hubiera parecido más a ti. No dejaba de repetirme con quién debería casarme, así que decidí que no quería casarme jamás porque ella quería que todas fueran como ella y yo no quería casarme con mi madre ni con alguien que ella me eligiera. Más padres deberían ser como tú y aceptar las decisiones de sus hijos. Los míos esperaban que Mathieu y yo nos casáramos con personas parecidas a ellos, y eran personas estrictas y distantes. Mathieu hizo lo que le dio la gana y se casó con Annick, que es una mujer afectuosa, divertida y perfecta para él. Y yo decidí mantenerme alejado del matrimonio, porque no era para mí.

—Yo solo quiero que sea feliz, sin importar lo que eso entrañe para ella. ¡Va a ser una boda aburridísima! —comentó Chantal con pesar—. Espero que tú estés ahí —dijo con afecto.

—Yo también —repuso él muy en serio.

Durante esa semana, madre e hija charlaron y comentaron los detalles de la boda todas las noches. Cenaron con Rupert otra vez, en el restaurante Amber del hotel Mandarin Oriental, y Chantal les compró un precioso regalo de compromiso en una tienda que descubrió por casualidad y que conmovió mucho a Charlotte. Se trataba de dos maravillosos cisnes de plata como los de Asprey, que tenían un significado muy especial, ya que los cisnes se emparejaban de por vida, y eran el regalo perfecto para una pareja tan tradicional. Acordaron dejarlos en el apartamento de Charlotte hasta que se fueran a vivir juntos al año siguiente. Pasaban juntos casi todas las noches, pero Rupert había conservado su apartamento, pues le parecía más correcto, y Charlotte también lo prefería así.

La semana pasó volando y Charlotte pareció entristecerse de verdad cuando llevó a su madre al aeropuerto. Hablaron del vestido de novia durante el trayecto, y Chantal prometió mirar en Dior y en Nina Ricci. En ningún momento de la semana había mencionado a Xavier. Solo habían hablado de Charlotte y de la boda, y esta no le había hecho ni una sola pregunta a su madre sobre su vida. No parecía apropiado dejarlo caer en la conversación: «Ah, por cierto, tengo novio nuevo y es casi veinte años más joven que yo; estoy segura de que te va a encantar». Así que se guardó la información. Paul iba a conocer a Xavier en breve y sin duda le hablaría de él a su hermana. Chantal no quería concederle excesiva importancia anunciándolo a los cuatro vientos, así que no dijo nada, pero no dejaba de sorprenderle lo poco que su hija sabía de ella. Nunca preguntaba. Era una persona muy egocéntrica y eso empeoraría con la inminente boda. Las novias no eran célebres por mostrarse sensibles con los demás, todo giraba siempre en torno a ellas, y Charlotte no sería diferente; ya era así.

Ambas mujeres se besaron y se abrazaron en el aeropuerto, y el afecto expresado fue sincero. Solo que no englobaba a la persona que Chantal era en realidad. Charlotte quería a la madre que deseaba que Chantal fuera, pero no al ser humano que había detrás. Chantal tenía que encajar a la perfección en las características del papel, ya que no había espacio para ella misma, y Charlotte jamás había sabido quién era en realidad ni quería saberlo. Xavier formaba parte de eso. Era uno de los detalles desconocidos de la vida de su madre.

Xavier se reunió con Chantal en el apartamento después del largo vuelo desde Hong Kong. Estaba deseando verla. La había echado de menos la semana que había estado ausente, y él había vuelto de Córcega la noche anterior y estaba descansado, moreno y muy guapo. Chantal se había duchado y cambiado de ropa nada más llegar a casa, y vestía pantalones vaqueros cuando le vio. Estaba entusiasmada de estar de vuelta, y pese a lo mucho que quería a su hija, y esa vez había sido una visita más larga de lo habitual, resultaba agotador interpretar un papel, el papel de la madre perfecta que nunca se soltaba la melena, no hacía tonterías, no se ponía nada inapropiado, no tenía novio y vivía sola. Chantal estaba harta de ser esa persona, y tras tantos años dando la talla para todos sus hijos y de estar a la altura del alto listón que le exigían, había empezado a sentir que se había ganado el derecho a ser ella misma, a cometer errores y a ser quien le apeteciera, lo mismo que hacían ellos. Estaba harta de que la maternidad fuera una calle de un solo sentido, que era lo que hasta ese momento había sido. Enamorarse de Xavier la había liberado y se sentía más relajada, entera, y más cómoda de lo que se había sentido en años.

Xavier y Chantal pasaron esa semana juntos en París, po-
niéndose al día en el trabajo, con los proyectos y entre ellos.
Chantal se estaba documentando para poder terminar su
guión, en tanto que Xavier había ido a ver a unos clientes al
bufete. El jueves por la noche hicieron las maletas y el viernes
se marcharon. Volaron hasta San Francisco y pasaron dos días
en el Parque Nacional de Yosemite, dando largos paseos y
viendo las cascadas, y luego volvieron en coche a San Francisco, cogieron la carretera de la costa y pusieron rumbo al
sur. Se detuvieron en varios lugares a lo largo del camino; una
noche en Big Sur, en el hotel Post Ranch; otra en Santa Bár-
bara, en el Biltmore. Atravesaron Malibú y contemplaron
una puesta de sol, y después llegaron a Los Ángeles. Chantal
había reservado un bungalow en el hotel Beverly Hills, con
todo su glamur del Hollywood de los años cincuenta. Su bungalow tenía piscina propia y Xavier se dio un chapuzón con
placer mientras ella llamaba a su hijo. Ese día estaba en el valle, rodando en exteriores para una de sus películas, y le dijo
que Rachel y él se reunirían con ella para cenar a las nueve en
el restaurante Polo Lounge de su hotel. Era donde toda la
gente de Hollywood, actores, productores y directores de estudio, quedaban para hacer tratos y dejarse ver.

Le recordó a Paul que había llevado consigo a alguien y su
hijo pareció sorprenderse.

—Me había olvidado. ¿Quién es? —Nunca prestaba mucha atención a lo que decía su madre.

—Una amistad de París. Hemos disfrutado mucho bajando desde el norte en coche.

Que su madre fuera allí con alguna de sus amistades le resultaba extraño y, por alguna razón, dio por hecho que se trataba de una mujer y no preguntó. Y Chantal sabía que se llevaría una sorpresa en la cena.

Xavier y ella pasaron un rato tranquilo en la piscina y más
tarde pasearon por Beverly Hills. A Xavier le encantaba, y
Chantal lo estaba disfrutando con él.

—Siempre he querido vivir aquí —confesó Xavier—. Es tan decadente e inocente al mismo tiempo, como un Disneyland para adultos pero con un toque especial.

A ella también le gustaba aquello, aunque siempre pensó que vivir allí todo el tiempo sería demasiado. Pero su hijo no se cansaba. Después de trece años, amaba Los Ángeles más que nunca. Y Rachel era de allí. Había crecido en el valle, se había mudado a Beverly Hills de adolescente y había asistido al instituto Beverly Hills y luego a UCLA. Era la clásica chica del valle. Siempre le sorprendió que su hijo no quisiera a alguien más sofisticado, pero llevaban juntos siete años, desde que ella tenía veintiuno y él veinticuatro. Y llevaban viviendo juntos todo ese tiempo. Rachel no era la chica que habría elegido para él, pero hacía mucho que había renunciado a toda esperanza de que encontrara a otra mejor. Rachel se adecuaba a él y a la nueva persona en que se había convertido cuando se mudó a Los Ángeles. Era como un chico del valle y nadie diría que se había criado en París y que era francés.

Xavier y Chantal llegaron al Polo Lounge antes que Paul y Rachel, y los condujeron a una mesa en el jardín. Había combinado los vaqueros con unos zapatos de tacón y un top de color vivo, que era el atuendo perfecto para Los Ángeles. Charlotte se habría desmayado si se hubiera vestido así en Hong Kong. Chantal conservaba aún una figura delgada y esbelta y estaba genial en biquini y muy sexy con sus pantalones de tiro bajo. Xavier llevaba unos vaqueros blancos, camisa del mismo color y mocasines sin calcetines, que allí era de rigor y le quedaban muy bien. Y daba igual lo que se pusiera porque a Chantal siempre le parecía muy francés.

Y entonces llegó la pareja, y Chantal casi se echó a reír al contemplar la expresión de sorpresa de su hijo al ver a Xavier. Los presentó, y Rachel dijo «*Bonjour*» en un francés espantoso y Chantal le dio un abrazo. Ya eran viejas amigas.

Chantal y su hijo se dieron un caluroso abrazo mientras ella le miraba de arriba abajo y quedaba satisfecha. Parecía feliz, con salud y en forma, y tenía el cabello más largo que hacía seis meses.

Con la incorporación de Xavier, la conversación fue incómoda al principio mientras Paul trataba de averiguar quién era él.

—Así que ¿estáis trabajando juntos en una película? —preguntó, pensando que parecía un director o un cámara.

Chantal se echó a reír.

—No, Xavier es abogado, especializado en propiedad intelectual internacional. Nos conocimos durante una cena en junio.

Habían pasado solo dos meses y se podía percibir la intimidad entre ellos en tan poco tiempo.

—¿Sois amigos? —inquirió Paul, tanteando una razón para que estuvieran juntos.

—Sí, lo somos —intervino Xavier—. Tu madre se refería a la Cena Blanca. ¿Habéis estado? —les preguntó a los dos, y ambos jóvenes negaron con la cabeza.

A Chantal le vino a la cabeza que Xavier tenía solo siete años más que su hijo, pero era mucho más maduro. Él era adulto y Paul parecía un crío. Eran las zapatillas de bota Converse que calzaba, el pelo largo, la camiseta que se había puesto para cenar, con el nombre de un grupo famoso. Y aún tenía carita de niño. Y Rachel, con su camisetita de tirantes finos con el ombligo al aire, sus zapatos de estilo Mary Jane con purpurina y su largo pelo rubio a lo *Alicia en el País de las Maravillas*, podía pasar por una chica de dieciséis años pese a tener veintiocho. Parecía una niña pequeña.

Xavier les describió la Cena Blanca y ambos quedaron fascinados.

—Debería celebrarse aquí —dijo Rachel.

Chantal les habló de los farolillos chinos que había llevado Xavier y que fue entonces cuando se conocieron.

—Me parece que han intentado copiarlo en otras ciudades, pero hacen cambios y no es lo mismo —explicó Chantal.

—No sabía que ibas a esas cosas, mamá. —Paul parecía sorprendido.

Después de pedir, ella le dijo que su hermana estaba prometida y que iba a casarse en mayo. Ni Rachel ni Paul parecían tener edad suficiente para beber y les exigieron el carné cuando pidieron vino. Paul parecía el más joven de los tres hermanos, incluso más que el pequeño.

—¿En mayo? —preguntó de manera intencionada sobre la boda de Charlotte, y Chantal asintió mientras Paul y Rachel intercambiaban una sonrisa.

Se preguntó si ellos también iban a prometerse después de tantos años, pero el secreto no salió hasta los postres.

—Vamos a tener un hijo, mamá —dijo Paul con orgullo, sonriendo a Rachel—. En marzo.

Les contó que Rachel estaba embarazada de dos meses y que acababan de enterarse. Rachel explicó que ya habían decidido tener un parto en el agua en casa, con una comadrona, algo que puso nerviosa a Chantal con solo oírlo. Los partos no eran siempre tan fáciles y sin complicaciones como esperaba la gente. Ella misma había tenido sus temores.

—Tal vez os convenga reconsiderarlo por si se presentan complicaciones. Rachel y el bebé estarán más seguros en un hospital, incluso con una comadrona y un parto natural. Vosotros nacisteis con seis vueltas de cordón alrededor del cuello. Esas cosas pasan y en casa pueden acabar en tragedia. Pero os doy la enhorabuena a los dos. —Tardó un minuto en asimilar la importancia de la noticia y de todo lo que acababan de compartir con ella. Y le sorprendió darse cuenta de que iba a ser abuela, lo cual le resultaba vergonzoso si pensaba en Xavier. Pero la palabra ya había salido. Trató de parecer contenta por ellos, pero estaba bastante aturdida—. ¿Tenéis pensado casaros? —preguntó tras caer en ello, intentando no parecer crítica, y se dio cuenta de que Rachel no había tomado más que un sorbo de vino por educación.

Chantal deseó poder beberse la botella entera ante la perspectiva de ser abuela al cabo de siete meses. Xavier había visto la expresión de su cara cuando oyó la noticia y tuvo que hacer un esfuerzo para no reír y mantenerse inmutable cuando felicitó a la joven pareja.

—No necesitamos casarnos, mamá —respondió Paul, y Rachel asintió—. Eso es muy anticuado. Ya nadie se casa. —A excepción de su hermana, que era lo más tradicional que existía, con un novio igual de estirado que ella—. Simplemente es innecesario; es pura fachada —dijo con desdén.

—¿Creéis que iréis a la boda de Charlotte? Me parece que quiere que la lleves hasta el altar —dijo Chantal en respuesta a sus comentarios.

—Claro, el bebé tendrá dos meses para entonces. Podemos viajar con él a Hong Kong; será divertido.

Chantal no estaba convencida de que fuera ese el adjetivo que ella habría elegido para describir el viaje con un niño de dos meses, y tampoco estaba segura de cuál sería la reacción de Charlotte a que tuvieran un niño sin casarse, con sus muy conservadores suegros presentes. Chantal empezó a ponerse nerviosa solo de pensarlo y le preguntó a Rachel cómo se encontraba. Ella le dijo que estaba genial y que no había tenido ningún problema. Seguía yendo a clases de pilates y spinning, y tenía intención de continuar con ellos durante el embarazo y tomar clases de lamaze en cuanto estuviera más avanzado. Chantal se sintió como una anciana mientras oía hablar a Rachel de todas las cosas que sabían que debían y no debían hacer, que iban a hablarle al bebé en el vientre y a ponerle música especial y que al cabo de dos meses iban a verlo en una ecografía a color en 3D y sabrían el sexo. La cabeza le daba vueltas cuando Xavier y ella volvieron al bungalow, y rompió a reír a carcajadas en cuanto cerraron la puerta. Chantal parecía estar en estado de shock.

—Ay, Dios mío —dijo mientras se dejaba caer en una silla—. ¿Cómo he acabado con unos hijos tan chiflados? Me siento una esquizofrénica. Charlotte va a casarse con un hombre que parece el director de un colegio inglés de una película y piensan que todo tiene que ser ultraconservador. Paul va a tener un hijo sin estar casado, con un parto acuático en casa. ¿La loca soy yo o lo son ellos? Y si te quedas, en marzo te estarás acostando con una abuela, por Dios bendito.

—Creo que sobreviviré —repuso él, sonriéndole—. Lo único que pasa es que has criado a unos hijos muy independientes y librepensadores, y cada uno quiere ser quien es.

—A lo mejor les enseñé a ser excesivamente independientes. —Parecía aturdida.

—¿De verdad te importa si están o no casados? —Xavier sentía curiosidad por eso.

—En realidad no —dijo ella con aire pensativo—. Nunca me ha gustado Rachel tanto como para que Paul se casara con ella y ahora va a ser la madre de mi primer nieto, si antes no lo ahogan en el parto acuático. ¿No te parece ridículo? Fumé, bebí vino de forma moderada e hice lo que quise mientras estaba embarazada y sobrevivieron. Ahora las cosas son diferentes, pero parecen unos dementes con todas esas ideas modernas y con lo de ponerle su música favorita, que espero que no sea rap, a un bebé en el vientre.

A Xavier la idea le daba risa, pero eso había evitado que hicieran demasiadas preguntas sobre él. Hasta la mañana siguiente, cuando Paul llamó a su madre para quedar a cenar esa noche.

—Bueno, ¿qué pasa con Xavier, mamá? ¿Es tu novio o solo un amigo?

Ella vaciló un instante y decidió ser sincera con él. ¿Por qué no?

—Un poco las dos cosas. Nos los pasamos bien juntos —dijo como si tal cosa.

—¿No es de mi edad? —preguntó Paul, y parecía escandalizado.

—No, es mayor. Tiene treinta y ocho.

—Podrías ser su madre —replicó su hijo con tono de desaprobación, que sonaba raro viniendo de él. Tal vez de Charlotte, pero no de Paul.

—Cierto, pero no lo soy. A él no parece importarle.

—¿Qué busca? —preguntó con recelo.

Por suerte Xavier estaba en la piscina cuando llamó, así que no oyó la conversación.

—Pues resulta que nada. Solo disfrutamos el uno del otro. Me sorprende que te moleste tanto. Rachel y tú vais a tener un hijo sin estar casados, algo que es muy poco tradicional, así que no me imagino por qué es tan importante con quién salgo yo. ¿Y qué si es más joven? Siempre que a él no le importe, ¿por qué habría de importarte a ti? —Se lo echó en cara. Pagar con la misma moneda era algo justo.

—No estoy molesto, solo estoy sorprendido, nada más. —Estaba un poco mosqueado al decirlo—. ¿Piensas casarte con él?

—Desde luego que no. No estoy embarazada.

—Ay, Dios mío. —Paul estaba horrorizado—. ¿Podrías estarlo...? Quiero decir... ¿Aún puedes...? —La posibilidad le puso como una moto.

—No es asunto tuyo —replicó Chantal sin rodeos—. Pero si lo estuviera, a mi edad soy lo bastante lista para no hacerlo.

—¿Estás molesta por lo del bebé? —De repente parecía preocupado.

Chantal exhaló un suspiro. Eran unos críos viviendo vidas de adultos.

—Un hijo es algo muy serio, Paul. Son para siempre y no son bebés eternamente. Tener hijos es un asunto farragoso. Se puede complicar. Es un compromiso enorme. ¿Te sientes preparado para eso?

Quería ser franca con él y compartir sus pensamientos.

—Desde luego que sí —respondió él sin vacilar.

—Los jóvenes de hoy en día no queréis el compromiso del matrimonio, pero os lanzáis de cabeza al compromiso de tener hijos sin casaros. El matrimonio es mucho más sencillo;

puedes librarte de él si cometes un error. Un hijo es para siempre. No hay un compromiso mayor. Y estarás atado a Rachel el resto de tu vida. Cada decisión que tomes por ese niño se la tendrás que consultar a ella y obtener su consentimiento, así que más vale que os llevéis bien, porque si no tu vida será un infierno después, peleando con ella por todo.

—Estamos de acuerdo en todo sobre nuestro hijo —dijo Paul, tratando de parecer adulto ante su madre.

Ella no estaba convencida.

—No siempre estaréis de acuerdo y no tenéis por qué, pero tendréis que alcanzar acuerdos razonables por el bien del niño.

—Lo sé. ¿Y tú no piensas casarte con Xavier?

—No.

—¿Por qué no me habías hablado de él?

—No hay mucho que contar. Estamos saliendo y lo pasaremos bien mientras dure. Si la cosa se pone seria, te avisaré. —Paul todavía parecía sorprendido, pues jamás había pensado en su madre en ese contexto—. Vosotros ya sois adultos. Tú vas a tener un hijo, Charlotte se casa. No hay razón para que yo no pueda tener también una vida propia.

—¿Por qué necesitas estar con un tío? ¿Por qué necesitas eso? —Aquello no tenía sentido para él.

—¿Por qué necesitas tú a Rachel?

—No es lo mismo, mamá. Por supuesto que yo necesito a Rachel. —La pregunta le enfureció.

—Eso está bien. Y Charlotte necesita a Rupert y Eric tiene a Annaliese. ¿Y yo tengo que estar sola solo porque sea vuestra madre? Yo no opino sobre vuestras decisiones; si os casáis o no, si tenéis un hijo o con quién estáis. ¿Por qué las mismas reglas no se me aplican a mí? —La pregunta era sorprendentemente sensata y supuso una revelación para Paul.

—Porque eres nuestra madre —respondió en el acto.

—Quizá tengas que pensar en eso y en lo que ese trabajo implica para las personas de tu edad. Yo siempre te apoyo y te quiero, y siempre estaré aquí para ayudarte. Pero ¿por qué he de estar sola mientras vosotros vivís vuestras vidas en otros países y otras ciudades? ¿Qué se supone que tengo que hacer?

Paul jamás lo había considerado de ese modo y el concepto le impactó. Tanto que llamó a su hermana pocas horas después y le habló de Xavier. Charlotte llamó a su madre de inmediato.

—¿Tienes novio? —graznó por teléfono.

—Qué rápido vuelan las noticias. —Parecía serena—. Estoy saliendo con alguien. No voy a casarme con él.

—Paul dice que es lo bastante joven para ser tu hijo.

—No tanto, pero casi. ¿Es un problema? —Cogió el toro por los cuernos, pues estaba lista para hacerlo—. ¿Qué os importa a tu hermano y a ti con quién salgo y la edad que tenga? Es inteligente, trabaja y me trata bien. No veo el problema.

—Al menos podrías habérnoslo dicho. —Charlotte parecía dolida porque su madre no lo hubiera hecho.

—¿Quién sabe si estaré saliendo con él dentro de un mes? ¿Por qué preocuparse por ello?

—Deberías habérmelo dicho cuando estuviste en Hong Kong, mamá.

Aún parecía dolida.

—Tú no me preguntaste nada sobre mí. Solo hablamos de tu boda.

—¿Por qué no le trajiste?

—Quería estar a solas contigo.

—¿Vas a traerlo a la boda?

—No tengo ni idea de si estaré saliendo con él dentro de nueve meses. Falta mucho. No nos preocupemos por eso ahora. Y si decido llevarle, lo hablaré contigo. No voy a hacer nada que te disguste o te avergüence.

Charlotte se sintió aliviada al oír eso. Pero, en su opinión, Xavier era demasiado joven para poder presentarlo como pareja de su madre.

—Paul ha hecho que parezca que tiene catorce años. —Charlotte rió entre dientes, y también Chantal.

—Más bien son tu hermano y su novia los que tienen esa edad. Parecen críos de acampada. Xavier es maduro y es abogado. Espero que te caiga bien cuando lo conozcas.

Era la conversación más adulta que habían mantenido, y a Chantal le resultó refrescante poner las cartas sobre la mesa con ella y ser franca.

—Es que me he quedado sorprendida cuando Paul me ha llamado —reconoció Charlotte.

—Lo entiendo, pero no debes preocuparte por eso.

Su madre parecía sensata y Charlotte aún seguía sorprendida. Era todo un nuevo concepto para ellos. Y estaba en lo cierto; nunca le preguntaban por su vida. Jamás se les había ocurrido hacerlo. De ahí en adelante lo harían para evitar sorpresas como aquella. Aunque al menos Paul decía que era un tío majo.

—¿Qué te parece que Paul y Rachel vayan a tener un hijo? —le preguntó Charlotte.

Chantal vaciló.

—Me parece bien siempre que puedan con ello. Tu hermano no dispone de ingresos regulares y yo le ayudo, y a Rachel la mantienen sus padres. Criar a un niño mientras aún dependes de otras personas no parece lo más ideal. Tampoco estoy segura de que ninguno de los dos haya tenido eso en cuenta.

Chantal sí había pensado en ello la noche anterior. Todavía ayudaba económicamente a Paul, así pues, ¿tendría ahora que mantener a su hijo? Eso no le parecía muy maduro, pero no había querido preguntárselo delante de Rachel para no avergonzarle. Sin embargo, habría que sacar el tema antes de que el niño naciera. Niños teniendo niños. Ella contaba veintiocho años y Paul, treinta y uno. Era un poco extraño e irresponsable depender de tus padres y quedarte embarazada sin pensarlo bien.

—No me cabe duda de que los padres de Rachel los apoyarán. Tienen dinero a espuertas. —Rachel era hija única y la consentían demasiado. Pero Chantal no quería que a su hijo y a su nieto los mantuvieran los padres de Rachel. Tendría que hablar con Paul para que buscase otro trabajo aparte de sus películas independientes para ganar un sueldo con el que pudieran vivir. Eso también sería una sorpresa para ellos—. Rupert y yo no queremos hijos hasta dentro de unos años —agregó Charlotte.

Chantal se sintió aliviada de oírlo, aunque ellos podían permitírselo. Y era un plan más razonable que un parto acuático en casa, tener un hijo sin estar casados y dos personas sin ingresos fijos.

—Eso parece sensato —dijo Chantal al oír los planes de Charlotte y Rupert.

Había tenido noticias de Eric, pues Paul le había enviado un mensaje contándole lo del niño, y este le había escrito para decirle que estaban locos.

Charlotte y ella hablaron unos minutos más y luego colgaron; el tema de Xavier ya no era un problema. Una sorpresa sí, pero no un problema. No iba a casarse con él y se mostraba tan distendida que aquello tranquilizó a Charlotte.

Al final de la visita, Paul decidió que Xavier le caía muy bien. Salieron a cenar a los restaurantes preferidos de Paul y de Rachel casi todas las noches y una de ellas hicieron una barbacoa en su casa de West Hollywood. Tendrían que mudarse a un lugar más grande cuando llegara el bebé. Rachel estaba intentando convencerle para que se fueran al valle, y Paul quería quedarse en la ciudad. Tenían por delante un montón de decisiones que tomar, más de las que podían imaginar.

Cuando Xavier y ella regresaron a París, casi se había reconciliado con el hecho de que iba a tener un nieto. Casi, aunque no del todo. La visita a Paul había sido maravillosa. La invitaron a asistir al parto acuático con ellos, pero les dijo que esperaría hasta después de que naciera o que conocería al bebé en la boda de Charlotte, que tendría lugar en mayo en Hong Kong, cuando el niño o la niña tuviera ya dos meses. Aún no se había hecho del todo a la idea. Su hijo iba a tener un hijo. E igual de sorprendente para ellos era que su madre tuviera un novio de treinta y ocho años. Era un mundo nuevo para todos. Pero al menos ahora se trataba, por primera vez, de una calle de dos sentidos.

9

Mientras Chantal estaba en Hong Kong visitando a Charlotte, Jean-Philippe, Valerie y sus hijos se marchaban a Maine para compartir la casa de vacaciones que su hermano y ella habían heredado de sus padres después de que su madre falleciera dos años después de que lo hiciera su padre. Allí habían pasado los veranos durante la infancia. Cada año coordinaban sus vacaciones estivales para que los dos hijos de su hermano y los tres que tenía ella pudieran pasar juntos las vacaciones y disfrutar de sus primos. Se quedaban un mes, y a Valerie y a su hermano siempre les traía a la memoria recuerdos felices de su infancia y de las vacaciones que habían pasado allí mientras crecían. La casa significaba mucho para ellos y les encantaba que sus respectivos cónyuges también disfrutaran y estuvieran dispuestos a pasar tiempo allí.

El hermano de Valerie tenía cinco años más que ella y era banquero, y su esposa era pediatra en Boston. Valerie y ella siempre se habían llevado bien. Sus hijos eran un poco más mayores, pero no tanto como para que se notara, y Jean-Louis, Isabelle y Damien adoraban a sus primos.

Ese año Valerie esperaba encontrar allí un poco de paz, como de costumbre. La tensión entre Jean-Philippe y ella había sido tan grande últimamente que anhelaba las noches llenas de luciérnagas y grillos cantando, estrellas fugaces en el cielo estival y salir a navegar en el pequeño velero que tenían en la casa para hacer uso de él en verano.

Era un lugar idílico en el que por lo general podían olvidarse de sus preocupaciones y desconectar del mundo, salvo que ese año Valerie tenía la sensación de que sus problemas eran como latas atadas a una cuerda que los seguían allá adonde iban. Y cuando llegaron, la tensión con Jean-Philippe era tan patente como en París, y la sensación de bienestar resultaba tan esquiva como lo había sido allí.

—¿Qué pasa con vosotros dos? —le preguntó por fin su cuñada, y Valerie le contó la historia completa de la decisión que tenían que tomar acerca de Pekín—. ¡Vaya! Menuda faena —repuso Kate con compasión—. Tu carrera o la suya. No me gustaría nada enfrentarme a eso. Nosotros pasamos por algo parecido mientras hacía la residencia, pero tu hermano lo solucionó. Consiguió un empleo en un banco de Chicago y cuando terminé mi residencia regresamos a Boston. Pero esto parece mucho más complicado.

—Sí, y yo no soy médico —adujo Valerie con pesar—. Mi trabajo significa mucho para mí y me he dejado la piel para llegar a donde estoy. Es muy probable que me asciendan a editora jefe dentro de un par de años, pero es un espaldarazo enorme para Jean-Philippe, y yo jamás ganaré tanto dinero como puede ganar él en China. Si el dinero es el factor decisivo, es evidente que pierdo. Pero no estoy preparada para renunciar a mi carrera a fin de mudarme a Pekín. Y si voy con él, ya no tendré una carrera cuando regresemos.

—Yo tampoco querría irme a China —respondió Kate con franqueza—. Me ofrecieron la posibilidad de dar clases en Escocia durante un año y la rechazamos. El clima es deprimente. Y vivir en Pekín con tres niños pequeños sería muy duro. No me cabe duda de que algunas personas lo hacen, pero yo no querría.

Aquello reafirmó la opinión de Valerie al respecto. Había logrado evitar el tema con su marido las dos primeras semanas, pero ya no podían seguir eludiéndolo. Estaban recibiendo insistentes e-mails de la firma reiterándole la oferta e iban a retirar el trato de la mesa en breve. Y él no quería que eso ocurriera y que perdiera así la posibilidad de tomar una decisión.

Valerie y él estaban sentados en el embarcadero mientras sus hijos dormían la siesta. Su hermano había salido a pescar y su cuñada se había acercado al pueblo con sus hijos a comprar comida. Jean-Philippe miró a su esposa con tristeza. Aquellas no habían sido las mejores vacaciones.

—No quiero presionarte, pero tenemos que tomar una decisión, Valerie.

—Lo sé —repuso con pesar—. Lo he estado postergando. No sabía qué decirte. No quiero perderte ni a ti ni nuestro matrimonio, pero no puedo ir a Pekín. Es demasiado para mí, los niños son muy pequeños y mi carrera estará acabada cuando regresemos. En cuanto deje de pertenecer a *Vogue*, ya no me tendrán en cuenta. Así funciona esto. Y sé que hay otras revistas, pero he trabajado muy duro en esta. Ha sido mi sueño desde que estaba en la universidad.

Él asintió, igual de triste que ella. Había supuesto que Valerie diría eso y no se sorprendió.

—Yo también he pensado mucho en ello. Creo que sería un error para todos nosotros como familia que yo renunciara a esto. Voy a aceptar y a acordar con ellos que cada dos meses me manden a casa una semana o dos para poder veros. No podemos vivir así eternamente, pero probaré un año. Quizá funcione, y si gano mucho dinero allí, tal vez lo reconsideres.

Entretanto tendría un margen de un año para que ella continuara con su trabajo en *Vogue* mientras él aprovechaba la oportunidad de realizar fabulosas inversiones en Pekín. Serían todo ventajas, o desventajas, pero estaba dispuesto a intentarlo, y ella también. Era la única solución que se les ocurría.

—¿Me odias por no acompañarte? —le preguntó con seriedad.

Él meneó la cabeza y la rodeó con los brazos.

—Te quiero, Valerie. No te odio. Ojalá se me ocurriera una solución mejor para ambos.

Pero aquello era lo mejor que podían hacer. Y no tener a la familia en Pekín le dejaría tiempo para trabajar más duro. No tendría distracciones ni debería preocuparse por que estuvieran en un país desconocido ni por cómo se estaban adaptando. En ciertos aspectos, tal vez aquello fuera mejor, si sus jefes se lo permitían. Todavía debía negociar el trato con ellos. Y esa noche les envió un correo electrónico resumiéndoles su plan y, con gran alivio por su parte, estos le enviaron su aprobación al día siguiente. Jean-Philippe sonreía cuando se lo contó a Valerie.

—Han aceptado. Algo es algo.

No era motivo de celebración, pero sí un compromiso válido, que le libró de mucha presión.

—¿Cuándo te vas? —preguntó Valerie, nerviosa.

Le entristecía pensar que su marido estaría viviendo en China mientras los niños y ella seguían en París, y no podía evitar preguntarse hasta qué punto afectaría eso a su matrimonio. Pero solo era un año y después de eso volverían a plantearse el asunto.

—En septiembre. Tengo mucho trabajo previo que hacer antes de irme.

Y tenía que avisar a su actual empresa. Quería darles cuatro semanas para que le sustituyeran en cuanto volvieran a París.

Se marcharon de Maine antes de lo habitual para que pudiera poner todos sus asuntos en orden, y sus cuñados le desearon buena suerte en China.

Según el plan que había ideado, volvería a casa para Acción de Gracias, una fecha importante para ella, aunque en Francia no fuera festivo, y para Navidad, y también en febrero, abril, junio y agosto, siempre que su presencia en China no fuera vital para cerrar un negocio; Valerie y los niños contarían los días con impaciencia.

Jean-Philippe se lo explicó a Chantal cuando comieron juntos después de que Xavier y ella volvieran de Los Ángeles, y ella le advirtió que estar ausente casi todo un año podría tener un efecto catastrófico en su matrimonio.

—Si eso ocurre, ella dice que dejará su trabajo y vendrá conmigo.

—Eso dice ahora, pero ¿y si no quiere hacerlo?

Chantal estaba preocupada por él. Su amigo estaba tomando una decisión difícil.

—Entonces, llegados a ese punto, tendré que decidir si quiero dejarlo y volver a casa. —Habían gozado de una vida muy fácil durante siete años, hasta ese momento, y ahora se había complicado mucho. Chantal no soportaba que eso les pasara a ellos. Y era imposible predecir cómo les afectaría aquello, a uno de los dos o a ambos—. ¿Y qué tal tú? —preguntó—. ¿Cómo fueron las vacaciones en California? ¿Ha sobrevivido tu relación con Xavier? —Le brindó una sonrisa mientras lo decía, y ella le correspondió con otra.

—Sí, ha sobrevivido. Fui sola a ver a Charlotte a Hong Kong, pero él me acompañó a visitar a Paul a Los Ángeles. Su novia y él van a tener un hijo, sin estar casados, claro. Voy a ser abuela —dijo, torciendo el gesto, lo cual expresaba lo que sentía—. Justo lo que necesitaba; un nieto ahora que tengo un novio de doce años.

—¿Qué opina de eso? —inquirió Jean-Philippe.

—Creo que no le molesta —repuso ella, aún sorprendida.

—Parece un buen hombre.

—Lo parece. —Y Jean-Philippe advirtió lo feliz que se la veía—. Todavía me preocupa que se largue con una más joven. Pero aún no hay señales de eso. ¡Y más te vale que me llames por Skype cuando estés en China!

—Te lo prometo. —Le sonrió. Iba a echar de menos a su familia y a ella.

—¿Cuándo te vas? —quiso saber Chantal, invadida ya por la tristeza.

—Dentro de unas tres semanas. Antes de eso tengo un montón de cosas que hacer.

Después de la comida, Chantal pensó en él toda la tarde. Se preguntó si desplazarse desde Pekín cada dos meses iba a funcionar. Pero, tal y como sucedía con todo lo demás en la vida, solo el tiempo lo diría.

Benedetta había pasado casi todo el verano desmontando su empresa, reestructurándola y desligando los intereses de Gregorio de los suyos. Era un proceso complicado y había pasado horas con los abogados cada día, pero a principios de septiembre había hecho progresos. Los abogados de Gregorio estaban colaborando estrechamente con ellos, y él estaba sorprendido por lo despiadada que había sido ella. Lo único que le importaba era salvar la empresa al tiempo que le eliminaban de ella. No quería que tuviese ni un dedo metido en su negocio y no quería tener nada que ver con él. Se comunicaba con él solo a través de abogados y estaba creando una empresa que consideraba que podría dirigir ella sola de manera eficaz. Había suprimido ciertos departamentos, optimizado el personal y dejado de contratar por completo las fábricas textiles de la familia de Gregorio. Había supuesto un duro golpe para su negocio, y sus hermanos no estaban contentos con él. Su hermano mayor había ido a ver a Benedetta para tratar de razonar con ella, pero ella no tuvo compasión. Deseaba cortar todos los lazos entre los dos imperios familiares. No quería ninguna vinculación con su ex marido, ni personal ni laboral.

—No puedes hacerle esto a él ni a nosotros, Benedetta —imploró el hermano—. Gregorio cometió un error. Ya sabes cómo es. Es un inmaduro.

—Es más que inmaduro. Me abandonó con un negocio que dirigir y me cargó con toda la responsabilidad y las decisiones mientras él se largaba con esa chica y sus hijos. Me dijo que quería dejarme después de que le esperé y le excusé. Ahora le quiero fuera de mi negocio. Ya no encaja aquí. Y lamento que eso os perjudique a tus hermanos y a ti, pero debería haber pensado en eso antes. Él nos ha hecho daño a todos, me ha convertido en el hazmerreír, y ahora tiene lo que quería. Esa chica y su hija. Dale un empleo en una de tus fábricas. No volveré a trabajar ni con él ni con vosotros —dijo, y se puso de pie—. El vínculo entre nuestras dos familias se ha roto y puedes agradecérselo a Gregorio.

Los hermanos de Gregorio estaban furiosos con él por llevar a Benedetta hasta ese punto. Separar las dos empresas y cancelar sus pedidos a las fábricas ya les había costado millones, por no hablar de lo que quería en el divorcio. No necesitaba el dinero, pero deseaba castigarle por lo que le había hecho, y no solo esa vez, sino todas las veces anteriores. La había humillado de forma pública en repetidas ocasiones, e iba a pagarlo muy caro.

—No tienes por qué divorciarte de él —le suplicó el hermano mayor—. Puedes seguir casada y vivir tu vida.

—¿Por qué voy a seguir casada con un hombre así? Ya no estamos en los viejos tiempos en los que las mujeres seguían casadas mientras los hombres vivían con sus amantes. Vive con ella y tienen una hija, así que debería hacerle el honor de casarse con ella. No seré su esposa. Ya no quiero tener nada que ver con él.

El hermano se marchó de su despacho al borde de las lágrimas, y Benedetta se sintió orgullosa de todo lo que estaba haciendo. Nadie de los suyos discrepaba con ella. Gregorio se lo merecía.

Dharam la había llamado varias veces en agosto para ver cómo estaba. Se encontraba ocupado trabajando en Delhi. Y a primeros de septiembre la llamó y la invitó a lo que parecía un fabuloso evento en Londres. Resultaba muy tentador, pero le era imposible marcharse. Todavía tenía cosas que solucionar en lo relativo al divorcio, debía terminar con la separación de la empresa, y se estaba preparando para la semana de la moda y para mostrar su nueva colección a finales de mes. No podía abandonar Milán ni un solo segundo.

—Lo siento muchísimo —se disculpó—. Me he pasado todo el verano reestructurando la empresa.

—Lo entiendo perfectamente. Solo quiero que me prometas que cenarás conmigo cuando las cosas se calmen. —Era tan afectuoso y comprensivo como siempre.

—Deja que pase la semana de la moda y te prometo que después tendré tiempo.

—Volveré a Europa en octubre. Te llamaré entonces.

—Perfecto.

Apenas había tenido tiempo de pensar en él desde que pidió el divorcio y desmanteló la empresa. Había sido una labor titánica y aún no había terminado. Y al mismo tiempo se estaba preparando para su primer desfile de moda. Estaba hasta arriba de trabajo.

Gregorio llamó a Jean-Philippe a París unos días más tarde. Era la primera vez que alguien tenía noticias suyas desde junio, hacía tres meses, y le dijo a su amigo que los últimos meses habían sido duros.

—Benedetta ha pedido el divorcio —repuso, y por su voz parecía compadecerse de sí mismo.

—Eso he oído —dijo Jean-Philippe, tratando de parecer imparcial, aunque distaba mucho de serlo. Su solidaridad era para con Benedetta y todo lo que había sufrido.

—Me ha echado de la empresa. Estoy luchando en los tribunales, pero mis abogados dicen que no podré impedírselo. Mis hermanos quieren matarme. He pasado los tres últimos meses en el hospital con Anya y con la niña y no he visto a nadie. Vamos a volver a Roma la semana que viene con el bebé. ¿Te gustaría comer conmigo antes de que me vaya?

Parecía estar muy solo cuando se lo preguntó. Llevaba mucho tiempo sin mantener el contacto y aislado. Jean-Philippe había atendido la llamada por educación, pero desaprobaba todo lo que había hecho y cómo lo había hecho.

—Ojalá pudiera, pero me mudo a Pekín la semana que viene. Estos tres meses desde la Cena Blanca han sido una locura. —Esa había sido la última ocasión en que se vieron.

Gregorio se quedó sorprendido por la noticia.

—¿Valerie se va contigo y os lleváis a los niños?

—No, se quedan todos aquí. Voy a estar yendo y viniendo durante un año. Veremos cómo va la cosa.

—Parece complicado —adujo Gregorio con seriedad.

—No me cabe duda de que lo será —convino Jean-Philippe mientras trataba de mantener una actitud optimista.

—Ahora tengo una hija, ya sabes —le contó con orgullo—. Casi la perdemos. Es muy pequeña, pero todo irá bien. —Al menos eso esperaba, y tal vez pasaran años hasta que lo supieran con seguridad—. Tenía un hermano y lo perdimos.

Parecía turbado por todo lo que había vivido, no el Gregorio despreocupado del pasado.

—Lo sé. Lo siento —se condolió Jean-Philippe, pero tenía que ponerse a trabajar y Gregorio no parecía tener nada que hacer y sí ganas de hablar.

—Escríbeme algún e-mail de vez en cuando. Me encantaría saber de ti —añadió Gregorio, ofreciéndole su apoyo como si fuera su último amigo, lo cual podría ser cierto—. Avísame cuando vuelvas a Europa. Nos encantaría verte. —Solo que ese «nos» del que hablaba incluía a Anya, y Jean-Philippe no tenía ninguna intención de verla. Su lealtad era para la ex mujer de Gregorio, no para su novia.

Colgaron unos minutos más tarde, y Jean-Philippe solo podía pensar en lo pringado que era Gregorio y en lo imbécil y cabrón que había sido.

A la semana siguiente, tres meses después del día que nació y una semana después de la fecha en que Anya habría salido de cuentas, Anya y Gregorio salieron del hospital con la niña. Mientras caminaban bajo el soleado día de septiembre, a Gregorio se le encogió el corazón al recordar al niño que debería ir también a casa con ellos. Ataviada con un vestidito blanco, chaqueta rosa y gorrito de punto, y envuelta en una manta a juego, Claudia parecía perfecta. Volvieron al George V con la niñera. Habían reservado otra suite para ellas y pensaban pasar unos cuantos días allí antes de regresar a Roma.

Esa tarde, Anya llamó a tres o cuatro de sus amigas modelos y les preguntó si querían ir a visitarla al hotel. Todas ellas iban a ir esa noche a una fiesta en Le Baron, que era su discoteca favorita. Le decepcionó que estuvieran ocupadas y parecía triste cuando pidieron la cena al servicio de habitaciones y Gregorio encendió el televisor. No era así como había imaginado su primera noche de libertad. Por fin eran libres y Gregorio ni siquiera quería salir a cenar. Él solo quería estar en el hotel con la niña. Se quedó dormido viendo la tele, y Anya permaneció junto a la ventana, contemplando a la gente en la calle y sintiéndose como si estuviera en una prisión. Deseaba empezar a desfilar de nuevo muy pronto y también a divertirse un poco.

Durante su estancia allí, sus amigas nunca tenían tiempo para ir a verla y los amigos parisinos de Gregorio no le devolvían las llamadas. Y al cabo de tres días dejaron el hotel para volver con su bebé a Roma, sintiéndose como parias. Una vez que hubieron regresado, Gregorio quiso contactar con sus amigos en Milán e ir a verlos. Echaba de menos su antigua vida, su trabajo, su casa, su ciudad, incluso a sus hermanos. Pero en cuanto empezó a llamar a gente, descubrió que tampoco en Roma ni en Milán le devolvían las llamadas. Después de lo que le había hecho a Benedetta se había convertido en un paria social. Presa del pánico, voló a Milán para ver a sus hermanos y suplicarles que le dejaran trabajar con ellos. Estos accedieron de mala gana, aunque no estaban nada contentos con él, y su hermano menor ni siquiera le hablaba. Pero trabajar con su familia le dio una excusa para mudarse de nuevo a Milán. Alquiló un bonito apartamento para ellos y se lo dijo a Anya cuando volvió a Roma.

A Anya le entusiasmó la posibilidad de conseguir trabajo de pasarela en Milán durante la semana de la moda. Hacía meses que no trabajaba y ahora quería hacerlo, pero dos días después de ir a Milán la llamó su agente para decirle que habían cancelado sus desfiles en toda Italia y que ningún diseñador la contrataría. En cambio, había confirmado su participación en tres desfiles durante la semana de la moda de París, y Anya estaba encantada. Informó a Gregorio de inmediato y este pareció sorprenderse. Daba por hecho que los numerosos defensores de Benedetta habían vetado a Anya en Milán.

—¿Te vas a París a trabajar? ¿Qué pasa con la niña y conmigo? —No tenía ni idea de que se marcharía tan pronto.

—Solo estaré fuera una o dos semanas.

Prácticamente bailaba por la habitación de lo contenta que estaba por trabajar de nuevo y ver a sus amigos.

Tener el bebé los había cambiado a ambos. Gregorio solo quería quedarse en casa y pasar el tiempo con ella y con la niña. Pero Anya era joven y, ahora que la niña estaba fuera de peligro, quería salir y volver a vivir. Y para ella eso implicaba desfilar en París o en cualquier lugar donde pudiera. Le había dicho a su agente que empezara a buscarle trabajo a pleno rendimiento en cualquier parte del mundo.

Los días previos a la semana de la moda de Milán fueron dolorosos para Gregorio. Sus hermanos seguían furiosos con él, sus amigos no querían verle. No hacía más que oír hablar de los triunfos de Benedetta con su nueva colección y Anya no paraba de quejarse porque él no quería salir. Ella quería asistir a fiestas y Gregorio le decía que no podían a menos que quisieran hacer el ridículo. Y, de todas formas, nadie los invitaba, pero eso no se lo dijo. Anya quería a la niña, pero no estaba preparada para renunciar a vivir y convertirse en una reclusa con él. Se sintió aliviada, lo mismo que él, cuando se fue por fin a París. Era demasiado joven para quedarse encerrada en casa por las noches con él.

Poco después de su vuelta a Milán, sus hermanos quisieron que hablara con Benedetta para pedirle que renovara los contratos con sus fábricas. Pero ella no le cogía el teléfono y solo se comunicaba con él a través de los abogados para tratar temas relativos al divorcio y a la disolución de su sociedad mercantil. Sus hermanos estaban molestos porque estaba comprando todo el género a sus competidores en Francia. Aquello le estaba costando una fortuna, pero se negaba a hacer negocios con la familia de Gregorio. Y cuando empezó a trabajar con ellos, la primera tarea de Gregorio fue hacer que ella cambiara de opinión y convencerla para que contratara de nuevo sus fábricas textiles.

—No puedo —les dijo Gregorio con tristeza—. No lo entendéis. No quiere tener nada que ver con ninguno de nosotros. —Habían perdido la mitad del volumen de su negocio al cancelar Benedetta su cuenta con ellos.

Pero, a pesar de la ira de sus hermanos, Gregorio se alegraba de estar de vuelta, de trabajar con ellos y vivir en Milán, aun sin amigos. Ahora tenía a Anya y a la niña para consolarse por todo cuanto había perdido, y por las noches se pasaba innumerables horas sentado con la pequeña en brazos. Tenerla lo compensaba todo.

Echó de menos a Anya mientras estaba en París. Ella le llamaba todos los días, pero se quedó estupefacto al ver en la prensa fotos de ella en las que se la veía en clubes nocturnos y en fiestas con otras modelos y con sus amigos. Estaba recuperando el tiempo perdido después de haber permanecido atrapada en el hospital con los bebés y con él durante meses. Necesitaba volver a divertirse. Y si bien Gregorio se alegraba de estar de vuelta en Milán, a ella le resultaba agobiante, pues allí no podía trabajar, y le deprimía estar en casa con él todas las noches mientras este tenía a la niña en brazos y cuidaba de ella. París era mucho más excitante mientras empezaba a retomar su antigua vida.

Una noche, Gregorio tuvo una pelea enorme con ella por teléfono. La había visto en la prensa dedicada al mundo de la moda y en internet esa mañana, tras asistir a una gran fiesta la noche anterior. Salía preciosa en las fotos y daba la impresión de estar pasándoselo en grande. Parecía que iba medio desnuda con lo que llevaba puesto y bailaba como una posesa en Le Baron, rodeada de hombres. Imaginó que estaba borracha.

Se había enamorado de ella en el hospital, mientras se mostraba seria y sumisa, velando con él por sus hijos. Pero ahora había vuelto a emerger a chica que era cuando la conoció. Todo lo que habían pasado le había transformado en un padre, pero Anya no era más que una joven hermosa que quería divertirse. Gregorio quería mantener y fortalecer el vínculo que habían forjado en el hospital. Había dejado a su mujer por ella y había perdido su empresa. Pero la chica de la que se había enamorado había desaparecido. Volvía a ser Anya, la supermodelo y la chica fiestera. No había ni rastro de ella como madre. La tragedia y su amor por ella no la habían cambiado lo mas mínimo.

El día después de la pelea de Gregorio con Anya por teléfono, Benedetta celebró su gran desfile en Milán para presentar su nueva colección. Estaba nerviosa. Iba a mostrar formas potentes, colores excitantes, diseños atrevidos y tejidos innovadores en la colección de primavera, y había creado un nuevo estilo para señalar el cambio en la empresa que había desmontado hasta los cimientos y reconstruido de nuevo. Y no tenía ni idea de cómo la recibirían ni si sería un éxito y obtendría buenas críticas.

Como de costumbre, estaba entre bastidores antes del desfile. Normalmente Gregorio habría estado con ella para darle su apoyo. Aquella era la primera vez que no estaba y le resultaba raro hacerlo sin él, pero no dejó de repetirse que era capaz de hacerlo. Solo rezaba para que todo saliera bien. Había asumido un enorme riesgo al reestructurar la empresa sin Gregorio en un espacio de tiempo muy breve.

Su teléfono móvil sonó mientras inspeccionaba a las modelos para los retoques de última hora. Todavía estaban cosiendo algunos botones y adornos, que había conseguido también de nuevos proveedores, y las modistas se afanaban acortando algunos bajos. A algunas de las modelos les estaban abrochando los vestidos. Respondió la llamada mientras revisaba los peinados, los maquillajes y los zapatos. También había contado con un diseñador de calzado nuevo, pues el anterior era primo de Gregorio.

—¿Sí? —dijo, distraída.

Era Dharam, que la llamaba para desearle buena suerte.

—Tu desfile va a ser maravilloso, Benedetta —dijo con afecto—. Sé que lo va a ser. —Llamaba desde Delhi y allí eran tres horas y media más tarde. Había esperado para llamarla en el último minuto y darle así un empujón, justo antes de que las modelos salieran a la pasarela. Sabía que ella no tenía tiempo para hablar—. Quiero asistir al siguiente —repuso a toda prisa.

—Lo harás. Y gracias —respondió, agradecida por su llamada—. Te llamo luego. —Y colgó.

Sonó la música, las luces se encendieron en la sala y las modelos desfilaron por la pasarela mientras Benedetta seguía entre bastidores, conteniendo la respiración. Salieron una detrás de otra a un ritmo palpitante, luciendo sus preciosas prendas, y veinticinco minutos después había terminado. Había presentado cincuenta y cinco propuestas y, al terminar, el aplauso fue estruendoso. Lo había organizado todo ella sola y se había ocupado hasta del más mínimo detalle. Una muestra completa de su talento, para deleite de todo el que miraba.

Hubo una pausa y luego uno de los directores escénicos

le dio una señal para que saliera también a la pasarela. Aquella era la parte que siempre detestaba, cuando casi corría hasta el final de la pasarela, hacía una rápida reverencia y volvía entre bastidores. Pero sabía que esa vez, más que nunca, tenía que hacerlo. El público la estaba esperando; clientes y periodistas, y la prensa especializada de todo el mundo. Iba vestida con vaqueros y jersey negros y manoletinas, su ropa de trabajo en momentos como aquel, con el largo y liso cabello negro suelto, cayéndole por la espalda.

Y cuando salió de detrás del telón a la pasarela, todo el mundo, la sala al completo, se puso de pie. Las lágrimas le anegaron los ojos, pues no estaba preparada para eso. El público prorrumpió en vítores, aplausos y silbidos al tiempo que golpeaban el suelo con los pies y aclamaban su nombre. Le dieron una calurosa ovación para celebrar lo que había hecho, pero también para mostrarle su apoyo. Todos los presentes sabían el calvario que había vivido, lo mucho que había luchado para sobrevivir y salvar su negocio de lo que podría había sido un golpe fatal. Sin embargo, había arrancado la victoria de las fauces de la derrota. Llegó al final de la pasarela con las lágrimas deslizándose por sus mejillas y una amplia sonrisa para todos los que la apoyaban. Estaban ahí por ella y tenía ganas de besarlos a todos y darles las gracias mientras agitaba la mano y corría a ocultarse de nuevo detrás del telón. Era un triunfo absoluto para ella y para la marca. Había sido la noche perfecta.

Esa noche se celebraron fiestas por todo Milán para festejar la semana de la moda, pero Benedetta se marchó a casa. Quería saborear el momento, y Dharam la llamó de nuevo para darle la enhorabuena. Lo había visto por internet.

—La ropa era espectacular, Benedetta. ¡Estoy muy orgulloso de ti!

Ella también se había sentido orgullosa de sí misma. No había dejado que Gregorio destruyera su empresa ni su espíritu. Había luchado con todas sus fuerzas.

—Estoy deseando que lo veas en directo la próxima vez —dijo, paseándose por su sala de estar, relajada de la tensión de las últimas semanas.

—También yo. Tienes que venir a la India en busca de inspiración. Aquí hay mucha belleza; te encantaría.

—Será un placer visitarla en algún momento.

—Lo harás —prometió—. Nos vemos dentro de unas semanas.

Colgaron después de eso, y Benedetta se fue al dormitorio con una sonrisa de oreja a oreja, se tumbó en la cama y contempló el techo. ¡Qué noche tan fabulosa!

10

La semana de la moda de París era aún más demencial que la de Milán. Siempre lo era. Era más grande, había más diseñadores franceses, y era el evento que todo el mundo esperaba. Valerie y su editora jefe estaban en primera fila en todos los desfiles, así como los principales editores de la revista *Vogue* de Estados Unidos, que volaban allí solo para eso. La presión que soportaban los diseñadores era enorme, y Valerie había corrido de un desfile a otro, viéndolos todos. Pero se acordó de enviar flores a Benedetta para felicitarla por su espectacular desfile en Milán. La gente seguía hablando sobre él y sobre el éxito que había sido.

Como de costumbre, Valerie apenas vio a Jean-Philippe esa semana. Salía de casa a las ocho de la mañana y raras veces volvía antes de las dos de la madrugada. Y lo más duro esa vez fue que él se marchaba a finales de semana y no tenía ni un solo minuto para dedicarle. Pero él lo entendía. Era su trabajo. Y aquella locura y su papel en ella eran la razón de que no se fuera a Pekín.

Jean-Philippe se marchaba el sábado y tenía mucho que hacer esa semana para prepararse. Tenía videoconferencias y una docena de reuniones por Skype para preparar su nuevo trabajo. Y tenía montañas de archivos y documentación que leer antes de llegar allí. Abrigaba la esperanza de ocuparse de parte de eso durante el largo vuelo.

Justo antes del mediodía del viernes, Valerie recibió una llamada de Beaumont-Sevigny, una de las empresas textiles de precio medio con una reputación excelente; querían reunirse con ella antes de que sus ejecutivos más importantes regresarán a Estados Unidos esa noche. Canceló su cita para comer con los editores de *Vogue* Estados Unidos y se las arregló para dedicar una hora al consejero delegado y al equipo creativo de la empresa. Le ofrecieron un considerable anticipo para que los asesorase de manera regular, algo que en *Vogue* le estaba permitido hacer. Por lo general, solo los editores veteranos recibían ofertas como esa, que eran muy lucrativas y suponían un complemento a sus salarios en la revista. Salió de la reunión en estado de shock, después de oír su oferta. Querían que se comprometiera tres días al mes con ellos, además de prestarles asesoramiento sobre la gestión de marcas de ropa, su experiencia sobre siluetas, proporciones, colores, tejidos, tendencias, y de realizar presentaciones. Querían pagarle el doble de su salario anual en *Vogue*, y de repente eso sirvió para justificar que no acompañara a Jean-Philippe a Pekín. No cabía duda de que estaba destinada a quedarse en París, en el centro neurálgico del mundo del diseño de la moda. Esa noche se lo contó a Jean-Philippe. Hasta él estaba impresionado y muy orgulloso de ella.

—Es fantástico —dijo, con sincero entusiasmo. Valerie le explicó lo que esperaban de ella y adujo que sabía que era capaz de hacerlo sin problemas—. ¿Cuándo empiezas? —preguntó.

—La semana que viene.

Era un sueño hecho realidad y charló de eso con él aquella noche, hasta que ambos se quedaron dormidos. Y cuando despertaron por la mañana, Valerie de repente se sintió como si una bola de demolición hubiera cargado contra su corazón. Se acordó de qué día era. Jean-Philippe se marchaba a Pekín. Por fin, después de hablar de ello y de pelearse por la decisión durante meses, había llegado el momento. Y ahora se le revolvía el estómago solo de pensar en su marcha, pero sabía más que nunca que quedarse era lo correcto, sobre todo con la oferta que había recibido el día anterior. Tenía sólidas y válidas razones profesionales para estar allí e iban a pagarle bien. Su marido no podía discutírselo.

Los niños y ella comieron en casa con Jean-Philippe. Los niños la habían ayudado a prepararle una tarta y cantaron una canción sobre lo mucho que le querían. Y Valerie lo grabó en vídeo con su móvil para que él pudiera llevárselo. Tenía lágrimas en los ojos cuando besó a sus hijos y a su mujer. A pesar de lo ocupada que había estado esa semana, Valerie había tenido tiempo de ensayar la canción con ellos.

Salieron hacia el aeropuerto a las cuatro, y los niños fueron con ellos. Lo acompañaron al mostrador de facturación y luego fueron todos juntos hasta el control de seguridad, donde tendrían que separarse. Jean-Philippe besó a Valerie en la boca y la estrechó con fuerza.

—Volveré a casa muy pronto —le susurró mientras su hija se quejaba.

—Estás espachurrando a mamá. No tienes que hacer eso. —Ellos siempre reprendían a Jean-Louis por hacer justo aquello.

Todos le besaron y le abrazaron; habían pasado un bonito día juntos, pero llegó un momento en que ya no pudo entretenerse más y tuvo que dejarlos para no perder el avión. Besó a Valerie una última vez, abrazó de nuevo a sus hijos y acto seguido pasó la zona de seguridad y se despidió con la mano hasta que cruzó al otro lado y desapareció. Los niños parecieron entristecerse cuando dejaron de verle.

—Quiero que vuelva —dijo Isabelle, llorando.

—No puede, boba, porque perderá el avión —la regañó Jean-Louis.

Damien se quedó sentado en su silla, chupándose el dedo con carita triste. Valerie los llevó a todos al aparcamiento, metió la silla en el maletero con ciertas dificultades, sentó a Isabelle y a Damien en sus asientos para niños y a Jean-Louis entre los dos, sujeto con el cinturón de seguridad. Intentó conseguir que cantaran de camino a casa, pero ninguno estaba de humor y ella tampoco. El día pareció volverse de luto cuando Jean-Philippe se marchó, y Valerie se preguntó con cierto pánico si había hecho lo correcto al no ir con él. ¿Y si quedarse en París destruía su matrimonio? Cabía la posibilidad de que eso pasara. Pero renunciar a su carrera e irse a vivir a Pekín también podría haberlo destruido y era un sacrificio demasiado grande para ella.

La llamó al móvil antes de que salieran del aparcamiento y ella se desvió a un lado para hablar con él, pasándole después el teléfono a cada uno de los niños. Estaba en la sala de espera de primera clase, aguardando para embarcar. Y a continuación ella habló de nuevo con Jean-Philippe.

—Te quiero... Siento no ir.

Jean-Philippe podía oír que estaba llorando y se sintió conmovido.

—Es lo correcto para ti —dijo, tratando de consolarla—. Conseguiremos que esto funcione. —Esperaba estar diciéndole la verdad.

—Gracias por ser tan comprensivo.

Ambos hacían lo que tenían que hacer, pero tristemente no juntos. Sus respectivas necesidades chocaban y no había otro modo de solventarlo. Él tuvo que apagar el móvil para embarcar, y ella se llevó a los niños a la ciudad. Más tarde les preparó la cena, los bañó y los acostó. Y luego se tumbó en la cama que había compartido con él esa misma mañana y sintió que la invadía la tristeza. Los dos meses siguientes sin él le iban a parecer eternos. Había hecho algo que creyó que jamás sería capaz de hacer. Había sacrificado su matrimonio en aras de su trabajo. Se dio cuenta con pesar y, por ello, esa noche lloró hasta quedarse dormida.

Cuando Jean-Philippe llegó al Aeropuerto Internacional de Pekín once horas más tarde, el traductor que habían contratado para él le estaba esperando para llevarle a su apartamento. Se trataba de un apartamento temporal para empleados recién llegados hasta que se instalaban, y como estaba solo, había dicho que era más que suficiente para él. Estaba ubicado en una calle financiera del distrito de Haidian, al oeste de Pekín, donde vivían muchos extranjeros, en un moderno edificio que le recordaba a algunos de los rascacielos más feos de otras ciudades. Pero el apartamento estaba ordenado, escasamente amueblado y limpio, y alguien había dejado una modesta cantidad de comida en la nevera. Tenía la extraña sensación de haber vuelto de golpe y porrazo a sus años de soltero o a un piso que había compartido con otros tres chicos cuando estaba en la universidad y realizó un programa de intercambio durante varios meses en la Universidad de Nueva York.

Ni el apartamento ni el edificio ni el barrio eran bonitos, y se había percatado de la densa nube de contaminación sobre la ciudad. Y entre el aire contaminado y el lúgubre entorno, de repente comprendió lo deprimente que iba a resultar estar allí, sin su familia y sin nada que fuera siquiera un poco familiar. Se había llevado fotos de Valerie y de los niños, que de inmediato colocó en su mesa, como si eso mejorara al instante el poco atractivo apartamento. Pero solo sirvió para hacer que se sintiera más solo y se preguntara por qué se le había ocurrido que ir allí sería buena idea. La principal razón por la que lo había hecho era porque se trataba de un paso importante en su carrera que los beneficiaría a todos. Entendía por qué la mujer de su predecesor había vuelto a casa y de pronto se alegró de no haberse llevado a Valerie con él. Ella lo habría detestado aún más que él.

Esa noche la llamó después de instalarse y deshacer el equipaje. Su traductor se había ido a casa cuando decidió que no iba a salir. En vez de eso, coció unos huevos y se hizo una tostada, se bebió un vaso de zumo de naranja y optó por acostarse temprano. Valerie le preguntó cómo era el apartamento y no tuvo valor para contárselo, de modo que le dijo que todo iba bien, aunque por su tono ella pudo percibir que no estaba contento, y al final de la conversación añadió cuánto se alegraba por ella de que no hubiera ido. «Es muy básico», contó sobre el apartamento, lo cual era quedarse muy corto. Sobre todo, era feo. Todo era de mala calidad y puramente funcional, como en un hotel barato, y la cama era muy incómoda, pero al final se quedó dormido de puro agotamiento.

Al día siguiente, se levantó a las seis de la mañana y fue a su despacho a las nueve, después de leer varios periódicos en internet. Un chófer le recogió, le llevó por zonas muy pobladas y luego a lo que parecía un distrito financiero, con coches abarrotando las calles como cucarachas, expulsando humo por el tubo de escape mientras sufrían los atascos del tráfico.

Por lo que había visto hasta el momento, la ciudad no era nada bonita, pero quería ver las atracciones turísticas famosas; la Ciudad Prohibida, la Gran Muralla y los guerreros y caballos de terracota, cuando tuviera tiempo para tomar el tren hasta allí. Era un viaje en tren de dos días hasta Xian en la provincia de Shaanxi, ida y vuelta. Pero antes tenía que familiarizarse con la oficina y la gente que trabajaba en ella. Vislumbraba el año que tenía por delante como una carrera de obstáculos mientras anhelaba su primer viaje a casa para ver a Valerie y a los niños. A media mañana se encontraba absorto en lo que estaba haciendo. Tenían varias propuestas importantes sobre la mesa y algunas fusiones y adquisiciones muy interesantes. Había ido allí por eso, y le alivió sumergirse en su trabajo, distraerse de la soledad que sentía. A las ocho de la tarde estaba de nuevo en su apartamento, comiéndose un cuenco de arroz que la persona que se ocupaba de la limpieza le había dejado, con otra cosa que no reconocía y que le daba miedo comerse. Todo lo que tocaba, veía, oía, olía o se encontraba le era desconocido, y se preguntó si alguna vez se sentiría como en casa allí, o por lo menos a gusto.

A finales de la primera semana, había establecido la rutina de levantarse temprano, hacer ejercicio y trabajar un par de horas en casa antes de irse a la oficina. Y el sábado contrató a un guía turístico que le llevase a la Ciudad Prohibida, y bien que mereció la pena. Era tan espectacular como le habían dicho. Esa noche se la describió a Valerie por teléfono. Pero ella no pudo hablar mucho rato porque Jean-Louis y Damien estaban con gastroenteritis y el fin de semana no tenía niñera que la ayudase. Sus vidas se habían complicado más al estar separados y a más de ocho mil kilómetros de distancia. Y Jean-Philippe lamentaba no estar allí para ayudarla. Se despidieron de forma apresurada, y él se llevó un fajo de expedientes a la cama y se quedó dormido mientras los leía. Y decidió llamar a Chantal por Skype a la mañana siguiente.

—¿Cómo es? —preguntó cuando vio su imagen aparecer en la pantalla.

Jean-Philippe llevaba un jersey y pantalones azules y no parecía diferente de cuando estaba en París.

—Interesante —dijo, tratando de ser generoso, pero Chantal captó lo solo que se sentía por su tono de voz.

—Pero ¿interesante en plan bien o interesante en plan «ojalá no hubiera ido jamás allí»?

—Un poco de los dos. —Se echó a reír—. Sobre todo, desconocido. Y es muy raro estar en un lugar cuyo idioma no hablas. Aquí nadie sabe inglés ni francés. Estaría perdido si no hubieran contratado un traductor para mí. Pero sobre todo resulta raro estar aquí, y echo de menos a Valerie y a los niños.

—Estoy segura de que ella también te echa de menos. Este va a ser un año que los dos recordaréis y puede que no con cariño.

—Bueno, ¿y qué tal tu aventura romántica? Alégrame y cuéntame qué está pasando en tu vida.

—No mucho. Por fin estoy terminando mi guión y acabo de firmar un contrato para escribir otro. Aún no he empezado. Y me lo paso bien con Xavier. Este fin de semana hemos ido a una feria de antigüedades y al Museo de Orsay. Solo nos divertimos juntos. —Sonrió mientras lo decía y parecía feliz.

—¿Sigues loca por él?

—Más que nunca. Es una persona estupenda. Y adoro a su hermano y a su cuñada. Cenamos con ellos hace unos días. Disfrutamos mucho el uno del otro.

Jean-Philippe estaba contento de que todo le fuera bien. Se lo merecía después de tantos años sola. Y parecía más entusiasmada con la vida desde que había conocido a Xavier.

Hablaron un rato más, y luego Chantal le dijo que tenía que prepararse para conocer al productor del nuevo proyecto. Salieron de Skype, y Jean-Philippe se encontró solo de nuevo. Aunque tenía los días ocupados en el despacho, las noches eran largas y deprimentes. Cuando volvía a su apartamento por la noche se daba cuenta de lo mucho que añoraba a Valerie. Ya había decidido que aquella era la peor idea que jamás había tenido. Y ahora no les quedaba otra que salir adelante, a fuerza de puro coraje por su parte si era necesario, aunque él tenía que vivir con la decisión que había tomado. Solo esperaba ganar mucho dinero para compensarlo. Era la única justificación posible que se le ocurría para la soledad y la tristeza que estaba soportando. Su año en China no había hecho más que empezar y ya rezaba para que el tiempo pasara rápido, que el dinero mereciera la pena y que aquello no terminara con su matrimonio.

11

Chantal y Xavier adoptaron una cómoda rutina en cuanto volvieron de Los Ángeles. Él pasaba casi todas las noches en el apartamento de Chantal, pero de vez en cuando volvía al suyo una noche si ella estaba trabajando. Iban a museos, al cine y a eventos culturales, y cenaban con amigos. Ella le presentó a algunas personas, y él disfrutaba haciendo que conociera a su círculo de amigos, que era más amplio. De vez en cuando ella se sentía como la ilustre veterana del grupo, pero Xavier tenía amigos de todas las edades, clases y ámbitos sociales. En octubre, sus hijos ya no parecían escandalizarse cuando les decía que estaba con él o que habían ido juntos a alguna parte. Chantal le acompañó a Alemania a visitar a un cliente, y después fueron en coche hasta Berlín para cenar con Eric, que estuvo encantado de verla y de conocer a Xavier, después de saber de él por su hermano.

Estaban integrándose en el mundo del otro, sin demasiados problemas. Todo parecía muy natural y normal. Xavier estaba muy interesado en el arte contemporáneo, y a Eric le había caído bien. A Chantal le sorprendió descubrir cuánto sabía sobre arte conceptual, lo cual impresionó a su hijo.

A veces aún le preocupaban sus encuentros con mujeres más jóvenes y no dejaba de repetirse que su relación era demasiado buena para ser cierta o para que durase, e intentaba recordarse que no debía aferrarse demasiado a él, pero a mediados de octubre ya llevaban juntos cuatro meses y parecía que hubieran formado parte de la vida de otro desde siempre. Incluso un domingo él habló junto con ella con Jean-Philippe por Skype, y este pensó que hacían buena pareja. Sintió envidia al verlos juntos, y tuvo que reconocerle a Chantal que echaba mucho de menos a Valerie y a los niños. Ella le dijo que no había hablado con su mujer desde que él se fue, pero que todavía tenía intención de invitarla a comer.

—Parece estar muy ajetreada. Se está volviendo loca en el despacho, tiene un nuevo cliente que consume su tiempo y los fines de semana se ocupa ella sola de los niños.

—Le está bien empleado por dejar que te fueras a China sin ella —repuso Chantal, bromeando solo en parte.

Seguía pensando que era un gran error que vivieran separados durante un año y que era demasiado duro para ambos. Sin embargo, no se lo dijo a Jean-Philippe. Él ya tenía bastante sin que su amiga fuera una agorera, pero estaba preocupada por los dos, y él parecía muy infeliz en Pekín. Las oportunidades eran fabulosas, pero las condiciones y la calidad de vida eran pésimas. Aún no tenía amigos allí ni vida social en la comunidad extranjera, y además echaba de menos a sus amigos de París. Cada vez que hablaban por Skype, Chantal tenía la sensación de estar llamándole a la cárcel.

—Pobrecillo, qué infeliz parece —comentó Xavier un día después de que hablaran por Skype—. ¿Por qué se ha marchado sin su familia?

—Su mujer no quería renunciar a su trabajo para ir con él. —Era un dilema moderno que ambos sabían que no siempre tenía un final feliz—. Ha trabajado duro para llegar a donde está en *Vogue* y opta al puesto de editora jefe. Al principio él quería que ella se comprometiera a ir a Pekín de tres a cinco años. Ahora Jean-Philippe está intentando que sea un año, aunque no sé si sus jefes tienen eso muy claro. Espero que lo superen.

Xavier asintió, pensando en lo solitario que debía de ser,

pero cada día eran más las mujeres que tenían una carrera y no estaban dispuestas a sacrificarse por sus hombres. Y sus hombres no siempre estaban dispuestos a que sus carreras se vieran afectadas por ellas. Muy a menudo las parejas llegaban a un punto muerto, y la relación se tornaba en el cordero sacrificado que ambos colocaban en el altar por el bien de sus carreras.

—Sea como sea, no me gustaría estar su pellejo —repuso Xavier con compasión, y Chantal estuvo de acuerdo.

Siempre cabía la posibilidad de que su matrimonio no sobreviviera a la decisión que habían tomado.

Más tarde, ese mismo día, fueron a la sección de alimentación de Bon Marché y se abastecieron de cosas que les gustaban a ambos. Estaban aprendiendo las costumbres del otro y disfrutaban cocinando juntos, aunque él afirmaba ser mejor cocinero y ella dejaba que lo pensara. Sabían adaptarse y amoldarse y darse espacio mutuamente para respirar. Nunca se sentía agobiada por él, y él nunca tenía la sensación de que ella se entrometía. Ambos eran personas respetuosas.

Daban largos paseos por el Bois de Boulogne y algunos fines de semana salían en coche por el campo para comer en un pequeño albergue rural. Regresaban contentos y relajados, preparaban la cena el domingo por la noche y se acurrucaban en la cama de Chantal para ver una película, ya que ella tenía el televisor más grande. Su arreglo parecía adecuarse a ambos. Ella no entendía que durara, dada la diferencia de edad, pero funcionaba y parecía que iba cada vez mejor.

A mediados de octubre, después de un viaje de trabajo a Roma, Dharam fue el fin de semana a Milán para ver a Benedetta. Ella seguía disfrutando del éxito de su nueva colección en la semana de la moda y se alegró de verle. Los pedidos no dejaban de llegar y todo lo que había hecho para mejorar su empresa y poder así dirigirla ella sola había dado resultado. Era la comidilla de la prensa especializada y las cifras de venta eran mejores que cuando Gregorio y ella dirigían juntos la empresa. Había corrido un enorme riesgo al obligarle a dejar el negocio, pero lo estaba amortizando con creces, y los hermanos de Gregorio rechinaban los dientes y le culpaban por lo que podría resultar ser la ruina de su empresa familiar. Benedetta no tenía el más mínimo remordimiento. Años de silenciosa humillación se habían convertido de repente en ira, pero en vez de declararle la guerra, le había dado un giro positivo y había reestructurado la empresa. Era la venganza definitiva, y Gregorio se habían convertido en el hazmerreír de Milán.

Benedetta no perdió el tiempo hablando de ello con Dharam. Había ido a verla y había esperado tres meses para hacerlo, desde su viaje a Cerdeña en julio. Se hospedó en el Four Seasons, y la llevó a cenar al restaurante Savino en la Galería Víctor Manuel II. Y fueron en coche al campo una preciosa y soleada tarde de sábado. Al final del día, regresaron a su elegante apartamento. Había hecho algunos cambios desde que se fue Gregorio, y Dharam admiró los cuadros clásicos que había reunido.

—Bueno, ¿cuándo vas a venir a verme a la India? —preguntó con una sonrisa afectuosa—. Sería una inspiración fabulosa para ti. Te encantarían Jaipur, Jodhpur, Udaipur y por supuesto el Taj Mahal, pero hay muchísimas cosas y lugares hermosos que ver en la India. Me encantaría compartirlos contigo. Sería tu guía turístico personal. —Ella sonrió y le dio una copa de vino—. La luz y los colores son exquisitos en la India. Hay un hotel en Srinagar que es el lugar más romántico del mundo y los jardines de Shalimar en el lago Dal son inolvidables. —Mientras hablaba, sus oscuros ojos castaños destilaban calidez y ternura. Le estaba ofreciendo su mundo en bandeja de plata—. Incluso es posible que las joyas te inspiren en tu trabajo. Podríamos ir al Gem Palace en Jaipur.

Lo conocía por los diseñadores de allí que iban a Europa para vender su magnífica joyería.

—Haces que suene muy tentador.

Le brindó una sonrisa y se sentó de forma cómoda en un enorme sillón de su sala de estar, exhalando un suspiro. Había disfrutado de su compañía en Cerdeña durante el mes de julio y desde entonces le había tenido presente en sus pensamientos con frecuencia, pero había estado ocupada poniendo fin a su matrimonio y reorganizando su negocio, y no se había sentido preparada para verle, pues era consciente de que él le profesaba algo más que un interés amistoso.

—Me encantaría pasar algo de tiempo contigo, si tú me lo permites, Benedetta —dijo sin más.

—Sí, ahora sí que me gustaría. —Quería ser sincera con él. Aunque su marido la hubiera dejado por otra y ahora tuviera una hija con ella, necesitaba tiempo para sacarse de la cabeza sus veinte años de matrimonio. La vida de Gregorio y la suya habían estado tan entrelazadas durante tanto tiempo que a veces parecían una sola persona, y había necesitado un cuchillo de carnicero para separar sus dos mundos—. La demanda de divorcio está interpuesta y me parece correcto. En Italia lleva su tiempo, pero al menos la intención de divorciarme está clara. No quería ser tan chapucera como lo ha sido Gregorio.

Ahora entendía lo mal que había hecho al pasar por alto sus aventuras, pero él siempre había vuelto con ella y le aseguraba que las demás mujeres no significaban nada para él.

—¿Va a casarse con la chica? —preguntó Dharam con cautela, pues no deseaba disgustarla, pero sentía curiosidad por los planes de su marido y por cómo podrían afectarle a ella.

—No tengo ni idea. Parece ridículo, pero Gregorio esperaba que no me divorciara de él. Creía que debíamos seguir casados, mantener la empresa intacta y que él viviría con ella y con su hija. En cuanto me dijo que iba a abandonarme por ella, dejé de encontrarle el sentido a seguir casada. Y no podíamos dirigir un negocio juntos. Ahora es libre de hacer lo que le plazca.

—Yo no querría una joven supermodelo rusa por esposa —dijo Dharam con pesar, y Benedetta se encogió de hombros y se echó a reír.

—Puede que él tampoco. Eso depende de él. En todo caso, ambos somos libres de hacer lo que queramos.

—¿De verdad lo piensas, Benedetta? —inquirió Dharam—. No es fácil separarse de alguien con quien has estado tanto tiempo casado.

No quería preguntarle si seguía enamorada de él y esperaba que no lo estuviera.

—No, no lo es —convino.

—Yo lo pasé muy mal cuando mi mujer y yo nos divorciamos. Al menos no tenéis hijos, porque eso complica todavía más las cosas.

—No, pero teníamos un negocio. Y nuestras familias han trabajado juntas durante generaciones.

—Debe de haber sido todo un shock para él que le quisieras fuera del negocio.

—Sí que lo fue, y también para sus hermanos. —Le brindó una sonrisa a Dharam—. Resulta alucinante cómo a veces te cambia la vida en un abrir y cerrar de ojos.

—A veces es bueno. A veces el cambio trae consigo maravillosos regalos —dijo, mirándola de forma penetrante—. Sentí una fuerte conexión contigo aquella noche, pero sé que estos meses han sido duros —añadió, y parecía hablar en serio sobre lo atraído que se sentía por ella.

—Pero ¿cómo vamos a pasar tiempo juntos? Tú vives en Delhi y yo vivo aquí. Ambos tenemos un negocio que no podemos desatender. Yo jamás podría vivir lejos de Milán. Todo mi trabajo está aquí.

Quería ser franca con él desde el principio. No pensaba dejarlo todo y mudarse a la India si se enamoraban.

—Eso lo sé. He pensado mucho en ello. Si queremos estar juntos, no hay razón para que no podamos ir y venir para vernos. La gente lo hace. Yo dispongo de movilidad y puedo trabajar casi en cualquier parte. Paso mucho tiempo en Londres, París y Roma. Y en Nueva York. —Ella lo sabía por sus llamadas y c-mails de los últimos cuatro meses; siempre estaba viajando o escribiéndole desde su avión o desde una habitación de hotel de las distintas ciudades que había mencionado—. ¿Estarías dispuesta a intentarlo?

Dharam era buena persona y muy atractivo, y lo que estaba diciendo resultaba muy tentador.

—Sí, siempre que entiendas que tengo que vivir aquí. Esta es mi base de operaciones y, ahora más que nunca, todo depende de mí.

Podría haber vendido la empresa y haberse jubilado, habérsela cedido a Gregorio y a su familia o haber seguido dirigiéndola con él. En vez de eso, había elegido dirigirla ella sola. No pensaba perder eso ahora ni renunciar a ello por nadie. Y él no parecía esperar eso de ella.

—Creo que somos dos personas de hoy en día —dijo Dharam con sensatez—. Ni tú eres un ama de casa ni yo dirijo una tienda de comestibles en Delhi. Me parece que ambos tenemos opciones que la gente con menos imaginación no tiene —añadió, sonriéndole. Dejó su copa de vino y fue a sentarse con ella en el enorme sillón—. Creo que estábamos destinados a conocernos aquella noche en la Cena Blanca. A ti te estaba pasando algo complicado y triste, y creo que el destino, los dioses o como quieras llamarlo, me enviaron para estar contigo. —Ella también había pensado lo mismo una o dos veces. Su encuentro de aquella noche parecía más que una casualidad, y desde entonces él la había llamado con asiduidad, aunque sin mostrarse nada invasivo. Sabía que si le hubiera dicho que iba a seguir con Gregorio, Dharam lo habría aceptado con elegancia. Y había esperado un tiempo prudencial para ir a verla. Había dejado que hiciera lo que tenía que hacer—. Me parece que nos estamos olvidando de algo importante —dijo, mirándola con seriedad.

—¿De qué? —Benedetta parecía sorprendida.

—De lo que sentimos el uno por el otro —adujo con suavidad—. No todo se puede imponer ni comprender. No se puede mandar en el corazón. Este quiere lo que quiere. —Y mientras decía aquello, se arrimó a ella y la besó, con ternura al principio y de manera apasionada después, cuando la rodeó con los brazos y ella respondió. Tardaron bastante tiempo en separarse y entonces la miró de nuevo—. Creo que deberíamos relajarnos y ver qué pasa. A lo mejor detestas la India o no te llevas bien con mis hijos, y ellos son muy importantes para mí.

Ahora le tocaba a ella explorar la vida de Dharam, cómo se llevaban y las personas que componían su mundo. Él la besó de nuevo y ella se olvidó de todo lo que le había dicho.

Charlaron largo rato, y más tarde la llevó a cenar y le preguntó de nuevo cuándo iba a visitar la India.

—En noviembre tengo siempre mucho ajetreo porque trabajo en nuestros nuevos diseños. Y en enero y febrero me preparo para nuestra presentación. ¿Qué tal a principios de diciembre? Podría escaparme —dijo, mirándole con timidez.

Benedetta estaba a punto de descubrir un lugar nuevo, un universo nuevo y a un nuevo hombre. Le asustaba un poco, pero era excitante. Por todo lo que sabía sobre Dharam, confiaba en él. Era una persona responsable y considerada, y también sabía que ella le importaba. Se lo había demostrado con su paciencia durante los últimos cuatro meses. Y ahora estaba entusiasmada con la idea de ir a la India con él. Y él estaba deseando hacer planes para su viaje.

Cuando Dharam se fue de Milán el lunes por la mañana, Benedetta se sentía totalmente cómoda con él. Fue a desayunar con él a su suite del hotel antes de que se marchara. Y él la abrazó y la besó de nuevo. Había sido un fin de semana maravilloso y había merecido la pena esperar todos esos meses. Si la hubiera rondado antes, en vez de llamarla de vez en cuando, ninguno habría sentido que estaban haciendo lo correcto.

Ahora no tenían nada de lo que sentirse culpables. Él no había influido en sus decisiones. Había mantenido una actitud discreta mientras ella solucionaba sus asuntos, y ahora podían avanzar juntos, paso a paso, y ver qué les deparaba la vida.

Dharam la acompañó al vestíbulo cuando ella se fue a trabajar. Su chófer la estaba esperando, y la besó con suavidad en los labios.

—Te llamo cuando llegue a Londres. Nos vemos pronto —dijo, brindándole una amplia sonrisa—. En Delhi.

Benedetta agitó la mano mientras el coche se alejaba, y Dharam volvió al hotel con una sonrisa y se despidió de ella también con la mano. Era un hombre feliz.

Cuando Anya regresó a Milán después de la semana de la moda de París, había trabajado mucho, se lo había pasado genial y su carrera estaba despegando otra vez. Tenía trabajo en Londres, Nueva York, Berlín, París y Tokio durante las próximas semanas y meses. En cuanto regresó a Milán se sintió inquieta. Se alegraba de ver a Gregorio y a la niña, pero en cuestión de semanas, Milán se había convertido para ella en un lugar al que ir de visita, no en su hogar.

Nada más verla, Gregorio notó que había cambiado. Había vuelto a su vida de antes y no le pertenecía a él. Intentó hablarlo con ella, pero Anya se negaba siempre que él sacaba el tema. Incluso la niña reaccionaba a ella de forma diferente y lloraba siempre que la cogía en brazos. El centro del universo de Claudia era su padre, y Anya se sentía excluida y se quejaba de lo consentida que estaba la niña.

«Tienes que pasar más tiempo con ella», reprendía a Anya con suavidad. Pero una vez en casa, ella siempre estaba fuera, haciendo ejercicio, yendo de compras, o al teléfono con su agente y con amigos en algún lugar. De pronto volvía a parecer más joven y se notaba que no estaba preparada para sentar la cabeza. Quería olvidar lo que había pasado en el hospital, no asumir la maternidad de forma madura junto a él.

Anya solo pensaba en divertirse. Quería resarcirse por el tiempo perdido. Volvía a ser la de siempre, la mujer con la que había tenido una aventura, no la que había dado a luz a una hija y había llorado por su hijo cuando falleció. Se comportaba como si Claudia fuera hija de otra, y le enervaba ver a Gregorio con ella, bañándola, dándole de comer o haciéndole fotos a todas horas. Aquello hacía que pareciese menos hombre y no lo encontraba nada sexy. Resultaba más excitante el año anterior, cuando comenzó su aventura y se quedó embarazada. Ahora se estremecía solo de pensar en eso. Ambos habían cambiado. Él se había vuelto más serio, y ella estaba más ansiosa por jugar. Todo lo que había perdido había hecho que Gregorio se volviera más formal, y las experiencias que habían vivido le habían llevado a madurar.

Algunas veces pasaba por delante de su antigua casa y se preguntaba qué estaría haciendo Benedetta. Quería llamar al timbre y verla, pero no tenía valor. Era consciente de que no querría verle, y aunque accediera, no sabría qué decirle. ¿Cómo te disculpas por arrojar una bomba atómica sobre tu familia? Ahora entendía que se había vuelto loco cuando nacieron los gemelos, que la paternidad se le había subido a la cabeza y que enfrentarse juntos a la tragedia había hecho que se engañara pensando que Anya era más de lo que era. La niña a la que adoraba tener en brazos era su única bendición. Había luchado muy duro para salvarla y ahora no quería perderla. Y Anya estaba impaciente por abandonar Milán para marcharse a sus siguientes trabajos por todo el mundo. Su personalidad y su trabajo hacían que le resultara fácil escapar de las responsabilidades que Gregorio había imaginado que compartiría con él después de que hubiera renunciado a todo por ella. Pero Anya parecía haber perdido el interés en construir una vida y una familia con él. La madurez y la solidez que había atisbado en ella en el hospital de París habían sido un espejismo.

La verdadera Anya había vuelto a salir a la luz, y una semana después de volver a Milán, se marchó para cumplir con sus compromisos laborales en Londres, París y Berlín. Estaba encantada de dejar a Gregorio y a la niñera al cuidado de la niña. Parecía aliviada cuando se despidió de él con un beso y se marchó, prometiendo que volvería pronto. Pero la falsedad de la conexión que habían compartido era evidente. El terror y la tragedia habían forjado un poderoso vínculo entre ellos, pero ya no era suficiente para mantenerlos juntos.

A finales de octubre, Gregorio había recuperado algunos resquicios de su antigua vida. Dos de sus amigos quedaron para comer con él y se apenaron de lo que le pasaba. Pero todos estaban de acuerdo; él solo se lo había buscado. Y no los invitaban a Anya y a él como pareja cuando ella estaba en la ciudad. La mayoría de sus amigos y conocidos se compadecían de Benedetta, no de él. Estaba pagando un alto precio por sus errores, y Anya apenas estaba allí, así que pasaba mucho tiempo solo y volvía a casa después de trabajar. Lo único bueno en su vida, que era una constante fuente de alegría para él, era su hija. Ella hacía que todo mereciese la pena.

12

El último día de octubre, a las cuatro de la madrugada, sonó el móvil de Chantal. Lo oyó a lo lejos mientras dormía y pensó en dejar que saltara el buzón de voz, pero al tener a los hijos repartidos por el mundo, no se atrevió a hacerlo. Su instinto maternal se impuso y lo cogió del cargador, dando por hecho que, con toda probabilidad, y teniendo en cuenta la hora que era, se habrían equivocado de número. Sin embargo, no podía correr ese riesgo.

—¿Sí? —dijo, adormilada, mientras Xavier se daba la vuelta y abría un ojo. Y entonces Chantal se incorporó en la cama y se espabiló de golpe. La llamada era de un hospital de Berlín y le decían que su hijo Eric había sufrido un accidente de moto. Estaba vivo y consciente, pero se había roto una pierna y un brazo e iban a operarlo para colocarle un clavo quirúrgico en la cadera—. ¡Ay, Dios mío! —exclamó, sin darse cuenta de que lo había dicho en alto—. Voy enseguida. ¿Puedo hablar con él?

La enfermera le dijo que lo estaban preparando para entrar en el quirófano, pero que saldría en unas horas.

Chantal parecía desolada cuando Xavier se incorporó a su lado, completamente despierto también.

—¿Qué ha pasado? ¿Qué ocurre?

La angustia fue inmediata. Él no tenía hijos, pero ahora compartía la preocupación de Chantal por los suyos. Lo consideraba parte de su vida en común.

—Eric ha sufrido un accidente de moto —le informó, mirándole con los ojos cargados de terror—. Está vivo. Están a punto de ponerle un clavo quirúrgico en la cadera. Se ha roto una pierna y un brazo. Gracias a Dios que no se ha matado.

—No le habían mencionado ningún traumatismo craneal, pero estaba segura de que lo habrían hecho si lo tuviera. Y sabía que usaba un casco muy resistente—. Odio su puñetera moto. Considera burgués tener coche. Pues ahora se va a deshacer de ese cacharro.

Cogió de nuevo su móvil y llamó a Air France. Reservó un vuelo a las ocho de la mañana a Berlín.

—¿Quieres que vaya contigo? —se ofreció Xavier en el acto, pero ella estaba acostumbrada a ocuparse sola de las emergencias. Lo había hecho la mayor parte de su vida.

—No tienes por qué hacerlo. —Se acercó para darle las gracias con un beso—. Tienes trabajo.

Sabía que tenía reuniones importantes toda la semana. Y Eric era hijo suyo, no de él.

—¿Estás segura? Puedo anular mi agenda de hoy. Me gustaría estar a tu lado —insistió. Chantal sabía que lo decía en serio, pero no quería interrumpir su trabajo—. No deberías ir sola.

Ambos suponían que Eric iba a pasar una temporada en el hospital y que, cuando le dieran el alta, necesitaría ayuda en casa. Con el brazo roto no podría utilizar las muletas para moverse con la pierna fracturada.

—Me pregunto si Annaliese iba en la moto con él. No se me ha ocurrido preguntarlo.

Eso también le preocupaba mientras hacía la maleta primero y después se duchaba y se vestía. Xavier se levantó cuando ella estaba en la ducha y le preparó café y una tostada, que era lo que solía desayunar. Eran las cinco y media de la madrugada y le quedaba media hora antes de que tuviera que marcharse. Estaba sentado a la mesa del desayuno con ella, asiéndola de la mano.

—Llámame si quieres que vaya —dijo con preocupación, tanto por ella como por su hijo—. Detesto decirlo, pero estoy de acuerdo contigo en que las motos son demasiado peligrosas. Sobre todo en las autopistas alemanas, que van como locos. Ya es bastante malo aquí. Seguro que me odiará por decirte esto, pero deberías obligarle a que renuncie a ella.

—Con suerte la moto habrá quedado destrozada, pero no voy a dejar que se compre otra. Le compraré un coche. —Él no podía permitirse uno.

—Nada demasiado burgués —bromeó Xavier, y ella sonrió.

Era estupendo contar con su apoyo, pero actuaba en plan madre y solo podía pensar en que estaban operando a Eric. Quería llegar a Berlín y se preguntó si llegaría allí antes de que él despertara. Se sentía impaciente por marcharse. Cogió la pequeña maleta en la que había metido jerséis y pantalones vaqueros, algunos artículos de aseo personal y el maquillaje, y se puso una gruesa trenca por si hacía frío. Xavier la acompañó a la puerta y la rodeó con los brazos.

—Te quiero. Lo dejaría todo e iría contigo si me dejaras.

—¿Cómo he tenido tanta suerte de encontrarte? —preguntó, sonriéndole.

El taxi que Xavier había llamado ya aguardaba fuera.

—¿Cómo sabes que no fue ese mi deseo aquella noche en la cena? ¿Encontrar una mujer hermosa y lista a la que amar el resto de mi vida?

Cuando decía cosas como aquella un escalofrío le recorría la espalda. ¿Cómo iba a amarla el resto de su vida cuando ella tenía casi veinte años más que él? No le salían las cuentas. Pero no se lo rebatió en ese momento. Él la besó otra vez, y luego ella salió por la puerta a toda prisa. Eran las seis de la mañana, y Xavier se volvió a la cama, pensando en ella y en su hijo. Se estremecía solo de imaginar lo terrible que habría sido que Eric hubiera muerto. No soportaba pensarlo y no sabía si ella sobreviviría a eso. La gente lo superaba, y ella era una mujer fuerte, pero esperaba que no volviera a pasarle nada semejante. La amaba y no soportaba verla sufrir, verla preocuparse por su hijo herido.

Chantal llegó al aeropuerto con tiempo de sobra para coger su vuelo y fue una de las primeras en embarcar. El avión despegó de manera puntual y aterrizó en Berlín a las nueve y media. Chantal salió corriendo y cogió un taxi hasta el hospital. En el mostrador de información le explicaron que había salido del quirófano y estaba en la sala de recuperación, y acto seguido le indicaron en qué planta se encontraba la sala de espera correspondiente.

Así que fue al puesto de enfermería, donde le dijeron que Eric se encontraba estable y que le subirían a planta a mediodía. Entonces se acordó de preguntar si iba acompañado en la moto, y le dijeron que iba solo.

A continuación, llamó a su apartamento y respondió Annaliese. Entre lágrimas le contó que Eric no había vuelto a casa la noche anterior, lo cual no era nada propio de él, y que estaba aterrada. Chantal se dio cuenta de que su nombre y su número eran los que figuraban como contacto en caso de emergencia y que Annaliese no tenía forma de saber qué había ocurrido. Nadie se lo había comunicado.

—Está bien —dijo Chantal con calma, tratando de consolar a la chica—. Ha sufrido un accidente de moto. Se ha roto una pierna y un brazo, pero está bien. Yo estoy en el hospital.

Annaliese lloró con más fuerza al oír la noticia y se puso a hablar en alemán sin darse cuenta, para luego retomar su mal francés.

—Creía que podía haber muerto —confesó, alterada.

—Tiene suerte de no estarlo —repuso Chantal con tristeza—. Sigue en la sala de recuperación después de haber salido del quirófano. No le subirán a planta hasta dentro de un par de horas. Puedes venir a verle más tarde.

—Hoy tengo clase —dijo, disgustada por la noticia, pero aliviada al enterarse de que estaba vivo—. Puedo ir esta noche.

—Se alegrará de verte —adujo Chantal con amabilidad, y colgó acto seguido.

Estaba de pie en el pasillo, esperando a su hijo, cuando le sacaron de la sala de recuperación para llevarle a una habitación en la que ya había otros tres pacientes.

Eric miró a su madre con gratitud. Ella siempre estaba a su lado y al lado de los demás, y siempre lo había estado. De algún modo había sabido que acudiría.

—Lo siento —le dijo a su madre cuando ella se arrimó y le besó en la cara, todavía pálida por el accidente.

No se habían molestado en lavarle la cara, pues tenían cosas más urgentes de las que ocuparse. Tenía el brazo y la pierna escayolados, y el médico con el que Chantal había hablado mientras esperaba le dijo que permanecería ingresado una semana. La fractura en el brazo era limpia y le retirarían la escayola al cabo de un mes. La pierna tardaría más; de dos a tres meses. Y tendría que ir a rehabilitación en un centro especializado hasta que pudiera valerse por sí mismo.

—Deberías —le regañó—. Esa moto ya es historia. Puedes unirte al resto de los burgueses e ir en coche. —Él sonrió, y Chantal lo dejó entonces para ir a conseguirle una habitación privada.

Una hora más tarde estaba en su propia habitación, y ella y una enfermera lo estaban aseando. Le trataban como a un niño. Se quedó dormido después de que la enfermera le administrara un sedante, y su madre se sentó a su lado a velar por él, agradecida porque estuviera vivo. Luego bajó a la cafetería a por algo de comer. Pensó en llamar a Xavier, pero no quiso molestarle en la oficina, y una extraña y solitaria sensación la acompañó de vuelta a la habitación de Eric. Durante veinte años se había encargado ella sola de acompañar a sus hijos cuando tenían que ir al hospital. Puntos, esguinces y cortes cuando los chicos se caían de los árboles mientras crecían. La apendicectomía urgente de Charlotte cuando tenía nueve años, una piedra en el riñón cuando Paul tenía quince. Siempre había estado sola en los pasillos y salas de urgencia del hospital, preocupada por ellos y teniendo que tomar ella las decisiones. Estaba acostumbrada, pero al pensar en ello ahora se dio cuenta de todo el tiempo que había hecho aquello y de la suerte que habían tenido en esa ocasión.

Dobló la esquina para volver al cuarto de Eric y al mirar en el pasillo vio a Xavier esperándola. Estaba serio y parecía preocupado cuando se encaminó hacia ella. Lágrimas de alivio anegaron sus ojos al verle.

—¿Qué haces aquí? —Estaba muy sorprendida. Nadie la había apoyado nunca como hacía él.

—No quería que estuvieras sola. —Había cogido el vuelo siguiente al de ella—. Esto es más importante que lo que yo tenía que hacer hoy. ¿Cómo se encuentra?

—Bastante atontado. Estaba en una habitación con otros tres pacientes. Acabo de conseguir que lo trasladen a una habitación privada.

Xavier sonrió al tiempo que la rodeaba con el brazo.

—¿Por qué no me sorprende? Mamá al rescate.

—Para eso están las madres.

Y en opinión de Xavier, ella era la mejor de todas. Acababa de demostrarlo otra vez al levantarse a toda prisa de la cama en París e ir corriendo a Berlín.

—¿La chica iba con él? —preguntó.

—No, ella estaba en el apartamento. Nadie la había llamado. Creía que lo habían matado.

—Gracias a Dios que no ha sido así —dijo Xavier con seriedad mientras Chantal le daba un beso suave en los labios y abría despacio la puerta de la habitación de Eric.

—Te espero aquí fuera —susurró Xavier—. No quiero molestar.

—Pasa al menos a saludar.

Xavier la siguió de mala gana, pero Eric continuaba profundamente dormido. Salieron de nuevo para sentarse en las sillas del pasillo, donde podían hablar. Xavier se había llevado un fajo de documentos para leer, dando por hecho que ella estaría ocupada con su hijo. Chantal seguía sin poder creer que él estuviera allí para apoyarla. Durante muchos años no había tenido a nadie con quien compartir las cargas ni el miedo cuando algo ocurría. Siempre le había parecido que pedirle tal cosa a alguien era demasiado.

—¿Por qué no voy y me registro en el hotel? —sugirió al cabo de un rato—. Volveré más tarde.

Ya había reservado habitación en el hotel Adlon Kempinski desde el taxi después de aterrizar en Berlín. Había pensado en todo.

—¿Cómo podré agradecértelo? —preguntó Chantal antes de que se fuera, y Xavier le brindó una sonrisa.

—Ya se me ocurrirá algo. Podemos hablarlo esta noche.

Ella rió y volvió a la habitación de Eric para sentarse en silencio junto a su cama.

Eric durmió las dos horas siguientes, y luego despertó y sonrió al verla.

—Hola, mamá... Debería llamar a Annaliese. Anoche no pude hacerlo.

—Ya me he encargado yo. Va a venir esta noche, después de clase. Me alegro de que no fuera contigo en la moto.

—Yo también —dijo, tratando de moverse en la cama, lo cual no era fácil con las dos escayolas. Chantal llamó a una enfermera y le cambiaron de posición. Entonces Chantal salió de la habitación cuando la enfermera le llevó una cuña—. ¿Cuándo puedo irme de aquí? —preguntó cuando su madre volvió.

—No hasta dentro de un tiempo. Después de esto tendrás que hacer rehabilitación en el hospital, hasta que puedas valerte por ti mismo. Creo que eso te llevará más o menos un mes y aquí vas a estar una semana.

—¡Mierda! —dijo, abatido—. Estaba trabajando en una exposición. —Pero había recibido toda una lección, y muy valiosa, si impedía que se acercara a una moto en el futuro y de ese modo conservaba la vida.

—Es probable que a tu edad te cures muy rápido. ¿Quieres venir a París mientras te recuperas? —preguntó con rapidez, y se sintió decepcionada cuando él negó con la cabeza.

—Prefiero quedarme aquí. —Por el momento, aquel era su hogar. Quería estar cerca de sus amigos, de su estudio, de su novia y de su trabajo—. Estaré bien —le aseguró, aunque parecía cansado e incómodo cuando Xavier regresó a la hora de la cena. Entró unos minutos con permiso de Eric, y este le dio las gracias por estar al lado de su madre. Después Xavier bajó a la cafetería a por un sándwich y una fruta para Chantal—. Es un buen tío —comentó Eric sobre él—. ¿Ha venido contigo?

Sentía curiosidad por él, pero le agradaba lo que había visto hasta el momento y su madre parecía feliz y a gusto con él.

—No, ha venido después. Ha sido muy considerado por su parte.

Eric asintió y le brindó una sonrisa.

—Me alegra verte con alguien, mamá.

—Y a mí que pienses eso.

Eric era el más bueno y compasivo de sus hijos, siempre lo había sido.

—¿Por qué deberías estar sola? Nosotros no lo estamos.

Cada uno tenía su pareja, pero nunca se les pasó por la cabeza que ella también querría tener la suya. Y ella tampoco había tocado el tema, pues no había conocido a nadie que le importase en años, hasta que conoció a Xavier.

Él se sentó en la habitación de Eric con ellos mientras Chantal se comía su sándwich y una manzana. Cuando llegó Annaliese, Xavier y ella se marcharon para que los dos jóvenes pudieran estar a solas. Annaliese lloró y le rodeó con los brazos, y Eric pareció alegrarse de verla mientras ella le echaba la bronca por conducir como un loco. Chantal prometió volver por la mañana, y ambos regresaron a su hotel.

Xavier había reservado una preciosa habitación de matrimonio, y Chantal se tumbó en la cama, agotada. Llevaba levantada, en tensión y preocupada por su hijo desde las cuatro de la madrugada.

—Ay, Dios mío —gruñó—. No sabía lo cansada que estaba hasta que me he tumbado. Estoy muerta.

Xavier preparó un baño y se bañaron juntos, y luego se tumbaron a charlar en la cama. Aquello hizo que se diera cuenta de lo duro que era para ella que sus hijos vivieran tan lejos. Aunque hubieran crecido, seguían siendo sus niños. Y lo ocurrido, o algo peor, era la clase de suceso que temía. Ya no podía estar junto a sus hijos para compartir sus alegrías ni sus penas cotidianas. Y se había convertido en una extraña en sus vidas, salvo por una emergencia como aquella, cuando corría en su auxilio; pero en cuanto Eric estuviera de nuevo en pie, se valdría por sí mismo y ella sería otra vez irrelevante.

—No es fácil tener hijos —dijo Xavier con aire pensativo.

—No, no lo es —reconoció ella—. Siempre haces mucho o muy poco por ellos, no estás a su lado cuando ellos quieren o estás demasiado presente y los vuelves locos. Tienes que dejar que intenten alzar el vuelo ellos solos y recoger los pedazos cuando se caen. Y hagas lo que hagas, por mucho que lo intentes, siempre haces algo mal que jamás te perdonan. Es un trabajo ingrato. Pero el mejor del mundo. —Le brindó una sonrisa—. Cuesta hacerlo bien y siempre te culpan por algo. Si tienes suerte, uno de ellos piensa que eres guay... durante unos cinco minutos..., y los demás, o todos, piensan que eres un desastre. Charlotte siempre ha sido dura conmigo. Eric siempre me perdona mis errores. Son personas muy diferentes a pesar de ser de la misma familia. Y es un milagro que lo hagas bien, aunque solo sea parte del tiempo, por mucho que te esfuerces.

—Por eso nunca he querido tener hijos. Hay que ser Einstein.

—De eso nada. Solo hay que hacerlo lo mejor que se pueda y quererlos mucho, pase lo que pase. —Y dejarlos marchar cuando era el momento, y eso era lo más duro de todo.

—Parece que los niños no perdonan a sus padres. A mí me parece muy difícil.

—¿De verdad no quieres tener hijos? —le preguntó con aire pensativo. A veces tenía la sensación de que le estaba apartando de una mujer de su misma edad que pudiera darle hijos.

—De verdad. Siempre he pensado que no se me daría bien. Prefiero tratar con los tuyos o con los de mi hermano. Es más fácil cuando son adultos y culpan a otro por lo que sea que vaya mal en sus vidas. Los niños pequeños dan demasiado miedo. Y es probable que metiera la pata. Y las mujeres desesperadas por tener hijos siempre me ponen nervioso. Soy mucho más feliz contigo —dijo, arrimándose para besarla. Sabía lo que Chantal estaba pensando y quería tranquilizarla. No se arrepentía de estar con ella y no lo había hecho desde que se conocieron—. No me estás privando de nada. Si quisiera hijos, ya lo sabría.

—Suerte para mí —dijo ella, y le devolvió el beso.

Cuando despertaron a la mañana siguiente, Xavier pidió el desayuno al servicio de habitaciones, y Chantal regresó al hospital, relajada después de la noche que había pasado con él. Era muy diferente de como habría sido si hubiera estado ella sola. Él le dijo que iría a verlos a mediodía y les llevaría la comida. Y cuando llegó allí, Eric se estaba quejando de las escayolas y de la comida y decía que quería volver a su apartamento. De modo que le apaciguó, y una de las enfermeras le bañó. Y cuando terminaron, Xavier llegó con dos bolsas grandes de comida de un bar al aire libre calle abajo.

—Tengo escalopes, salchichas, más escalopes y más salchichas y también escalopes —dijo, haciendo reír a Eric.

—Me gustan las dos cosas.

Sirvieron la comida en platos de papel, y Eric se zampó una buena ración, tras lo cual la enfermera le administró otro sedante y volvió a quedarse dormido. Xavier y Chantal se fueron a dar un paseo por el barrio y luego decidieron ir a un museo durante una hora. Fueron a la Nueva Galería Nacional a ver la espectacular estructura de cristal. Solo tuvieron tiempo para ver una pequeña parte del museo, pero supuso un agradable respiro del tedio del hospital, y Chantal se lo contó todo a Eric cuando despertó. Xavier había regresado al hotel para trabajar un poco y devolver llamadas a los clientes, y dijo que volvería con la cena.

Y cuando apareció, milagrosamente había encontrado un restaurante chino cerca del hotel y había comprado comida china para todos. Annaliese se unió a ellos. Ya solo era cuestión de tiempo que Eric estuviera lo bastante bien para que le trasladasen al hospital de rehabilitación, que estaba previsto para finales de semana. De modo que Xavier regresó a París al día siguiente, pues lo peor ya había pasado, y Eric tenía que enfrentarse a su larga convalecencia. Chantal pensaba volver a París en cuanto Eric estuviera instalado en el hospital donde iba a realizar la rehabilitación, y estaba eternamente agradecida a Xavier por haber estado a su lado durante la crisis inicial. Jamás lo olvidaría.

—¿Quién va a traerme escalopes y salchichas? —preguntó Eric a Xavier cuando este fue a despedirse, y ambos se echaron a reír.

—Pórtate bien con tu madre —le regañó Xavier—. Nada de motos.

Eric asintió a regañadientes.

—Vuelve a visitarme cuando pueda andar de nuevo —le dijo, y le dio las gracias por las comidas.

Después de que Xavier se marchara, Chantal permanecía con Eric todos los días, hasta finales de semana, y más tarde le ayudó a instalarse en el centro de rehabilitación, que era grande, soleado y moderno, y en el que había otros jóvenes que habían sufrido accidentes similares o peores. Se quedó el fin de semana y luego se marchó. Eric estaría ocupado todos los días con la terapia física, aunque no pudiera hacer mucho todavía. Sus amigos habían empezado a ir a visitarle, y Annaliese estaba con él todas las noches. Ya no necesitaba a su madre.

Chantal prometió volver a verle dos semanas después y también al cabo de un mes, cuando se fuera a casa. Había empezado a sentirse inútil allí sentada mientras sus amigos pasaban a verle de día y de noche. Y él estaba muy ocupado en terapia durante el día para conseguir que su brazo y su pierna volvieran a fortalecerse. Así pues, le besó al despedirse y volvió a París esa noche. Siempre le resultaba insoportable dejar a sus hijos. La sensación de vacío era enorme. Se alegró de encontrar a Xavier en el apartamento, esperándola.

Él sugirió que salieran a cenar, y fueron a su restaurante preferido a disfrutar de una buena comida. Hacía fresco y costaba creer que ya estuvieran en noviembre. El año estaba pasando en un suspiro y casi había llegado a su fin. Habían acontecido muchas cosas en su vida desde junio. Después de cenar, regresaron al apartamento dando un paseo, cogidos del brazo, y Xavier la miró. Cuando se conocieron en la Cena Blanca ninguno de los dos podía imaginar que terminarían el año juntos. ¿Quién habría imaginado eso? ¿O que Jean-Philippe estaría viviendo en Pekín o que Benedetta se divorciaría de Gregorio? La vida era impredecible. Y Chantal se emocionó al pensar que Jean-Philippe volvería a casa dentro de unas semanas para ver a Valerie y a sus hijos. Tenía mucho que contarle y, por su parte, todo eran buenas noticias.

13

Valerie había tenido que hacer malabares en cuanto aceptó el trabajo de asesoría para Beaumont-Sevigny, mientras desempeñaba su trabajo en *Vogue* al mismo tiempo que Jean-Philippe se marchaba a Pekín. Y, sin él, tenía que ocuparse ella sola de los hijos todo el fin de semana. Algunos días los pasaba corriendo hasta la noche y tenía que llevarse trabajo a casa y hacerlo en cuanto los acostaba. Se dormía muy tarde cada noche, tratando de no quedarse rezagada, y a menudo se despertaba exhausta.

El trabajo de asesoría consumía mucho tiempo, aunque no era complicado. Proporcionaba una valoración continua sobre sus productos y sobre si iban en la dirección correcta. Aprovechaban sus conocimientos tras años trabajando en *Vogue* y su propio gusto y estilo. No se dirigían a un mercado tan sofisticado como las caras marcas con las que ella solía trabajar en las páginas de *Vogue*. Pero asesorarlos resultaba divertido y había hecho ya tres presentaciones para sugerir formas de mejorar sus marcas. Estaban interesados en el mercado internacional y en la actualidad se centraban en Asia por la misma razón que Jean-Philippe había ido a trabajar allí. Había mucho dinero para gastar allí y fortunas por amasar. Valerie invertía mucho trabajo y esfuerzo en sus presentaciones, y ellos se mostraban receptivos y deseosos de recibir su asesoramiento.

Trabajaba de forma estrecha con su director, Charles de Beaumont, que era uno de los propietarios de la empresa y había elaborado el concepto de su negocio. Su padre fue dueño de una importante marca de moda, que había vendido a los chinos hacía dos años, y ahora el hijo se dirigía al mismo mercado. Era más bien un financiero, aunque astuto para la moda, y colaboraba con Valerie en sus presentaciones. Era un francés de treinta y seis años, que parecía más un modelo que un ejecutivo, y coqueteaba sin parar con todas las mujeres de la oficina. Charles de Beaumont era muy posiblemente el hombre más guapo que Valerie había visto en toda su vida, aunque le causaba rechazo el hecho de que fuera todo un mujeriego, y se ceñía al trabajo siempre que estaba con él, pese a que este hacía todo lo que podía por cautivarla. Y tenía que reconocer que poseía un gusto impecable. Comprendía lo que ella intentaba lograr con las indicaciones de sus resúmenes y presentaciones, y a menudo hacía aportaciones que los mejoraba. Por mucho que detestara admitirlo, incluso para sí misma, formaban un gran equipo. Su socio estaba menos metido en los aspectos del negocio relacionados con la moda y solo trataba temas financieros, de modo que Valerie no tenía tanto contacto con él. El trato directo era siempre con Charles.

Él se las apañaba para concertar sus reuniones al final de su jornada laboral en *Vogue*, al parecer para comodidad de ella, pero siempre se encontraba a solas con él en su despacho después de que todo el mundo se hubiera marchado ya. Solía invitarla a cenar, y ella le daba las gracias y le decía que tenía que irse a casa con sus hijos.

—¿No puede ocuparse tu marido de ellos? —preguntó una noche, exasperado—. Hay muchas cosas que quiero comentar contigo sobre la próxima presentación.

Se las ingeniaba muy bien para prolongar sus reuniones.

—Mi marido está en China —respondió mientras se ponía el abrigo.

Eran las nueve y media, y la niñera estaría furiosa y sus hijos, dormidos. No soportaba no verlos al final del día, pero sus reuniones con Charles siempre acababan tarde.

—¿Está de viaje? —inquirió con interés.

—Trabaja en Pekín —repuso con aire distraído, pensando en la niñera, que se quejaba por acabar tan tarde porque tenía que volver temprano a la mañana siguiente a tiempo de que Valerie se marchase a trabajar y dejara a Jean-Louis en el colegio.

—¿Estáis separados? —Se mostraba curioso, algo que la sorprendió.

—En absoluto. Le surgió una gran oportunidad allí y yo me he quedado aquí por *Vogue*.

Charles asintió.

—¿Le gusta aquello? Yo trabajé un par de años allí —dijo con desenfado.

— No mucho. Solo lleva allí desde septiembre.

—Tiene que ser duro para ti, con los niños —adujo él con expresión compasiva.

—Lo es. —Le brindó una sonrisa—. Por eso no quiero enfadar a la niñera. La necesito.

—Deberías buscar una interna. Así tendrías un poco de libertad. No puedes largarte a todo correr de las reuniones para volver a casa con tus hijos —dijo él con tono de desaprobación.

—No me estoy largando a todo correr precisamente. Son casi las diez —le corrigió Valerie con educación.

Había estado trabajando hasta tarde y dedicándole muchas horas a su labor como asesora.

—¿Por qué no terminamos esto mañana? Y hagamos planes para cenar —dijo él de forma práctica—. Así no tendremos que ir con prisas.

Hacía que pareciera que se trataba solo de trabajo, pero Valerie se sentiría rara cenando con él. Sería inevitable que acabaran tarde. Y él era soltero y ella estaba casada. No se hacía ilusiones pensando que iba tras ella, pero no le gustaba cómo pintaba aquello. Y tenía la sensación de que tampoco le gustaría a Jean-Philippe. A ella no le habría gustado que su marido asistiese a reuniones tardías con mujeres en China, seguidas de una cena. Y por lo que sabía, trabajaba en casa todas las noches y no tenía vida social. Tampoco la tenía ella desde que él se había ido. Se estaba quedando muy delgada y no tenía tiempo para otra cosa que no fuera el trabajo y los niños. No se había divertido ni ido al cine en las seis semanas que hacía que se había marchado Jean-Philippe.

—Hablo en serio —insistió Charles mientras bajaban en el ascensor del edificio desierto—. Reunámonos mañana en la oficina para terminar esto y continuemos con ello durante la cena en mi casa. Encargaré sushi si quieres.

—Prefiero que no —dijo ella con franqueza—. Soy una mujer casada. Me sentiría incómoda trabajando contigo en tu apartamento.

Él se rió.

—Oh, por Dios, que no voy a violarte, Valerie. Relájate. Tengo novia. —Y entonces ella se sintió tonta por lo que había dicho y aceptó reunirse con él en su despacho al día siguiente—. ¿Necesitas que te lleve? —preguntó Charles con aire inocente al ver que sacaba su móvil para llamar a un taxi y parecía apurada.

—No pasa nada. Hoy no he venido en coche. A veces me muevo en taxi.

—No seas boba. ¿Dónde vives? —Valerie se lo dijo. Él tenía el coche aparcado en la acera delante del edificio. Se quedó impresionada al ver que conducía un Aston Martin—. Yo vivo justo al doblar la esquina. Estarás en casa antes de que el taxi llegue aquí.

Ella vaciló, pero se montó en el elegante coche deportivo cuando lo abrió y Charles habló de trabajo con ella hasta que llegaron a su edificio. Se mostró cauto, por lo que Valerie se sintió tonta por sus preocupaciones previas. Charles debía de pensar que estaba loca y que era bastante estúpida.

—Gracias por traerme a casa. —Le miró con expresión arrepentida por sus sospechas.

—Te veo mañana.

Le brindó una sonrisa y se marchó mientras ella tecleaba el código de la puerta y corría escaleras arriba. Y, como era de esperar, su niñera estaba que trinaba.

—Lo siento muchísimo, Mathilde. Estaba en una reunión. Y tengo otra mañana por la noche. ¿Puedes quedarte hasta tarde? No llegaré hasta después de cenar.

La mujer asintió, suponía dinero para ella y estaba acostumbrada a que salieran cuando Jean-Philippe estaba en casa. Pero tenía un marido que quería que volviera a su hogar, que era más de lo que Valerie creía tener en esos momentos. Todo era muy complicado sin Jean-Philippe. No tenía una pareja presente, ni apoyo, solo ayuda doméstica, que en el mejor de los casos era limitada, aunque mejor eso que nada.

Cuando se marchó la niñera, Valerie sacó su presentación, hizo algunas anotaciones en ella y se preguntó de qué querría hablar Charles al día siguiente. A ella le parecía que estaba terminada. La guardó de nuevo en su maletín, contestó algunos e-mails, revisó sus mensajes y echó un vistazo a sus hijos, que ya dormían. Tenía la sensación de que jamás lograría ponerse al día. Siempre iba retrasada, y la misma impresión tuvo al día siguiente, en su oficina en *Vogue*. Sufrieron varias crisis, y llegó media hora tarde a la reunión con Charles.

—Lo siento. Ha sido un día de locos en la revista.

Parecía nerviosa y había necesitado correr hasta allí.

—No te preocupes —dijo él con despreocupación—. De hecho, ¿por qué no vamos directamente a mi casa? Le he pedido a mi personal de servicio que compre sushi. Así podemos comer y trabajar sin interrupciones. No tiene sentido que empecemos aquí.

Valerie no se sentía cómoda discrepando con él, así que le siguió fuera de la oficina con resignación. La llevó a su apartamento en el Aston Martin y, aunque vivía a solo unas manzanas de ella, tenía un precioso ático en un antiguo edificio con vistas al Sena en el Quai Voltaire. Valerie salió a la terraza para admirar las vistas mientras las barcazas y los cruceros surcaban el río, y Charles le sirvió una copa de champán.

—Gracias.

No se lo había esperado y tomó un sorbo mientras contemplaba la orilla derecha de la ciudad iluminada al otro lado del río y la cúpula de cristal del Grand Palais. Era una de las vistas más bonitas de París.

—Nos ayudará a trabajar —aseguró con una sonrisa, y ella le siguió adentro de nuevo.

Su asistente doméstico había puesto la mesa en su preciosa cocina de granito negro, y ella sacó de su maletín la presentación y la desplegó sobre la encimera.

—Nos ocuparemos de eso después de cenar —repuso Charles con total normalidad, y sacó de la nevera la fuente de sushi. Resultaba evidente que provenía de un restaurante japonés muy elegante, que ofrecía un servicio para llevar, y no de esos establecimientos de barrio donde ella compraba. En cuanto se sentaron, él abrió una botella de un exquisito vino blanco. Valerie bebió con moderación para poder trabajar, y el sushi estaba delicioso.

Nada más terminar, él le presentó sus ideas para el proyecto, excelentes todas ellas, y además la animó a que fuera más creativa. Se complementaron para perfeccionar el plan original y lo mejoraron mucho. Él era un genio en lo que hacía y sus sugerencias suscitaron otras por parte de ella. Y dos horas más tarde, coincidieron en que tenían un proyecto perfectamente acabado del que ambos estaban orgullosos. Valerie estaba satisfecha de que hubieran dedicado el tiempo extra a hacerlo bien. Y fue divertido crear la versión final con él.

—Me encanta trabajar contigo, Valerie —dijo él, recostándose en su silla y sonriéndole, para declarar lo mismo que ella sentía—. Deberíamos hacerlo más a menudo. Para mí, las sesiones de ideas siempre van mejor en casa que en el despacho. Aquí no hay distracciones.

Valerie tenía que reconocer que desde luego así había sido esa noche. Algunos de sus conceptos habían sido brillantes y lo que ella había aportado los habían mejorado todavía más.

—Y yo he disfrutado trabajando contigo. —Le brindó una sonrisa. Era muy rápido, listo y eficaz.

—¿Considerarías la posibilidad de ir conmigo al teatro? —le preguntó de golpe mientras se relajaban tras la velada tan productiva y dedicada—. Aun siendo una mujer casada —bromeó—, si tu marido vive en Pekín y tú aquí, necesitas salir y divertirte un poco. ¿Con qué frecuencia vuelve a casa?

—Tiene planeado, o lo está intentando, volver cada dos meses. Vendrá dentro de unas semanas.

—¡Exacto! Me encantaría ir contigo al teatro. O cenar alguna vez. Cuanto más nos conocemos, mejor colaboramos. —Parecía que hablaba en serio, y Valerie se preguntó si eso era cierto—. ¿O prefieres el ballet? —inquirió Charles de manera inocente—. Hay una magnífica representación de *El lago de los cisnes*.

—Me gusta el teatro tanto como el ballet. —Le sonrió—. Es muy amable por tu parte.

Le resultaba un poco incómodo, pero él se mostraba muy generoso y no quería parecer desagradecida. Charles había sido todo un caballero y se había ceñido al trabajo.

—Necesitas una noche libre de trabajo y de niños.

Valerie sabía que era verdad, pero hasta el momento no lo había logrado y estaba empezando a parecer una esclava. Ya no tenía nada que contarle a Jean-Philippe porque lo único que hacía era trabajar como una esclava en la oficina y correr a casa para ver a sus hijos antes de que se acostaran. Ni siquiera había visto a ninguno de sus amigos desde que él se fue.

—Sería divertido —dijo con naturalidad, y poco después se levantó de la mesa, y él insistió en llevarla a su apartamento.

Valerie debía admitir que resultaba muy glamuroso que la

llevaran a casa en un Aston Martin. Charles estaba comprometido con el éxito de su firma y era todo un perfeccionista en lo relativo al producto. Y durante el trayecto le dijo a Valerie cuánto le impresionaba su dedicación a sus proyectos. La besó en ambas mejillas antes de que se bajara el coche y le diera las gracias por la cena.

Se sorprendió al tener noticias de él dos días después. No tenía otra presentación hasta tres semanas después, y la que habían hecho juntos durante la cena estaba terminada.

—Todo listo —dijo con aire triunfal—. He tenido que prometer a mi primogénito para conseguirlas, pero tengo entradas para el ballet de mañana por la noche. Es la representación de *El lago de los cisnes* que te comenté. Espero que te guste. Es muy tradicional, pero la joven bailarina es fabulosa. La vi la temporada pasada.

Valerie no había esperado que se hiciera con las entradas tan rápido, ni siquiera que las consiguiera. Pensaba que solo lo había dicho para ser amable, y como se había tomado tantas molestias, le daba apuro no ir con él.

—Es muy amable por tu parte, Charles —dijo, sintiéndose de nuevo incómoda—. No pensaba que las consiguieras tan rápido.

—Me gustaría que nos conociéramos mejor, Valerie. Eres una mujer impresionante y creo que formamos un buen equipo. Podríamos hacer muchos más proyectos juntos.

Lo dijo de tal manera que daba la impresión de que tenía en mente algo más concreto para ella, consiguiendo que fuera más reacia a rechazarle.

—Gracias. He de comprobar si la niñera está dispuesta a quedarse otra vez hasta tarde.

—Dile a tu niñera que no tiene alternativa, o podemos dejar a los niños en casa de mi madre —bromeó con animación—. ¿Cuántos hijos tienes?

—Tres —respondió ella—. De cinco, tres y dos años. Puede que a tu madre no le haga mucha gracia.

Charles se rió de la idea.

—Tres hijos en cuatro años, sí que has estado ocupada. ¡Vaya!

—Son encantadores. Y son buenos niños.

—También su madre. Me gustaría conocerlos algún día. De hecho, te recogeré mañana por la noche antes del ballet. Puedes presentarnos. Y he reservado mesa en el restaurante de Alain Ducasse del hotel Plaza Athénée para después.

Estaba jugando todas sus cartas con ella y la velada que había planeado para ambos era cara. Lo único que a Valerie no le gustaba de aquello era que parecía un poco, más bien mucho, una cita. Pero dado que técnicamente trabajaba para él, o con él, pensó que sería una grosería rehusar, sobre todo si incluía entradas para *El lago de los cisnes*.

—Muchísimas gracias —dijo de forma cortés.

A la noche siguiente, lo estaba esperando con un sencillo vestido negro de cóctel y un abrigo del mismo color cuando él fue a recogerla. Mathilde había accedido a quedarse, sin quejarse. Charles estaba muy guapo con un traje negro y, tal y como había prometido, Valerie hizo salir a sus hijos en pijama para que le conocieran. Jean-Louis le dio la mano, Isabelle hizo una torpe reverencia, como le habían enseñado, al viejo estilo francés, y Damien se limitó a mirarle.

—¿Adónde te llevas a mi mamá? —preguntó Isabelle con expresión preocupada.

—Al ballet, donde las guapas bailarinas llevan un tutú igual que el tuyo y zapatillas de ballet rosa —respondió Valerie.

—¿Puedo ir? —dijo Isabelle, con los ojos llenos de ilusión, y su madre se agachó para darle un beso y le dijo que irían al ballet otro día.

—Eso es solo para chicas —adujo Jean-Louis con cara de asco.

A continuación Mathilde los condujo de nuevo a sus habitaciones para leerles un cuento antes de dormir.

—Son adorables —la felicitó Charles, conmovido—. Buen trabajo.

Ella sonrió, y ambos salieron del apartamento y charlaron de camino al teatro de la Ópera.

Sus asientos de palco eran magníficos. En el entreacto fueron al bar y bebieron champán. La cena en el restaurante de Alain Ducasse tras la función fue soberbia. Tomaron delicadas trufas blancas, que estaban de temporada y provenían de Italia. Las laminaron sobre su cena; eran tan caras que se vendían al peso. Y Charles seleccionó los mejores vinos. Fuc una comida exquisita.

—Me siento muy mimada —le dijo Valerie mientras degustaban un suflé de chocolate como postre—. No suelo ir a restaurantes como este.

Las trufas blancas habían sido inolvidables; Valerie solo las había tomado algunas veces antes. Eran muy raras y solo procedían de una región concreta de Italia.

—Te mereces que te mimen, Valerie —dijo él con voz serena—. Trabajas muy duro.

—Tú también —respondió.

Él discrepó.

—Yo solo tengo un trabajo. Tú ahora tienes dos y lo estás haciendo de maravilla en ambos. No creas que no me he fijado en todo lo que haces, más allá de tu deber. Y yo no tengo tres hijos cuando vuelvo a casa. Y parece que también allí haces un gran trabajo. Eres una especie de Wonder Woman. —Y entonces se puso más serio durante un instante—. Me sorprende que tu marido aceptara un puesto en Pekín y te dejara sola con tres hijos pequeños. Es demasiado.

—No teníamos opción. Se presentó una oportunidad irresistible, demasiado buena para dejarla pasar. Y yo tenía la sensación de que no podía marcharme. No quiero perder mi empleo en *Vogue*. Y entonces tu empresa me hizo una oferta justo antes de que él se fuera. Siento que este es mi lugar por el momento. Y él sentía que tenía que estar allí. Estamos intentando conseguir que funcione —dijo con sinceridad y cara seria mientras él escuchaba.

—¿Y qué tal lo llevas tú? —Parecía comprensivo y preocupado.

—Es demasiado pronto para saberlo. Es como una carrera de relevos desde que él se fue, pero por ahora todo bien.

—Es un reto mantener un matrimonio a más de ocho mil kilómetros de distancia. Y China es un mundo completamente distinto. Creo que hiciste bien en no ir. No creo que fueras feliz allí. Puede que en Shangai o en Hong Kong, pero no en Pekín. Aun así es muy duro, aunque todos los diseñadores franceses importantes están abriendo tiendas allí. Pero tú tienes un puesto importante aquí, sobre todo ahora, con nosotros.

—Estoy entusiasmada con eso —repuso, sonriéndole—. Es una oportunidad estupenda para mí. Siempre he querido prestar asesoramiento, pues aporta profundidad a mi trabajo en *Vogue*, trabajar en el mundo real, no solo en el idealista mundo editorial.

—Nos estás ayudando mucho. Espero que tengamos muchas ocasiones de trabajar juntos —confesó, posando la mano sobre la de ella—. Eres una mujer extraordinaria. Espero verte más.

Valerie se sonrojó y apartó la mano tan rápido como se atrevió a hacerlo. Charles era encantador y había tenido la sensación de que la estaba cortejando, aunque eso parecía imposible, y decidió que se lo estaba imaginando. No podía ser. Aunque era un ligón, no creía que persiguiera a una mujer casada y con tres hijos.

Charles la llevó a casa después de cenar, y ella no le invitó a subir a tomar una copa; eso parecía demasiado personal. Y entonces él se volvió hacia ella antes de que se apeara del coche. Tenía las largas y torneadas piernas cruzadas, bajo su elegante vestidito negro.

—¿Cuándo puedo verte otra vez? ¿Mañana es demasiado pronto?

La pregunta dejó a Valerie en estado de shock. Charles sabía que estaba casada y tenía hijos pequeños, pero también que su marido estaría fuera durante un año. Se preguntó si creía que su matrimonio tenía problemas y que esa era la razón de que Jean-Philippe se hubiera marchado.

—No... no sé si deberíamos —dijo de forma tan directa como podía, sin ofenderle. A fin de cuentas trabajaba para él—. Lo he pasado muy bien, pero no quiero que nadie piense que estamos saliendo. Eso estaría mal.

A Charles le gustaba lo formal que era y respetaba a las mujeres así, aunque él no fuera siempre igual de correcto.

—¿Tu marido te es fiel? —preguntó a las claras.

—Espero que sí —respondió ella con voz queda.

—¿Estás segura? —inquirió, plantando la semilla de la duda que ella negaba.

—Sí, lo estoy —aseveró con más firmeza, tratando de recordar cuánto la amaba Jean-Philippe y cuánto le amaba ella a él. Nunca se había encontrado en una situación así, con un hombre que quería salir con ella a pesar de que estuviera casada.

—Nadie tiene por qué saber que salimos —sugirió Charles con cautela—. Eso queda entre tú y yo. Lo único que todo el mundo necesita saber es que trabajamos juntos y somos amigos.

—No puedo salir con nadie —repuso ella con claridad—. Estoy casada.

—Pues seremos amigos. Hasta que veas las cosas de forma diferente. Quizá cuando nos conozcamos mejor.

Charles se estaba negando a aceptar un no por respuesta y a oír lo que ella decía. Resultaba desconcertante darse cuenta de lo empeñado que estaba. La besó con suavidad en la mejilla, y ella se bajó del coche, fue hasta la puerta, introdujo el código y entró. Se despidió con la mano y cerró la puerta. El corazón le latía con fuerza mientras subía las escaleras.

Y a la mañana siguiente recibió el ramo de rosas rojas más

grande que había visto, con una nota de él. «Me tienes embrujado e impresionado, Charles.» No sabía qué hacer con él. No quería perder su empleo de asesora y no podía salir con él. La llamó de nuevo dos días después y la invitó a comer, lo cual parecía algo inofensivo y menos arriesgado que una cena, así que fue e intentó volver a explicarle su situación; al mismo tiempo, su persecución tan elegante resultaba vergonzosamente atractiva en ciertos aspectos. Jamás engañaría a su marido, pero la atención de Charles resultaba halagadora. Se dijo que comer no era una infidelidad y que no tenía por qué sentirse culpable.

Charles parecía entusiasmado de verla cuando llegó a Le Voltaire, que estaba justo debajo de su ático y era uno de los restaurantes más elegantes de París desde hacía muchos años. Había ido allí con frecuencia y se sentía más a gusto que en el restaurante de Ducasse. Él despejó sus reparos y charlaron sobre un sinfín de temas. Y se quedó sorprendida al percatarse de que habían estado hablando en la mesa durante tres horas y que llegaba tarde a la oficina. Él la acercó de nuevo, después de atravesar a toda velocidad el tráfico con su Aston Martin, y ella estaba sonriendo cuando llegaron a *Vogue*. Había pasado un rato maravilloso y se sentía más a gusto con él cada vez que lo veía, lo cual le preocupaba un poco.

—Gracias, Charles. Me lo he pasado muy bien en la comida.

—También yo. Contigo siempre me divierto. Te llamo mañana.

De haber estado soltera, se habría sentido ilusionada con él. Pero tal y como eran cosas, sentía pánico. ¿Y si Jean-Philippe estaba haciendo lo mismo en Pekín? ¿Enviar rosas a mujeres, cenar con ellas en sitios elegantes y quedar con ellas a comer en restaurantes de moda? Sin pretenderlo, le parecía que se estaba adentrando en aguas peligrosas y temía estar metiéndose en una situación de la que no sabía cómo iba a salir. Charles tenía mucha experiencia y no cabía duda de que estaba colado por ella. ¿O solo estaba buscando otra conquista? ¿O jugando con ella? Podía tener a la mujer que quisiera.

Intentó que fuera más despacio cuando la llamó y le dijo que no podía verle, que iba a llevar a los niños al parque y necesitaba pasar tiempo con ellos. Y él se presentó en los jardines de Luxemburgo adonde le había dicho que iba a ir, con un regalo para cada uno de ellos, lo cual pareció entusiasmarlos. Y lo peor fue que se dio cuenta de que ella también se alegraba de verle. Charles les compró un helado y se quedó un buen rato con ellos. Después se marchó y los niños se despidieron con la mano de él, como si fuera un viejo amigo.

—Me cae bien Charles —anunció Jean-Louis.

A él le había regalado un pequeño coche rojo de juguete que le encantó; a Izzie, una pequeña muñeca; y a Damien, un osito de peluche, que tenía agarrado con fuerza.

Después de eso, no tuvo noticias de Charles durante todo el fin de semana, pero el lunes la llamó para invitarla a cenar. Le dijo que había un nuevo restaurante indio al que quería ir y Valerie empezó a decirle que no podía, pero acabó cediendo. Era un hombre muy persuasivo e increíblemente seductor. Durante la cena se comportó de forma respetuosa con ella y no intentó besarla, aunque se horrorizó al darse cuenta de que le habría gustado que lo hiciera. De repente se sentía muy confusa. No entendía los propósitos de Charles ni los suyos. Estaba enamorada de su marido, pero ¿se estaba enamorando de Charles? ¿Hasta qué punto era eso real? Jamás le había ocurrido algo así, pero nunca se había sentido tan sola como en esos momentos, con Jean-Philippe en Pekín. Jean-Philippe la llamó esa noche, cuando llegó a casa después de cenar; estaba nerviosa cuando habló con él por Skype y él notó su inquietud.

—¿Ocurre algo?

Valerie no quería decirle que acababa de salir a cenar con Charles. No quería mentirle ni tampoco contárselo.

—Solo la tensión en la oficina. Lo normal —dijo de manera vaga, sintiéndose culpable. Luego cambió de tema—. ¿Qué tal por Pekín?

—He tenido un fin de semana interesante. He explorado un poco. Los centros comerciales son increíbles. Te encantarían. Y luego, para compensar, he ido a la Gran Muralla. —Hacía semanas que quería hacerlo y no había tenido tiempo—. Hay muchas cosas que me gustan de esta ciudad y, por desgracia, también son muchas las que no me gustan. —Y entonces pareció melancólico—. Estoy deseando ir a casa —dijo con la voz cargada de ternura—. Diez días más. Cuento las horas para veros a los niños y a ti.

Aquello hizo que se sintiera aún más culpable; le recordó que era Cenicienta en el baile y que estaba a punto de convertirse en una calabaza. Cuando Jean-Philippe llegara a casa, no podría salir con Charles, y no sabía cómo reaccionaría él, a pesar de que sabía que estaba casada y de que había sido sincera con él.

Jean-Philippe era el único con quien no había sido sincera. Él no tenía ni idea de lo que estaba pasando y se sentía fatal por ello. Pero no podía decírselo, y en realidad tampoco había nada que decir. Lo único que había pasado era que había estado disfrutando de algunas veladas maravillosas y que ahora estaba confusa. No le había sido infiel. Todavía. Pero en el fondo sabía que se le había pasado por la cabeza, que había pensado qué pasaría si tenía una aventura con Charles. Jamás creyó posible que considerara algo semejante, pero desde que habían empezado a salir juntos la había seducido de forma sutil y muy atrayente. Y era aún más encantador con sus hijos, algo que estos podrían contarle a su padre, se percató. ¿En qué pensaba al ser tan abierta con él? Pero ahora que Jean-Philippe ya no formaba parte de su vida cotidiana..., a veces parecía que no existía. Y se preguntó si a él le sucedía lo mismo.

—Yo también estoy deseando verte —repuso sin demasiada convicción.

Enseguida le dijo que debía acostarse, pues al día siguiente tenía una reunión temprano, lo cual no era cierto. Pero ya no sabía qué más contarle. Él pareció decepcionado por poner fin tan rápido a la conversación, pero al menos la vería al cabo de diez días. Le dijo que estaba deseando verla, y ella le aseguró que sentía lo mismo.

Después de eso, Valerie cerró el ordenador con un gruñido. ¿Qué le había hecho Charles? La había vuelto del revés. ¿O se lo había hecho ella misma? Ya no estaba segura.

Charles podía percibir la culpa en su voz cuando la llamó al día siguiente y le hizo la misma pregunta que le había hecho su marido.

—¿Qué ocurre?

Era transparente para ambos. Carecía de artificios. Era una persona honesta o lo había sido siempre hasta ese momento. Ahora ya no estaba segura.

—No sé qué estoy haciendo —dijo, con aire angustiado—. Anoche hablé con mi marido y le mentí. No puedo decirle que hemos estado cenando juntos. Me estoy comportando como una mujer soltera, pero no lo soy, Charles.

—Sé que no lo eres. A mí no me has mentido. Conozco las reglas. Y no te he presionado en nada. Sé que esto debe de resultarte confuso. Él no está aquí y yo sí. Y no te estoy pidiendo que tomes una decisión ahora. No quiero presionarte. Quiero que estés conmigo, Valerie, no con él. Y eso requiere tiempo. Puedes tomarte todo el que quieras.

Lo que acababa de decirle casi hizo que resollara en busca de aire. Quería arrebatársela a su marido, estaba siendo completamente sincero al respeto, y ella le había seguido el juego.

—Eso no está bien, Charles. Nunca le he engañado.

—Y no le engañas ahora. Y supongo que él no se había ido a vivir a Pekín antes. ¿Qué esperaba? No se deja a una mujer como tú sola para que se las arregle por su cuenta, aparcada en el garaje como si fuera un coche. Mereces a tu lado a un hombre que te adore, no uno que se largue en busca de fortuna y te deje sola con tres niños. Lo siento, pero se merece lo que le pase. Eres la única mujer que conozco que tolera eso y se siente culpable por estar con otro hombre. —Sus palabras eran duras, y Valerie se quedó sorprendida.

—Lo hace por nosotros, por nuestro futuro —insistió.

—Lo hace para alimentar su ego, porque le resulta emocionante estar en la nueva frontera y hacerse un nombre. Lo sé, yo he estado ahí. También lo he hecho. Pero yo no tenía mujer y tres hijos en París. —Valerie no pudo evitar preguntarse si lo que decía acerca de los motivos de Jean-Philippe era cierto. Quizá los hombres reconocían esas cosas mejor que las mujeres—. Y la que se siente culpable eres tú, cuando no has hecho nada malo. Es él, y no tú, quien debería pasarse la noche en vela, consumido por la culpa.

Nunca antes había sido tan franco con ella, pero Valerie también tenía que ser sincera con él.

—Yo me negué a ir con él. No lo olvides.

—Tenías derecho a hacerlo, con tres hijos pequeños en los que pensar y una carrera propia. Debería haber renunciado a irse y haberse quedado aquí. Permíteme que te diga que si yo estuviera casado con una mujer tan fabulosa como tú, no te perdería de vista.

—Gracias por el cumplido, pero no puedo justificar mis actos cuestionables con los suyos —dijo con tristeza.

—¿Qué mal has hecho? ¿Me has mentido? ¿Te has acostado conmigo? No, no lo has hecho.

—Le he engañado en mi corazón. Él no sabe lo que estoy haciendo. Y ahora le miento. Pecado por omisión, acuérdate.

—Ay, Dios mío. —Se rió de ella—. Pecados por omisión, pensamientos impuros y lujuria en el corazón. Me alegra saberlo —repuso, satisfecho—. Por lo menos no soy el único que tiene pensamientos impuros. Me decepcionaría si lo fuera. —La hizo reír con eso y le tomó el pelo durante unos minutos, consiguiendo que se relajara—. Vayamos al cine y a comer pizza esta semana y deja de preocuparte. El destino decidirá. Si tenemos que estar juntos, lo sabremos, Valerie. Y si no, él será el afortunado ganador, aunque espero que no lo sea.

Charles tampoco se había visto nunca en una situación como aquella. Al principio la había llevado por ahí para que fueran colegas y para conocerla mejor por motivos laborales. Pero poco a poco, a medida que la descubría, encontró a una mujer a la que admiraba, con valores sinceros, y se había dado cuenta de lo que se había estado perdiendo toda su vida con las mujeres superficiales con las que salía. No era un hombre que aceptara la derrota con facilidad. Y ahora deseaba arrebatársela a Jean-Philippe. Al mostrarse tan honesta, solo conseguía que le resultara aún más atractiva y hacía que se esforzara más todavía para convencerla de que estuviera con él. Ningún hombre la había cortejado con tanta determinación. Valerie no sabía si estaba deslumbrada, encaprichada o si se estaba enamorando de él. Y cada vez le resultaba más difícil resistirse a Charles.

Si bien no era eso lo que tenía pensado, Valerie cenó con Charles la noche antes de que Jean-Philippe volviera a casa y este la besó de forma apasionada en el coche, cuando la llevó de vuelta. Él se había contenido hasta entonces, por eso se quedó aturdida y, para su desesperación, no había opuesto resistencia a sus insinuaciones.

—Quería darte algo para que me recordaras —susurró—. ¿Cuánto tiempo va a quedarse?

La forma en que lo decía hacía que Valerie se sintiese como una mujer dividida entre dos hombres.

—Dos semanas —respondió en un susurro, y él la besó de nuevo.

Valerie respondió con la misma pasión.

—Te estaré esperando. Y llámame cuando puedas. Estaré preocupado por ti.

—No tienes por qué —repuso ella en voz queda—. Estaré bien y te llamaré.

Intentó aparentar calma, pero le miró con anhelo y acto seguido entró en su casa. Y con espanto se percató de que no quería que Jean-Philippe volviera. Ahora no. No quería perder a Charles y sabía que le echaría de menos. Se sentía muy culpable y confusa por sus sentimientos hacia él. Por un momento se enfureció con Jean-Philippe por dejarla en esa situación, desprotegida y vulnerable a las insinuaciones de otros hombres, cuando él se fue a Pekín. Pero más que a él, se culpaba a sí misma por sentirse tan atraída por Charles y permitir que aquello hubiera llegado tan lejos. Sabía que no debería haber salido con él; se había metido en eso de forma inocente.

Y ahora lo único que Charles quería era conquistarla.

14

Cuando Jean-Philippe llegó a casa, sus hijos prorrumpieron en grititos de placer y corrieron a sus brazos, y Valerie le sonrió desde el fondo de la habitación y a continuación se acercó con rapidez a abrazarle. Verle allí hacía que de repente fuera otra vez real. Ya no era solo una imagen en Skype, y cuando la miró, recordó todas las cosas que amaba de él. Durante las últimas semanas, Charles lo había expulsado del todo de su cabeza. Era muy poderoso, atractivo y convincente. Y se sintió confusa de nuevo cuando besó a Jean-Philippe. Sabía que amaba a su marido, pero, si era así, ¿cómo podía sentirse tan atraída por otro hombre? La cabeza le daba vueltas cuando Jean-Philippe y ella se acostaron esa noche y él le hizo el amor con todas las ansias de pasar dos meses sin ella. Y, después, en sus mejillas había lágrimas que ni pudo ni intentó explicar.

Durante los días siguientes, Jean-Philippe la observó con atención siempre que estaban juntos. Percibía algo diferente en ella y la notaba extrañamente apagada. No sabía muy bien qué le ocurría y se preguntaba si la tensión de ocuparse de todo ella sola, dos trabajos y tres niños, era demasiado para ella. Pero no se quejaba. Estaba más callada que de costumbre y sin embargo se mostraba muy afectuosa. Intentó explicárselo a Chantal cuando comió con ella, y esta le contó todo sobre Xavier y lo bien que les iba. Aún le obsesionaba la idea de que algún día se fuera con una mujer más joven, pero parecía muy feliz y decía que lo era. Estaba resplandeciente y jamás la había visto tan bien.

—Por Dios bendito, lo más probable es que la pobre esté agotada —dijo Chantal en respuesta a lo que le había contado sobre Valerie—. Tú te has largado a China, dejándola con tres niños. Trabaja como una esclava en *Vogue*, que es una fábrica de estrés para cualquier persona normal, y además ahora tiene un importante empleo de asesora. ¿Qué esperabas? Yo estaría apagada si tuviera que vérmelas con todo eso, y tú no estás aquí para ayudarla. Está completamente sola. Todavía tengo intención de llamarla. Pero he estado ocupada, trabajando en dos proyectos y pasando tiempo con Xavier. Eric tuvo un accidente y he estado yendo y viniendo a Berlín para verle. Prometo que esta vez, cuando te marches, la llamaré.

Chantal no estaba preocupada por Valerie. Jean-Philippe y ella se adoraban. Eso no podía haber cambiado en dos meses.

—Sé que suena absurdo, pero ¿crees que puede tener una aventura? —insistió Jean-Philippe. Algo le carcomía. Valerie no era la misma.

—No seas ridículo. ¿Cuándo tendría tiempo? Tú mismo has dicho que ni siquiera tiene a la niñera los fines de semana. ¿Con quién va a tener una aventura? ¿Con el pediatra?

Pero ambos sabían que cosas más raras ocurrían y que la gente que menos lo esperabas dejaba a sus cónyuges. Pero no se imaginaba a Valerie haciéndole eso a Jean-Philippe. Estaban locos el uno por el otro y así había sido desde el día en que se conocieron, aunque Chantal sabía que habían tenido un bache debido a la decisión de mudarse a Pekín. Sin embargo, no se imaginaba a Valerie teniendo una aventura, pues estaba totalmente entregada a él.

—Conoce a muchísima gente interesante en *Vogue*. Escritores, fotógrafos, diseñadores.

—La mayoría de los diseñadores son gais, así que puedes descartarlos.

Con sus gracias, Chantal intentaba hacer que lo olvidase, pero estaba fracasando. Jean-Philippe estaba en plan caza de brujas.

—Su nuevo trabajo de asesora es muy importante —dijo—. Los dos dueños de la empresa son lo más en el mundo de las finanzas y ahora están invirtiendo en moda porque es ahí donde está el dinero de verdad. Son hombres con dinero y no son gais.

—¿Quiénes son? —preguntó Chantal con interés.

—Serge Sevigny y Charles de Beaumont. Conozco a Sevigny y es un gilipollas muy engreído. A Beaumont no lo conozco, pero he oído hablar mucho de él. Ganó mucho dinero en China, lo invirtió todo en los productos adecuados e hizo una fortuna.

—Sé quién es —reconoció Chantal—. Creo que salió con la hija de una amiga mía. Es un hombre muy guapo, si es quien yo creo, pero le van las jovencitas monas de familias ricas, las debutantes, no las mujeres casadas y con tres hijos. Me parece que es una especie de playboy.

—Mi mujer es guapa y joven, y puede que él haya madurado —adujo Jean-Philippe, que parecía presa del pánico.

—Valerie supone demasiadas molestias para hombres como él. Está casada contigo y tú eres un rival duro de pelar para cualquier hombre. Tiene hijos, está casada y tiene un empleo exigente. No está precisamente libre para divertirse y jugar. Y ahora está ella sola con vuestros hijos y no cuenta con ayuda los fines de semana. Dudo que sea una candidata para una aventura ardiente, a menos que el hombre quiera hacer de niñero de tus hijos los fines de semana. Y no conozco a ninguno que hiciera eso si quisiera tener una aventura. Lo que quieren es una mujer que esté disponible y tenga tiempo libre. Valerie debe de estar ahogándose sin ti ahora. —Hizo que Jean-Philippe se sintiera culpable al decir eso y sabía que era verdad. La había dejado con una carga tremenda al aceptar el empleo en Pekín. Quizá fuera demasiado—. A lo mejor está cansada o deprimida. No lo debe de estar pasando nada bien sin ti hoy en día. Quizá necesites hacer cosas divertidas con ella mientras estás aquí y no solo pasar el tiempo con tus hijos. Devuelve un poco de romanticismo a tu vida. Parece que es lo que ella necesita.

—Seguro que tienes razón. A lo mejor he sido muy egoísta al aceptar el empleo allí.

—¿Está yendo bien? —preguntó, preocupada.

Jean-Philippe parecía cansado y más delgado, pero la expresión de sus ojos era animada.

—Las transacciones que hacemos son fascinantes. Y allí hay mucho dinero para todos. Pero detesto el lugar. No es una ciudad en la que quiera pasar el resto de mi vida.

—Tienes pensado pasar un año, ¿no?

—O dos o tres. Aún no se lo he dicho a Valerie, pero ahora entiendo por qué querían que me comprometiese por tres años. Casi es necesario hacerlo para conseguir algo importante.

—Puede que tengas que andarte con ojo con eso —repuso Chantal con cautela—. No la presiones demasiado. Su vida ahora no puede ser fácil y es posible que se harte de ser esposa a tiempo parcial.

Y esa noche, siguiendo el consejo de Chantal, llevó a Valerie a cenar a Le Voltaire. Ella vaciló cuando lo sugirió, pero después aceptó. Sabía que era uno de sus favoritos y que con frecuencia iba allí con editores, así que le sorprendió que no se mostrara más entusiasmada al respecto.

Estaban en medio de la cena cuando entró un hombre con una mujer joven, y Jean-Philippe vio que Valerie se ponía tensa cuando el hombre y ella se vieron, sus ojos se cruzaron y luego él se fue hasta el reservado del rincón. Había ocurrido algo raro entre ellos que él había percibido y le preguntó en voz baja quién era aquel hombre.

—Es el director de estilo y uno de los socios de Beaumont-Sevigny, a quienes asesoro. Es Charles de Beaumont —dijo ella casi con demasiada indiferencia.

Jean-Philippe tuvo una desagradable sensación en el estómago y le dedicó otra mirada al hombre del reservado del rincón. Estaba con una mujer joven muy atractiva, pero miraba a Valerie y en sus ojos había una expresión severa cuando le miró a él. Jean-Philippe pudo percibir a un depredador en libertad y una peligrosa amenaza.

—¿Por qué no te ha saludado? —le preguntó.

Valerie estaba jugueteando con la comida de su plato.

—No lo sé. No tengo trato con él y parece que tiene una cita.

Se esforzó para no mirar hacia su mesa y no pidió postre. Jean-Philippe no estaba seguro de si lo había imaginado, pero ella parecía impaciente por irse.

Pagó la cuenta y volvieron a casa después de cenar; ella estuvo callada en el coche. Oyó que recibía un mensaje en el móvil, pero no lo miró hasta que estuvieron en casa, algo extraño en ella. Vio que no respondía, sino que se limitaba a silenciar el móvil. El mensaje era de Charles. «He tenido ganas de secuestrarte cuando te he visto.» Valerie respondió y le dijo tan solo que le echaba de menos y luego borró el mensaje. Jean-Philippe se habría sentido estúpido preguntándole de quién era el mensaje, pues recibía muchos. Así que no lo hizo, pero notaba algo extraño en su comportamiento. Mientras se preparaban para acostarse no pudo evitar preguntarse si estaba pasando algo entre Charles de Beaumont y ella. Le perturbaba lo guapo que era, pero Valerie no parecía impresionada. Quizá estuviera loco o paranoico porque la había dejado sola. Pero ahora más que nunca comprendió que no iba a ser fácil si se quedaba en Pekín durante un año y que sería peor si firmaba por un segundo año, lo cual empezaba a darse cuenta de que tendría que hacer.

Tardaron una semana en acostumbrarse de nuevo el uno al otro y en sentirse cómodos. A la segunda semana pudo ver que Valerie empezaba a relajarse con él, pero ya tenía que irse. Ni siquiera eran suficientes dos semanas para reparar el daño causado por su ausencia. Habían celebrado Acción de Gracias con sus hijos, que era una tradición que Valerie quería compartir con ellos a pesar de que fueran franceses, pues significaba mucho para ella.

Jean-Philippe se percató de que parecía muy triste antes de que se marchara. Se lo comentó a Chantal durante la comida el día antes de regresar a Pekín.

—Creo que está deprimida. Y, por cierto, vi a Beaumont en Le Voltaire. Es un hombre muy atractivo, aunque Valerie no pareció reaccionar. Pero creo que mi ausencia nos está pasando factura. Le ha costado casi dos semanas animarse y parecer cómoda conmigo y me tengo que ir mañana. No sé si esto va a funcionar.

Parecía descorazonado. Quizá le había pedido demasiado a su mujer. Ya no pensaba que le estaba engañando, pero empezaba a preguntarse si se distanciarían tanto que acabarían divorciándose. Jamás imaginó que eso podría ocurrirles a ellos. Ahora ya no estaba tan seguro.

—Eso fue siempre el riesgo —le recordó Chantal—. Lo sabías cuando te marchaste. Y lo hiciste de todas formas. A veces los hombres sois estúpidos. ¿Cuándo vuelves?

—En menos de cuatro semanas. Aterrizo en Nochebuena.

—Eso es dentro de muy poco —dijo con seriedad.

—Estaré un par de semanas. Y luego volveré de nuevo a finales de febrero o principios de marzo.

—Tú reza para que tus hijos la mantengan ocupada y ningún tío guapo como Charles de Beaumont se cruce en su camino.

Jean-Philippe aún parecía preocupado al final de la comida, cuando besó a Chantal en la mejilla y ambos abandonaron el restaurante.

Valerie y él pasaron una última noche juntos de manera tranquila, hablando en la cama. Ella parecía otra vez la de siempre, aunque la encontró callada y triste ante la perspectiva de su marcha. Sin embargo, esa vez regresaría en menos de un mes y celebrarían la Navidad con los niños. Tendría que poner el árbol y ocuparse de decorarlo ella sola antes de que él llegara a casa, pues volvía muy tarde.

—Valerie, ¿esto es demasiado para nosotros? —preguntó con franqueza antes de que apagaran la luz—. ¿Vamos a superarlo?

Comenzaba a tener dudas. Quizá Chantal tenía razón y había sido un idiota por correr el riesgo. Valerie era una mujer hermosa y cualquier hombre la desearía. Y sabía que si ella le dejaba y renunciaba a su matrimonio eso le mataría.

—No lo sé —respondió ella, mirándole a los ojos—. Eso espero. Imagino que tendremos que esperar a ver qué pasa.

Era del todo sincera con él. No le estaba haciendo ninguna promesa de futuro, lo cual era una perspectiva aterradora, sobre todo la noche antes de su marcha.

—No quiero perderte —dijo él con tristeza.

—Y yo tampoco quiero perderte a ti ni a mí misma. Es más duro de lo que pensé.

Jean-Philippe asintió, comprendiendo lo que estaba diciendo y preguntándose qué debería hacer al respecto.

—Al volver a casa pensé que tenías una aventura. Al principio estabas muy fría y distante conmigo. Pero ahora sé que no.

—No —confirmó ella.

Jean-Philippe se sintió aliviado.

—Espero que jamás lo hagas —dijo Charles con vehemencia, levantando la vista hacia ella, y vio que había tristeza en sus ojos.

—Yo también lo espero —repuso ella en voz queda.

No era una promesa. Era una esperanza. Era lo máximo que podía hacer por ahora y Jean-Philippe tuvo que contentarse con eso.

Antes de marcharse temprano a la mañana siguiente, Jean-Philippe besó a sus hijos en la cama y fue a besar a su mujer. Valerie se aferró a él largo rato mientras la estrechaba con fuerza contra su cuerpo, deseando no tener que irse otra vez.

—Estaré en casa dentro de unas semanas —le recordó, y ella asintió y le besó de nuevo.

A continuación bajó corriendo las escaleras con la maleta hasta el taxi, pues le estaba esperando para llevarle al aeropuerto, y de ahí, otra vez a Pekín.

Valerie le envió un mensaje a Charles en cuanto él se fue y le pidió que fuera a comer con ella. Iba a verle la semana siguiente en la oficina para su próxima presentación, pero no quería esperar hasta entonces. Aparte de la noche que se habían encontrado en Le Voltaire, no le había visto desde hacía dos semanas y le había echado aún más de menos de lo que había imaginado y más de lo que deseaba.

Se reunieron en un tranquilo restaurante cerca de la oficina de él. Valerie llevaba un abrigo rojo y botas negras y estaba muy elegante. A Charles se le iluminó el rostro en cuanto la vio. Iba ataviado con un traje de tweed impecable y zapatos marrones de ante, y estaba tan elegante como ella. La besó de manera ardiente en cuanto entró. Ella no pudo resistirse.

—Ay, Dios mío, han sido las dos semanas mas largas de mi vida —dijo Charles, devorándola con la mirada de arriba abajo mientras ella le sonreía—. ¿Cómo ha ido?

Solo le había llamado una vez y le había enviado unos pocos mensajes por cuestiones de trabajo. Resultaba muy incómodo tratar de contactar con él mientras Jean-Philippe estaba allí y quería tratarle con el respeto que sentía que le debía por ser su marido. Llamar a Charles mientras él estaba en la ciudad no le parecía justo.

—Ha ido bien —respondió con voz serena a su pregunta—. No ha sido fácil. Era raro tenerle de nuevo en casa, como si ya no estuviera acostumbrada a él y en cambio lo estuviera a estar yo sola. Y cuando nos hemos adaptado el uno al otro, ha tenido que irse. Anoche me dijo que al principio había creído que tenía una aventura. Y quiso saberlo todo de ti cuando te vio en Le Voltaire. Creo que tuvo un presentimiento sobre nosotros, que decidió ignorar.

Se sentía aliviada de que lo hubiera hecho.

—Esa noche tenía unas ganas tremendas de apartarte de él y salir corriendo contigo por la puerta.

Valerie esbozó una sonrisa; a ella le habría gustado que lo hiciera. Charles era una persona mucho más excitante, pero Jean-Philippe era su marido y ahora lo recordaba. Las dos semanas que había pasado en París lo habían dejado claro y le recordaron a Valerie lo que su matrimonio significaba para ella, aunque ahora estuviera pasando por momentos difíciles.

—Quería comer hoy contigo para decirte que no puedo hacer esto. Quiero hacerlo, me encantaría hacerlo. Y ojalá te hubiera conocido hace ocho años, antes de conocer a Jean-Philippe. Pero ahora estoy casada con él. Tengo que intentarlo. Puede que no funcione, pero tengo que hacer bien las cosas. O jamás me lo perdonaré. No puedo estar contigo a sus espaldas y mirarle a los ojos cuando vuelve a casa. Si quiero dejarlo, debo decírselo, pero todavía no sé si quiero dejarlo. Tengo que darle una oportunidad.

Charles guardó silencio durante largo rato mientras la escuchaba; algo le decía que no podría hacerla cambiar de opinión, y no se equivocaba. Se sentía muy decepcionado y dolido por lo que ella había dicho. Pero respetaba su lealtad y su honestidad. Era una de las razones de que la deseara tanto. A sus ojos, ella era la esposa perfecta y acababa de demostrárselo. Iba de frente y era una persona honrada.

—Si tengo una aventura contigo, tú jamás confiarás en mí, yo nunca volveré a confiar en mí misma y todo el mundo sufrirá. ¿Quieres que renuncie a asesorar a tu empresa?

Charles lo consideró durante un minuto y meneó la cabeza.

—No, no quiero que renuncies —respondió, mirándola a los ojos—. Te necesitamos demasiado. Y yo también. Ojalá le dieras una oportunidad a lo nuestro, Valerie. Sabes tan bien como yo que no va a funcionar. Así sufrirás un año o dos y luego llegarás a la misma conclusión que yo ahora. Es un hombre egoísta por haberse ido a Pekín sin ti. Yo jamás te haría eso. ¿Por qué no nos das una oportunidad? Podríamos ser muy felices juntos.

Era completamente sincero. Más de lo que lo había sido en toda su vida. No estaba jugando con ella, y Valerie se daba cuenta de ello.

—Me encantaría intentarlo —dijo con tristeza—. Y si estuviera soltera lo haría. Me sentía muy tentada de hacerlo. Pero hace siete años me casé con él para lo bueno y para lo malo, y lo hice muy en serio. Esto es lo «malo», por ahora, pero a eso me comprometí. Hemos tenido siete años «buenos». Ahora aguantaré durante lo «malo». Mientras pueda. Se lo debo a él y a nuestros hijos. Y no es justo pedirte que esperes. Puede que tarde años en saber cómo acaba esto.

—Le envidio —aseveró Charles, que parecía desesperado e infeliz.

Cuando abandonaron el restaurante la besó como había deseado hacerlo durante dos semanas. Y después de dejarla, recorrió la calle con las manos en los bolsillos y la cabeza gacha, pensando en ella y en la clase de mujer que era, y que Jean-Philippe Dumas era un hombre afortunado.

Charles detestaba ser el perdedor. Nunca lo había sido. Y mientras regresaba a pie a su despacho, su ego estaba tan herido como su corazón.

Dos días después de que Valerie comiera con Charles de Beaumont, su editora jefe la llamó a su despacho y durante un instante pensó que estaba en un lío. Sin embargo, la editora tenía un proyecto para ella.

Iban a «hacer» el número de abril en China y querían que fuera a Shangai y a Pekín para realizar una misión de reconocimiento y decidir en qué centrarse y a qué modelos y fotógrafos asignar. Querían que fuera espectacular. La mala noticia, en lo que a *Vogue* se refería, era que quería que fuera allí la semana siguiente.

—Sé que te aviso con poco tiempo, pero estarás de vuelta para pasar las Navidad con tus hijos —dijo la editora jefe con tono de disculpa. Valerie se quedó sentada, sonriéndole y pensando en lo que eso podría significar. Acababa de dejar a un hombre que le importaba y con el que creía que quería estar y ahora tenía una oportunidad de pasar tiempo con el marido que en los dos últimos meses se había convertido en un extraño para ella. Parecía una señal—. Tu marido vive en Pekín, ¿verdad?

—Sí, vive allí. Solo lleva dos meses allí, pero puede darme buenos consejos.

Le intrigaba ir y ver dónde vivía. Le parecía un viaje muy excitante y un premio de consolación por haber hecho lo correcto con Charles. Le echaba de menos.

Envió un e-mail a Charles cuando salió del despacho de la editora y le dijo que no podría reunirse con él la semana siguiente para realizar la presentación. La revista la enviaba a China, pero realizaría la presentación completa antes de marcharse y podía contactar con ella para hacer cualquier cambio que necesitara mientras estaba ausente. No pensaba fallarle. Él le había enviado una breve respuesta, dándole las gracias por avisarle y ser tan diligente en su trabajo. Era toda una profesional, cosa que él agradecía.

Y luego le mandó un mensaje a Jean-Philippe para contarle lo del viaje. Él estaba sentado en su apartamento, completamente deprimido y pensando en ella, preguntándose qué estaba haciendo allí, cuando tenía una mujer y una familia a la que adoraba en París. Se puso eufórico por su visita y le respondió que iría a Shangai con ella.

Su viaje a China era justo lo que ambos necesitaban para intentar recuperar el vínculo entre ellos y salvar su matrimonio.

—¿Cuándo vienes? —le preguntó, sonriendo, cuando la llamó por Skype.

—La semana próxima —respondió ella, con una sonrisa de oreja a oreja y muy agradecida por no haber cometido ninguna estupidez con Charles.

Era un hombre muy atractivo, pero tal y como le había dicho al propio Charles, Jean-Philippe era su marido para lo bueno y para lo malo. Ahora solo podía abrigar la esperanza de que estuvieran por llegar buenos tiempos. Charles de Beaumont era tan deslumbrante que a punto había estado de persuadirla, pero Jean-Philippe era el hombre al que amaba.

15

Cuando Benedetta tomó el vuelo de Roma a Delhi no sabía qué esperar. Esa mañana temprano había tomado un vuelo corto de Milán a Roma y había cogido un segundo avión poco después de mediodía. Había oído hablar sobre la extrema pobreza de la India, los mendigos y niños lisiados en las calles, situaciones que la escandalizaban, pero también había oído historias sobre la extraordinaria belleza del país, la luz, los colores, los templos, la gente, los tejidos, las joyas y el ambiente y la magia de aquel lugar. Había estado leyendo un poco sobre el tema, pero quería que Dharam le desvelara sus maravillas. Le causaba un gran entusiasmo que él le mostrara todo cuanto pudiera. El vuelo parecía no tener fin, y entretanto pensaba en los lugares que él le había descrito y que quería ver. Iba a usar su avión privado para llegar a los distintos lugares, lo que le parecía perfecto. Era un modo muy fácil, cómodo y lujoso de viajar.

Aterrizaron en Delhi casi a medianoche, después de un viaje de ocho horas, y Dharam la estaba esperando cuando salió de aduanas escoltada por dos policías locales y un agente de la compañía aérea. Él lo había dispuesto todo para facilitar su llegada.

Benedetta esbozó una amplia sonrisa en cuanto le vio y él la besó de inmediato.

—No me puedo creer que estés aquí. —Parecía tan emocionado como ella y estaba impaciente por empezar el viaje. Había reservado dos semanas para dedicárselas a ella. El país era tan enorme que parecían insuficientes.

Lo primero en lo que Benedetta se fijó fue en que las mujeres que la rodeaban vestían saris de un sinfín de colores y que muchas de ellas llevaban sandalias enjoyadas y brazaletes en los brazos. Algunas tenían un bindi rojo en la frente. Los hombres iban ataviados con el traje tradicional, compuesto por una larga túnica y un pantalón holgado. El efecto era exótico. En cualquier ciudad europea resultaba imposible saber con seguridad si estabas en el aeropuerto de París o de Cincinnati; en Delhi te veías arrastrado al instante a otra cultura y a otro universo. También había extranjeros vestidos al estilo occidental. Todo se mezclaba para formar un lienzo de colores vibrantes, que fascinó a Benedetta mientras atravesaban el aeropuerto. Entonces apareció un empleado de Dharam para ocuparse de su equipaje. Le había reservado una suite en el hotel Leela Palace de la ciudad y fueron allí en un Bentley azul marino, con su chófer al volante. Dharam le presentó al chófer como Manjit, y recorrieron la zona diplomática de Chanakyapuri de camino al hotel.

Cuando llegaron, porteros, recaderos y botones acudieron a aligerarlos de su equipaje y a subirlo a su habitación tan pronto se registró. Y Dharam la acompañó arriba para cerciorarse de que ella estaba satisfecha con su suite, mientras dos gerentes y un conserje se mantenían a la espera. Dharam era un héroe allí, y un hombre muy importante, por lo que querían asegurarse de que su invitada estuviera satisfecha.

La suite era espectacular, con un enorme salón con vistas a los jardines y un dormitorio que según Benedetta era el más grande que había visto en un hotel. Había champán, fresas, una cesta de fruta y una caja de caramelos sobre la mesa, además de pequeños pasteles, y en cuanto entraron en la suite, un mayordomo uniformado se ofreció a servirles champán o té. Después de aquello, costaba imaginarse volviendo a un hotel occidental. Había un ejército de personal de servicio corriendo por todas partes para atender todas y cada una de sus necesidades.

Tenían planeado pasar dos días en Delhi, y Dharam se quedó a charlar con ella durante un par de horas, mientras las empleadas deshacían su equipaje, y se marchó con desgana a las tres de la madrugada para descansar un poco.

Cuando despertó por la mañana, hacía un día perfecto, así que se puso unos pantalones grises de vestir y un jersey rojo de cachemir, y se llevó una chaqueta corta por si acaso refrescaba. Estaba deseando empezar.

Estaba lista cuando Dharam apareció en su suite después de desayunar; él había estado en su despacho durante una hora.

—¿Todo listo? —preguntó, muy contento de que estuviera allí.

—Estoy impaciente —dijo ella con entusiasmo mientras salían.

Benedetta consideraba aquello una enorme aventura, y Dharam parecía feliz. Su chófer y el Bentley los aguardaban abajo.

Los primeros sitios a los que la llevó fueron los monumentos tradicionales, las fortalezas de Lal Qila y Purana y la tumba de Humayun. Se apearon del vehículo para echar un vistazo. Pasearon por el césped y atravesaron los jardines de Lodi. Benedetta podía percibir la paz que flotaba en el ambiente. De ahí fueron a ver el Qutub Minar, el minarete de ladrillo más alto del mundo. En todo momento era consciente de los contrastes que ofrecía la ciudad, lo antiguo y lo nuevo, la opulencia, la pobreza, los mendigos pidiendo, tal y como le habían advertido, las hermosas mujeres en sari que transitaban por cada calle.

Dharam la llevó a comer al restaurante Olive y después al centro comercial Crescent Mall para ver algunas vestimentas indias, que Benedetta encontró fascinantes. Y después regresaron al hotel y tomaron el té mientras contemplaban los jardines, antes de que ella volviera a su habitación para descansar un rato hasta la hora de la cena.

—¿Qué tal por ahora? —preguntó Dharam.

Estaba muy orgulloso de su país y de su ciudad, y era evidente que a ella le estaba encantando y se estaba enamorando también del lugar.

La dejó casi a las siete para irse a casa a cambiarse y prometió volver a las ocho y media para cenar en el Smokehouse Room, del que le había hablado cuando estuvieron en Cerdeña y que ahora quería compartir con ella. Disponía de una vista panorámica del minarete Qutub, que habían visto por la mañana.

El restaurante era impresionante y la cena estaba exquisita. Dharam pidió varios platos para ella y le explicó qué eran mientras una flotilla de camareros les servía la deliciosa comida. Ya se sentía abrumada por la magia y la belleza de la India y solo llevaba un día allí. Hasta el momento había cumplido todas sus expectativas y aquello no había hecho más que empezar. Ya sabía que sería un viaje extraordinario. Dharam se había ocupado de ello y lo había organizado todo a la perfección.

Después de cenar, la besó de nuevo y la dejó en el salón de su suite. Aún no podía creerse que estuviera allí. Seguía dando gracias porque ella hubiera ido mientras que Benedetta se las daba a él por todo lo que había organizado. Le prometió volver por la mañana y la animó a que durmiera un poco. Quería que tuviera energías para hacer todo lo que había planeado. Había muchísimas atracciones turísticas que enseñarle.

Cuando se presentó a la mañana siguiente, ella ya estaba vestida y lista, y llevaba horas levantada. Se marcharon poco después y exploraron la zona antigua de Delhi. Ese día tenían aún más lugares previstos. Fueron al templo del Loto, a Nueva Delhi y al Museo Nacional, y al final de la jornada volvieron al hotel para disfrutar de un masaje y un baño en la piscina.

Aquella noche cenaron en el restaurante Le Cirque de su

hotel. Querían retirarse temprano, pues iban a levantarse al alba al día siguiente para comenzar su viaje. Además, quería conocer a los hijos de Dharam, pero su hijo estaba fuera, jugando al polo, y no volvería antes de que ella se marchara, y su hija vivía en Jaipur, que era una de las paradas previstas en su viaje.

Su odisea comenzó en Khajuraho, donde visitaron docenas de templos a lo largo de la jornada. Había dioses, diosas, guerreros y músicos representados en los grabados, y Benedetta hizo docenas de fotos con la cámara que había comprado. Aquella noche cenaron en su hotel, y él la acompañó a su suite antes de retirarse a la suya.

Por la mañana volaron a Agra para ver el Taj Mahal; nada la había preparado para tan arrebatadora belleza. En verdad era la construcción más magnífica que había visto, infinitamente más que en las fotos que había contemplado durante años. Pasearon por los alrededores, tomó fotos del monumento reflejado en el agua y luego se registraron en el hotel Oberoi Amarvilas, que era un extraordinario palacio de inspiración morisca y mogola, situado justo al lado del Taj Mahal. Contaba con hermosas terrazas, fuentes, piscinas, jardines y exóticas flores. Y las habitaciones eran fabulosas, recubiertas de madera, con suelos de mármol y pesadas cortinas de seda, y con vistas al Taj Mahal desde todas ellas. Dharam había pedido que le llenaran el baño de pétalos de rosa cuando ella volvió a su habitación para relajarse después de la cena. Había pensado en todo.

Y después de una noche en Agra, fueron al Parque Nacional Ranthambore para alojarse en una de las tiendas de lujo del hotel Vanyavilas. En cada lugar Dharam tenía una habitación o una suite junto a la de ella. Quería estar cerca de Benedetta para protegerla si era necesario, pero sobre todo porque disfrutaba de su compañía. No habían parado de hablar en días, desde que ella llegó. Tenía muchas cosas que contarle sobre cada lugar.

Fueron a Jaipur, donde visitaron el observatorio astronómico Jantar Mantar, el Hawa Mahal, un palacio del siglo XVIII, el palacio de Jaipur y el palacio Chandra Mahal. Más emocionante aún para Benedetta fue la cena con Rama, la hija de Dharam, en su palaciega casa. Ella le presentó a sus tres hijos pequeños, que eran adorables y estaban muy bien educados. Su marido estaba fuera, jugando al polo con el hermano de ella, pero les ofreció un festín aquella noche y después estuvo horas charlando con Benedetta y con su padre. Las dos mujeres congeniaron a la perfección, y Dharam parecía orgulloso y satisfecho.

Estaban hospedados en el fabuloso hotel Rajvilas y tomaron una copa en la terraza después de cenar. El hotel tenía poco menos de trece hectáreas de espectaculares jardines y la fragancia del jazmín lo impregnaba todo.

—Siento que no hayas conocido a mi yerno —dijo Dharam con pesar—. Es un joven encantador. Su familia es una de las más importantes de la India.

También lo era la de Dharam, aunque él era una persona modesta. Con todas las maravillas que le estaba enseñando, lo que más impresionaba a Benedetta era su constante gentileza con ella, su generosidad y su cortesía.

Benedetta se entristeció al darse cuenta de que la mitad del viaje ya había transcurrido. El tiempo se le estaba pasando a una velocidad de vértigo y deseó que aquello durara para siempre.

—Ojalá pudiera detener el tiempo para poder ver más de todo y grabarme cada detalle en la mente.

—Lo harás. —Le dedicó una sonrisa, y ella asintió.

¿Cómo podría olvidar nada de aquello? Cada experiencia, cada imagen, cada templo, cada edificio era inolvidable y único, y sin embargo muy típico de la India. Y mientras él compartía con ella la belleza de su país, cada momento era especial y rebosaba ternura.

Después de dejar con gran pesar a Rama, volaron en su

avión a Udaipur y visitaron el palacio de la ciudad y el mercado para que ella pudiera ver las telas. Terminó reuniendo muestras de todo para poder reproducir algunos de los estilos más sencillos y los vibrantes colores de sus telas, que habría sido imposible describir de vuelta en su país.

A Dharam le costó lo suyo que ella dejara el mercado. Todo cuanto veía le causaba un gran entusiasmo. Benedetta quería explorarlo todo y llevarse tanto como pudiera. Tenía montones de telas cuando se marcharon y muchas pulseras que llevar a sus amigas como recuerdo de su viaje.

Al día siguiente exploraron los templos de Eklingji y Nagda, que estaban entre los más hermosos que habían visto, y luego volvieron al hotel para relajarse. Habían planeado pasar los últimos días de relax en Udaipur antes de volver a Delhi. Dharam quería pasar algo de tiempo tranquilo con ella, y exploraron algunas callejuelas y pequeñas tiendas donde encontraron más tesoros. Benedetta era insaciable; quería llevarse consigo cada sonido, cada olor, cada imagen y recuerdo.

—Bueno, Benedetta, ¿te alegras de haber venido a la India? —le preguntó la última noche allí.

El viaje casi había acabado, volvía a casa en dos días, y se las habían arreglado para incluir una serie de extraordinarios monumentos, ciudades, experiencias y visitas históricas, y la magia de la cultura de su país los envolvía como si de un hechizo se tratara. Estaba perdidamente enamorada y cautivada por el viaje que Dharam había preparado para ella y muy agradecida por el tiempo que habían pasado juntos. No solo había conseguido descubrir de forma extraordinaria su país, sino además entender mejor al hombre. Cuando se habían visto en Italia y en París no había logrado captar plenamente su fondo y su talla como ser humano. Estaba imbuido de las tradiciones de su cultura, de su dulzura y su belleza, y verle con su hija, ver cuánto la quería y lo orgulloso que estaba de ella, le había mostrado también otro aspecto de él. Y aunque era imposible compararlos, hizo que fuera todavía más consciente de cuánto le había tolerado a Gregorio, de lo superficial que era y lo narcisista e insensible que se había mostrado con ella. Dharam poseía un alma profunda y una compasión que sobrepasaba con creces cualquier cosa que hubiera conocido en un hombre. Adoraba sus tradiciones, los mitos, los relatos y la historia que compartía con ella. Su único propósito durante las dos últimas semanas había sido hacerla feliz y enseñarle su país, la vida y la cultura de allí. Y mientras charlaban aquella noche sobre lo que habían hecho y visto, Dharam le colocó en el brazo una pulsera que ella había admirado cuando visitaron el Gem Palace en Jaipur. Era un ancho brazalete cuajado de pequeños diamantes en bruto de la India que la había cautivado. Abrió los ojos como platos al verlo y se quedó aturdida por tan impresionante regalo.

—¡Dharam, no!

Era mucho más de lo que creía que debía aceptar de él, pero le encantaba y le entusiasmaba tenerla. Sabía que se sentiría muy dolido si lo rechazaba y se acercó para besarle en la mejilla como agradecimiento. Él pareció muy contento de que a ella le gustara tanto.

—Quiero que tengas algo para recordar nuestro viaje. Espero que sea la primera de muchas visitas. Este país tiene aún innumerables riquezas que explorar. La próxima vez viajaremos con más calma, pero quería que vieras todos los aspectos posibles en tu primera visita. Una especie de resumen. Lo exploraremos más a fondo cuando regreses.

Y quería que hubiera una próxima vez, muchas más. Eso lo había dejado muy claro. Los ojos de Benedetta se empañaron un instante mientras acariciaba el hermoso brazalete y le miró. Le seguía preocupando lo único que le había preocupado desde el principio. Sus vidas estaban en mundos distintos.

—¿Cómo vamos a hacerlo? —preguntó en voz queda—. Tú vives aquí. Yo vivo en Milán. Y los dos lo tenemos complicado para escaparnos.

El viaje había requerido de una minuciosa planificación y

mucha reflexión por parte de Dharam. Había mantenido sus obligaciones profesionales a raya durante dos semanas y tendría que trabajar con más ahínco que nunca cuando ella se marchara, lo mismo que tendría que hacer ella cuando regresara a Milán a fin de compensar el tiempo que había estado ausente. Ambos sabían que eso era cierto, que tenían carreras exigentes, muchos empleados que dependían de ellos e importantes trabajos y responsabilidades. Benedetta dudaba que aquello pudiera funcionar, salvo como un interludio romántico de ciento a viento, aunque sabía que él viajaba a Europa con frecuencia y disponía de una considerable movilidad al poseer avión propio. Pero su vida estaba allí y la de ella estaba en Italia, a más de seis mil kilómetros de distancia. Le entristeció pensar en ello.

—Podemos hacer lo que nos plazca —dijo con delicadeza—. Si queremos que funcione, funcionará. Depende de nosotros, Benedetta, y del esfuerzo que queramos dedicarle, del tiempo que podamos sacar. No espero que renuncies a tu vida en Italia. Y yo tengo obligaciones y familia aquí. Creo que podemos tener ambas cosas. Quizá no podamos estar juntos todo el tiempo, pero prefiero tener una parte de ti que no tener ninguna. Jamás he conocido a una mujer como tú, que trabaje tan duro, sea tan creativa y tenga una visión de la vida como la tuya. Eres un genio en lo que haces. —Y sabía que además era una mujer afectuosa, tierna y sabia.

—También tú. —Le brindó una sonrisa, conmovida por el cumplido.

A su manera, era tan modesta como él. Le había otorgado todo el mérito a Gregorio, pero ella había sido el talento y la fuerza creativa tras el trono. El mundo estaba reconociendo sus méritos, y Dharam se alegraba por ella. Era muy consciente del talento que tenía.

—Los genios tienen vidas poco corrientes. Quizá no desayunemos juntos todas las mañanas, pero podemos compaginar nuestros dos mundos, haciéndonos más felices el uno al otro, uniendo a dos personas, dos mundos y dos carreras extraordinarios. Y tú no tienes hijos y los míos ya son adultos. Disfruto estando con ellos, pero ya no me necesitan a diario. Es posible que hace quince años esto no hubiera funcionado. Ahora puede que sí lo haga, si estás dispuesta a sumergirte conmigo en una de las mayores aventuras de la vida. —Le ofreció la mano mientras lo decía y ella la asió en silencio y le miró fijamente—. Te quiero, Benedetta. Me enamoré de ti la noche que nos conocimos. Cuando te vi y hablé contigo no podía creer mi mala suerte porque estabas casada con otro hombre. Y entonces, de repente, él se fue y vi el dolor en tus ojos. Quise rodearte con mis brazos y llevarte a casa conmigo, pero entonces no había nada que yo pudiera hacer. Ahora la vida ha sido buena con nosotros, o conmigo. Y aquí estás, a mi lado. Quiero cuidar de ti y te quiero. No dejaré que nadie te haga daño, Benedetta. Te ofrezco mi corazón y mi vida.

Benedetta estaba impresionada con sus palabras y con la expresión de sus ojos. Ni siquiera eran amantes todavía y solo la había besado. Ella había sido cauta con su corazón después del sufrimiento que había vivido con Gregorio. Pero Dharam era un hombre completamente diferente, magnánimo y afectuoso, protector y generoso. Ahora lo sabía. Estaba a salvo.

—Yo también te quiero —dijo con ternura, y lo decía en serio. Unas palabras valientes viniendo de ella.

—¿Recorrerás conmigo el camino que se nos ha dado?

Al oír aquello, a la mente de Benedetta acudió la imagen del Taj Mahal, la de un amor tan inconmensurable que desafiaba la razón y cualquier explicación, pero que perduraba a través de los siglos. De modo que asintió, y él la besó y la abrazó durante largo rato. Una extraordinaria sensación de paz la envolvió. Nunca había experimentado nada parecido y reconoció lo que era. El amor de un hombre bueno.

Más tarde subieron juntos y él se detuvo frente a la puerta de su suite, como hacía cada noche. Ella le abrió la puerta y su corazón. Y sus sueños se hicieron realidad aquella noche. No sabían qué iba a pasar o cómo evolucionarían las cosas, pero cuando se quedó dormida entre sus brazos después de hacer el amor, Benedetta sabía que estarían juntos. Su destino estaba junto a aquel hombre maravilloso. Era un regalo de valor incalculable que se le había hecho. Un regalo que no podía rechazar.

16

Cuando a principios de diciembre Valerie aterrizó en el aeropuerto de Pekín en su viaje para *Vogue*, se sintió abrumada por todas las imágenes y los sonidos que la asaltaron. La enorme cantidad de gente, el ruido, el caos en el aeropuerto, el tráfico, la polución. No había experimentado nada semejante. A medida que se adentraban en la ciudad, Jean-Philippe fue señalando las vistas y los edificios y le explicó qué estaba viendo. En Pekín perduraban fascinantes y vistosos restos de la historia de China, junto con algunos interesantes aspectos nuevos de la ciudad, de los que informar a *Vogue*, pero lo primero que vio fue cómo vivía su marido como extranjero que residía allí y le sorprendió las molestias e incomodidades que soportaba. Se quedó horrorizada por el diminuto apartamento y por lo poco agradable que era. De haber ido allí con la familia, habría tenido que esforzarse para encontrar un lugar decente en el que vivir. Dadas las circunstancias, se las apañaba con un apartamento de la empresa y no le importaba. Su corazón estaba en París, no allí. Solo había ido a trabajar.

Después de que ella viera el espartano apartamento, fueron al hotel de Valerie. *Vogue* la había alojado en el Opposite House, que era elegante y moderno y contaba con una magnífica piscina. Una vez más, le impresionó las pocas personas que hablaban inglés, a pesar de que el hotel de estilo occidental estuviera lleno de extranjeros. Nada allí resultaba familiar.

En cierto modo, le gustaba porque era algo del todo diferente, pero ahora comprendía lo duro que habría sido vivir allí. *Vogue* le había contratado un traductor, que tenía que reunirse con ella más tarde esa mañana para hacer un recorrido por la ciudad. Tenía mucho que hacer y ver mientras estaba allí, en misión de reconocimiento para la revista. Y tenía intención de ver todo lo que pudiera durante el día, mientras Jean-Philippe estaba trabajando. Su marido había intentado reducir su horario durante la estancia de Valerie allí, pero estaba inmerso en varias transacciones importantes y había sido todo un triunfo poder liberarse para acompañarla a Shangai. Valerie estaba entusiasmaba por ir allí con él. Había oído cosas maravillosas sobre la ciudad, pero Pekín le interesaba más porque su marido vivía allí ahora y podía ver de primera mano lo que se había perdido al no acompañarle.

Se duchó y se cambió en el hotel mientras él pedía el desayuno a un camarero del servicio de habitaciones que apenas hablaba una palabra de inglés, pero que a pesar de eso consiguió entender bien casi todo. Y después de compartir unos huevos y unos cruasanes, que llegaron con un cuenco de arroz con trocitos de pescado, Jean-Philippe tuvo que dejarla para asistir a una reunión en la oficina y Valerie fue a encontrarse con su intérprete en el vestíbulo, que era una joven muy guapa. Hablaba inglés de forma precisa, aunque titubeante, y nunca había salido de China. Era una funcionaria pública, que había sido asignada a empresarios extranjeros, y se alegró al ver que Valerie era mujer. Valerie llevó consigo un ejemplar del *Vogue* francés y le explicó lo que hacía allí. Dado que iban a utilizar modelos chinas para la sesión fotográfica, además de a las modelos famosas que llevaran de París, tenía que contactar con una agencia de modelos para la sesión mientras estaba allí. Las modelos estaban también formadas por el gobierno.

Pero ese día tenía planeado explorar lugares con su intérprete y un chófer que había contratado en el hotel. Cubrieron mucho terreno mientras Valerie hacía fotografías del mercado de la seda y del más rústico mercado de antigüedades, que proporcionaría magníficos escenarios. Era un mercadillo con una vasta variedad de mercancías. La intérprete la llevó a varios centros comerciales de enormes dimensiones, que a Valerie le resultaron menos interesantes. La chica le dijo que había más de un centenar en Pekín, pero a Valerie no le entusiasmó ninguno de los que vio. Quería localizaciones que se salieran de lo corriente para mostrar a *Vogue*.

Recorrieron los *hutongs*, angostas calles y callejones antiguos, que estaban diseminados por la ciudad y supondrían un exótico telón de fondo que fotografiar. Le entusiasmó el distrito artístico 798, un espacio de exposiciones de arte moderno, que en sus orígenes habían sido fábricas de productos electrónicos construidas en los años cincuenta y que habían reconvertido en galerías. Pensaba que las modelos lucirían de fábula allí y que sería una sesión fácil. Además, contaban con las localizaciones evidentes; la Ciudad Prohibida, la Gran Muralla y la Ópera de Pekín, como opciones más tradicionales. Valerie no dejó de hacer fotos en todo el día, y la intérprete y ella estaban exhaustas cuando regresaron al hotel. Valerie se tumbó mientras esperaba a que Jean-Philippe volviera de trabajar. Iba a quedarse en el hotel con ella y al llegar la encontró profundamente dormida. Había mandado a casa a la traductora y él no tuvo valor para despertarla. Se tumbó a su lado en la cama, contemplándola con una sonrisa. Le alegraba que estuviera con él en Pekín y estaba en paz por primera vez desde que llegó allí. Su presencia allí lo cambiaba todo.

Valerie despertó casi a medianoche y sonrió al verle a su lado. Jean-Philippe estaba leyendo y había pedido algo de comer sin molestarla. Estaba famélica cuando despertó, así que llamaron al servicio de habitaciones y disfrutaron de una cena de medianoche mientras le contaba lo que había visto ese día.

—Has avanzado mucho —dijo él con admiración—. Yo no he visto todo eso ni en dos meses. —Pero había estado trabajando todo el tiempo.

—Lo he intentado. No dispongo de mucho tiempo y he de saber cómo organizar la sesión fotográfica.

Un gran problema que se les iba a presentar cuando trabajaran allí en enero sería el clima. Las chicas se congelarían a temperaturas por debajo de los cero grados.

A Jean-Philippe le encantaba lo emprendedora, creativa y competente que era su mujer. Esa era una de las muchas cosas de ella que también habían atraído a Charles de Beaumont. Su nombre jamás salió de sus labios mientras estuvo allí, pues temía que revelara algo o que su marido viera en sus ojos la traición que había estado a punto de cometer. Deseaba que jamás descubriera que casi lo había engañado, ya que era consciente de que si lo hacía no volvería a confiar en ella nunca más. Mientras compartían el entusiasmo de su viaje a China, parecía más enamorado de ella que nunca. Y estar en un hotel a solas con él durante un breve espacio de tiempo tenía algo que hacía que fuera aún más romántico.

La última noche juntos en Pekín, Jean-Philippe la llevó a una importante cena a la que tenía que asistir, invitado por un cliente. Fue una velada llena de lujo, con un desfile infinito de manjares, que Valerie encontró fascinantes, y disfrutó mucho yendo con él. Jean-Philippe estaba muy orgulloso de ella. Le encantaba tenerla a su lado.

Y cuando se marcharon a Shangai cuatro días después de su llegada, Valerie tenía la sensación de que estaban enamorándose de nuevo. El viaje los había salvado. Todo parecía nuevo y fresco al tiempo que volvían a descubrirse el uno al otro. Y a ambos les encantó Shangai, mucho más que Pekín. A Valerie le parecía una ciudad mucho más atractiva y la exploraron juntos, casi como si estuvieran de luna de miel, salvo que ella estaba allí por trabajo. Él estaba de vacaciones y tenía libertad para unirse a ella en cualquier lugar.

Volaron de vuelta a Pekín la noche antes de que tuviera que regresar a París. Y pasaron juntos la última noche en el hotel, como dos recién casados. No soportaba la idea de despedirse de él al día siguiente y él temía volver a su solitario apartamento después de que ella se fuera.

—Al menos volveré a casa por Navidad dentro de dos semanas —dijo con tristeza, pensando en su marcha.

Su vida era mucho más feliz cuando ella estaba allí. Aunque contaba los días que faltaban para disfrutar de las vacaciones en casa. Su vida sin ella en Pekín era insoportablemente deprimente. Con Valerie a su lado todo era mejor y podía enfrentarse a cualquier cosa. Sin embargo, no intentó convencerla para que se mudase a Pekín con él. Se daba cuenta de lo desagradable que sería para ella y era consciente de que sus hijos y su mujer estaban mucho mejor en París. Era un sacrificio que él estaba haciendo por ellos, no un sacrificio que aún esperara que ella hiciera, y lamentaba haberle pedido que lo hiciera y haber sometido a su matrimonio a semejante tensión antes de marcharse. Se sentía afortunado porque por algún milagro su matrimonio había sobrevivido. Le costaba mucho separarse de ella cuando la dejó en el aeropuerto. El viaje había sido maravilloso para ambos y toda una suerte que *Vogue* la hubiera enviado a ella, por lo cual Valerie estaba muy agradecida.

—Nos vemos en dos semanas —dijo con tono alegre antes de besarle una última vez.

Habían hecho el amor en todas las ocasiones que se les habían presentado, como si quisieran compensar los agónicos meses en que las cosas habían empezado a ir mal entre ellos por culpa de aquella decisión. Por algún milagro, en China habían conseguido descubrirse de nuevo el uno al otro.

Se despidió con la mano y luego desapareció en el control de seguridad. Jean-Philippe solo podía pensar que al cabo de dos semanas volaría a París. Jamás había estado tan enamorado de ella como ahora.

Cuando Valerie llegó a París, informó a su editora jefe de todo lo que había visto en China. Desplegaron todas sus fotografías sobre una enorme pantalla y las examinaron con atención; les encantaron todas las localizaciones. La sesión fotográfica en China iba a ser fantástica. Y también tenía fotos de todas las modelos que había visto en Pekín. Todos estuvieron de acuerdo en que el número de abril sería sensacional.

Al día siguiente tenía una reunión con el cliente al que asesoraba. Agradeció que Charles estuviera en Nueva York y no asistiera. No se sentía preparada para verle todavía, aunque sabía que al final tendría que hacerlo, y no quería perder al cliente. Pero estaba más segura de su relación con Jean-Philippe y sabía que había hecho lo correcto con Charles. Si hubiera engañado a su marido y este lo hubiera descubierto, sobre todo si la cosa se hubiera vuelto seria entre Charles y ella, algo que podría haber pasado, le habría roto el corazón a Jean-Philippe. Y si bien había albergado dudas durante los últimos meses, volvía a estar segura de que le amaba. Y sabía que él también la amaba a ella. Su decisión de irse a vivir a China había hecho peligrar su matrimonio y de algún modo sus sentimientos mutuos habían conseguido sobrevivir y se habían hecho más fuertes.

Tenía una presentación con su cliente fijada para la semana siguiente y accedió a enviársela a Serge Sevigny, el socio de Charles. Le resultó interesante oír que estaban considerando introducir algunas de sus marcas en tiendas de centros comerciales de Pekín, y cuando lo discutió con él, pudo hacerlo con conocimiento de causa, pues acababa de estar allí. Serge Sevigny se quedó impresionado. No cabía duda de que era tan buena en lo que hacía y que estaba tan bien informada de los mercados actuales como decía Charles. Serge le dijo que hablarían más sobre China después de Año Nuevo, cuando aquel hubiera regresado. Dijo que Charles estaba de viaje casi todo el mes de diciembre, trabajando en Nueva York, y que luego pensaba pasar las vacaciones en su casa de San Bartolomé. Procuró no reaccionar al acordarse de que la había invitado a ir allí con los niños y que ella le había dicho que tenía que pasar las vacaciones en París con su marido. Ahora le parecía irreal lo que había ocurrido entre ellos. Y esperaba que esa sensación aumentara todavía más cuando le viera de nuevo después de Año Nuevo. Confiaba en que se comportara de forma profesional, porque él no quería perderla como asesora. Era demasiado buena en su trabajo.

Valerie informó a Jean-Philippe de sus reuniones en *Vogue* cuando volvió a París. Podía ver por Skype cuánto le entusiasmaba volver pronto a casa. Después de todo cuanto habían compartido en China y de la renovación de su relación, estaban impacientes. Habían sido unos meses terribles, pero, con suerte, ya habían dejado atrás lo peor. Lo que ahora tenían que hacer era vivir con la decisión que él había tomado. Y se preguntó si al vivir en continentes distintos, tal vez su matrimonio podría ser más excitante y su historia de amor, más nueva. Solo podía confiar en que así fuera.

Mientras Valerie estaba visitando China con Jean-Philippe, Chantal y Xavier celebraron una fiesta anticipada de Navidad en París. Ella acababa de visitar a Eric en Berlín. Le habían quitado las escayolas, le habían dado el alta en rehabilitación y estaba de nuevo en su apartamento con Annaliese. Chantal le había comprado un coche para reemplazar su moto. Él había insistido en que fuera de segunda mano, pues decía que no quería nada muy nuevo, y se había enamorado de un viejo furgón de reparto postal en el que podía transportar sus creaciones. Había intentado convencerle para que condujese un Volkswagen o un Audi, pero el maltrecho furgón de correos era lo que quería y al final cedió. Al menos con ese vehículo no podía matarse por ir a toda velocidad. Apenas alcanzaba los ochenta kilómetros por hora, y Chantal se echó a reír al verlo alejarse en él y le dijo a Xavier que parecía el cartero y que hasta él mismo se había buscado una gorra de cartero que ponerse mientras conducía.

—No sé cómo me han salido unos hijos tan chiflados.

Charlotte había comprado hacía poco un Range Rover nuevo en Hong Kong, acorde a su posición, y su prometido conducía un Jaguar. Paul había invertido sus ahorros en un Mustang de 1965, que era su posesión más preciada, y los padres de Rachel tenían pensado comprarle a su hija un monovolumen Mercedes antes de que tuviera al bebé. Estaban presionando a Rachel y a Paul para que se casaran antes de que ella diera a luz. Paul se lo había comentado a su madre y ella procuraba mantenerse al margen. No pensaba influir en si se casaba o no con Rachel, aunque, con un hijo en camino, le aconsejó que se buscara un trabajo a jornada completa para disponer de una fuente de ingresos regular, de la que carecía al rodar películas independientes. Consideraba que ninguno de los dos estaba preparado para casarse, pero si iban a tener un hijo, era hora de madurar y asumir responsabilidades. Por el momento, Rachel dependía de sus padres y Chantal ayudaba a Paul cuando lo necesitaba.

El gran día se acercaba deprisa. Solo faltaban cinco meses para la boda de Charlotte. Y Eric volvía a caminar después del accidente y conducía un furgón de correos.

La noche en que ella regresó de Berlín, Xavier le recordó que iban a asistir a una fiesta celebrada por uno de los socios de su bufete. Tenía sesenta y tantos años y unos hijos en edad adulta, eran un poco estirados y muy tradicionales, y vivían en una zona muy elegante del distrito dieciséis, pero a Chantal le caían bien. No sabía qué ponerse, pues sus amigos eran conservadores, y la mujer del socio de Xavier lo era todavía más.

Chantal se decantó por un vestido negro de lana muy sobrio, con manga larga y cuello alto, más largo y formal de lo que le gustaba, y añadió un collar de perlas para conseguir que lo fuera aún más. No se atrevía a ponerse algo más informal. Se recogió el pelo en un moño, cosa que casi nunca hacía porque pensaba que la hacía parecer mayor y Xavier prefería que se lo dejara suelto. No estaba segura del vestido y se miró en el espejo antes de salir.

—¿Parezco una secretaria o una viuda griega con esto? —preguntó a Xavier, sintiéndose insegura.

Él llevaba un traje nuevo y camisa de Prada de color negro, que ella le había regalado, e iba a la última. Le preocupaba parecer su madre.

—Te ves muy adulta —dijo de manera diplomática.

—¿Quieres decir «vieja»? —No parecía segura de sí misma.

—Personalmente, me gustan el pelo suelto y las faldas cortas, pero he de reconocer que estarás muy apropiada entre esa gente.

No era un gran cumplido, pero era la verdad. Se soltó el moño, pero se dejó el vestido, se puso el abrigo y se marcharon. Era una gran fiesta y muy animada en casa del socio de Xavier, en la que estarían todos los del bufete y sus amigos, con un extenso bufé en el comedor, servido por una excelente empresa de catering que había proporcionado deliciosos manjares. Y los anfitriones vestían de forma casi idéntica a Chantal, así que supo que había acertado con el atuendo.

Chantal estuvo hablando con una abogada a la que ya conocía y se vio inmersa en un grupo de mujeres muy interesantes y liberales, que discutían acerca de la complicada situación de las mujeres en Oriente Próximo y de cómo se podría cambiar. Charló con ellas durante casi una hora, antes de ir a por algo de comer al bufé, y fue a buscar a Xavier y se sorprendió un poco al verle hablando con una pelirroja muy sexy, con un ceñido vestido blanco que apenas le cubría la entrepierna. Por el suave perfil de sus caderas estaba claro que no llevaba ropa interior y calzaba unos zapatos de ante negro con un tacón de vértigo.

—Vaya —dijo Chantal por lo bajo.

Se preguntó si debía dejarle tranquilo y no dar la impresión de ser una novia en exceso celosa, de modo que entabló conversación con otras personas y esperó a que Xavier terminara. Pero no lo hizo. La chica y él se sentaron en el sillón y él se reía a carcajadas de todo lo que decía mientras ella se le arrimaba poco a poco. Chantal observó, pero no se acercó.

Esperó una hora a que interrumpiera la conversación con la pelirroja. La chica se levantó por fin, sacó una tarjeta de su bolso de mano y se la entregó a Xavier. Chantal vio que Xavier le daba las gracias y se la guardaba en el bolsillo del abrigo mientras ella se alejaba. Aguardó unos minutos y luego se aproximó a él con expresión seria y le dijo que estaba cansada y quería irse a casa. Llevaban casi dos horas allí y le pareció que era tiempo más que suficiente, salvo que solían quedarse hasta tarde en las reuniones y él parecía estar pasándoselo bien.

—¿Estás bien? —preguntó Xavier con preocupación mientras la rodeaba con el brazo.

Chantal estaba rígida como una piedra y se apartó de él.

—Estoy bien —respondió con voz glacial.

Se puso el abrigo y se marcharon minutos después. Era evidente que estaba furiosa por algo, aunque él no tenía ni idea de por qué. Se preguntó si alguien habría sido grosero con ella o si simplemente no se lo había pasado bien. A él le había parecido una fiesta agradable, con unos ochenta invitados. Era un buen grupo y el ambiente había sido festivo. Los anfitriones se habían esforzado mucho.

—¿Ocurre algo malo? —quiso saber cuando pasaron de la orilla derecha a la izquierda del río.

—¿Malo? No. Predecible, sí. ¿Quién era la mujer con la que estabas hablando?

Detestaba portarse así, pero parecía no poder evitarlo.

—¿Qué mujer? —Él daba la impresión de no tener ni idea mientras le lanzaba una mirada al tiempo que conducía.

—La pelirroja que no llevaba ropa interior. Parecíais estar pasándolo en grande juntos.

—Es muy graciosa. Es nuestra nueva becaria. Es una buena chica. Y ¿cómo sabes que no llevaba ropa interior? —Estaba perplejo.

—Tengo ojos en la cara. —No se le marcaban las bragas, pero no pensaba explicarle eso—. ¿Cuántos años tiene?

—Qué sé yo..., veinticinco, veintiséis..., es estudiante de Derecho. Quiere ser abogada especialista en divorcios —dijo él con naturalidad.

—Seguro que provocará muchos —replicó Chantal con expresión ceñuda cuando llegaron al apartamento y él aparcó.

—¿Qué te molesta tanto?

—Ah, qué sé yo..., que te has pasado una hora hablando con una chica guapísima de veinticinco años, que casi se te sienta encima mientras tú te reías como un colegial. Te ha dado su tarjeta y te la has metido en el bolsillo. Te saco casi veinte años. ¿Por qué crees tú que estoy molesta? ¿Porque no me ha gustado el salmón ahumado?

—Estaba muy rico, ya que lo mencionas. El catering era magnífico —dijo él, tratando de cambiar de tema, lo que solo sirvió para que Chantal se enfureciera aún más—. Y no era su tarjeta. Era la de su hermano. Es arquitecto y tenemos que realizar algunas reformas en la oficina. Lo estaba recomendando para el trabajo.

—Podría habértela dado en el trabajo. Y, francamente, no te creo. Puede que sea estudiante de Derecho, pero parece una joven actriz de Hollywood y se viste como una prostituta. No me gusta esa combinación cuando se sube encima del hombre con quien vivo y del que por edad podría ser su madre. Y encima esta noche iba vestida como tu abuela. La mujer de tu socio tiene veinte años más que yo y llevábamos el mismo vestido. Recuérdame que lo queme.

Xavier se rió de eso. Sabía cómo hacerle reír aun estando enfadada.

—Chantal, cielo, por favor, yo te quiero a ti. Solo estaba charlando con ella. Era inofensivo. Me importa una mierda. Y podrías vestirte con una colcha porque eres la mujer más sexy del mundo.

—Te lo advertí hace mucho tiempo —repuso ella mientras

salían del coche y subían en el diminuto ascensor de su edificio—. No quiero que me dejen en ridículo ni que me rompan el corazón. Un día te largarás con una chica como ella, de su edad, y no pienso quedarme tirada y llorar hasta que ya no tenga más lágrimas. Si empiezas a fijarte en mujeres más jóvenes, esto se acabó, Xavier. Prefiero dejarlo antes si vamos a ir por ahí.

Xavier se quedó sorprendido con sus palabras, aunque ya lo había oído antes, y en ese momento comprendió que hablaba en serio. Le aterraba que se enamorara de una mujer más joven y que la abandonara.

—Te prometo que no me fijo en mujeres más jóvenes. Te quiero. Seguramente debería haber dejado de hablar con ella, pero lo estaba pasando bien y no quería ser maleducado.

—A eso me refiero. A lo de pasártelo bien. Tienes derecho a hacer lo que te plazca, pero yo lo tengo a protegerme antes de que me rompas el corazón.

—No volveré a hacerlo —dijo él en voz queda mientras entraban en el apartamento.

—Estoy segura de que lo harás —repuso ella, y entró en su habitación y cerró de un portazo.

Xavier oyó el pestillo un momento después. Al cabo de media hora le habló a través de la puerta, esperando que se hubiera tranquilizado.

—¿Quieres que me vaya a mi casa esta noche? —preguntó de forma educada, esperando que dijera que no.

—Sí —respondió ella sin abrir la puerta.

Xavier decidió no presionarla. Se marchó sin hacer ruido al cabo de unos minutos, con el alma por los suelos. Se sentía muy mal por que estuviera tan disgustada y comprendió lo que debió de sentir al verle hablando con la joven. No habría salido con ella ni aunque hubiera estado soltero. No era su tipo. Le gustaban las mujeres inteligentes e intelectuales, no las bombas sexuales. Y la conversación había sido del todo inocente a pesar de lo que Chantal pensara. Estaba consumida por los celos, pero eran infundados. Le envió un mensaje antes de irse a dormir esa noche y le dijo que la quería. Ella no respondió, así que la llamó al móvil a la mañana siguiente. No se lo cogió y saltó el buzón de voz. Y al llegar a la oficina, casi sufrió un infarto cuando Amandine, la guapa pelirroja, le dijo que le había llamado a casa. El número que ahora figuraba en el listado era el de Chantal.

—Anoche me equivoqué de tarjeta. Le dije a mi hermano que a lo mejor le llamabas y me echó la bronca. Te di su tarjeta antigua; aquí tienes la nueva —dijo, entregándosela, y acto seguido se marchó.

Xavier no quería ni imaginar lo que pensaría Chantal cuando ella llamó. Y no deseaba darle una extensa explicación por mensaje ni por e-mail. Esperaría hasta que la viera esa noche. Pero sintió un nudo en el estómago durante todo el día. No tuvo noticias de Chantal y le preocupaba que hubiera montado en cólera después de la llamada de la chica, que a ella no le habría parecido inocente, por mucho que él dijera que lo era.

Esa noche entró en el apartamento con un ramo de rosas en la mano y se sintió como un actor en una comedia de situación. Era algo tan manido que podía resultar patético, pero no sabía qué otra cosa hacer. Lamentaba de veras haberla disgustado y puesto celosa.

La única luz en el apartamento era la de su despacho, donde escribía. El resto estaba a oscuras, lo cual no era buena señal. Y se tropezó con una maleta grande en el pasillo, fuera del despacho. Ella levantó la vista con expresión fría cuando abrió la puerta y entró con el ramo de rosas, al que ella no prestó atención.

—¿Vas a alguna parte? —preguntó, refiriéndose a la maleta mientras trataba de aparentar despreocupación.

—Yo no, tú —respondió con frialdad, pero sus ojos eran dos océanos de dolor—. He recogido tus cosas. Se acabó. No puedo seguir con esto. No pienso esperar a que llegue otra. Soy demasiado mayor para esto. Ya he sufrido bastante en esta vida. Tienes que estar con una mujer más joven, con la pelirroja o con otra. Yo necesito ser yo misma. Tengo cien años y tú tienes treinta y ocho. Tienes que buscar a alguien de tu edad con quien jugar.

—Chantal..., por favor..., no seas absurda..., yo te quiero a ti. Eres la mujer más inteligente, sexy y hermosa que he conocido. Me daría igual que tuvieras doscientos años. No saques esto de quicio.

Estaba de pie a su lado y había dejado las rosas en una silla. Intentó estrecharla en sus brazos, pero ella no se lo permitió. Las lágrimas corrían por sus mejillas.

—Yo también te quiero y deseo que te marches..., ahora. La escena de anoche es justo lo que no quiero vivir en verdad algún día. Yo llorando y con el corazón roto cuando te enamores de alguna chica con la mitad de mi edad. Tienes que irte, Xavier. Ya no puedo seguir con esto. —Él parecía horrorizado—. Se acabó —repitió, por si no había entendido lo de la maleta ni el discurso.

—Esto es una locura.

Él también estaba llorando.

—No, yo sí que estaba loca. Ahora quiero recobrar la cordura y estar sola. Creía que esto podría funcionar. No es posible. Lo de anoche me lo ha recordado. Vete, por favor, Xavier; es demasiado doloroso.

Lloraba con desconsuelo. Él se marchó después de dirigirle una última mirada cargada de desesperación. Y sin saber qué más hacer, cogió la maleta del pasillo, en caso de que hablara en serio, y se fue del apartamento, sintiéndose como si hubiera fallecido alguien. No comprendía por qué algo tan pequeño podía volverse tan grande. Todo había sido perfecto entre ellos los últimos seis meses y ahora se había acabado porque cabía la posibilidad de que algún día se enamorara de una mujer más joven. Ella también podría enamorarse de otro, más mayor o más joven. Cualquiera de los dos podría morir. Podría pasar cualquier cosa o podrían estar juntos el resto de sus vidas. Y a saber quién iba a sobrevivir al otro. Él podría

238

morir joven y ella podría vivir hasta los cien años. Nadie podía predecir cómo iba a terminar. Era una locura acabar como lo habían hecho. Su idea de la medicina preventiva era demasiado extrema; matar al paciente de manera fulminante por si acaso moría más tarde.

Bajó las escaleras a trompicones con la maleta llena con su ropa y sus libros, y cuando la abrió en su casa, encontró fotos de ella, que colocó en la mesilla al lado de su cama y en su mesa, y guardó su ropa con el corazón encogido. Se sentía fatal por lo que había pasado y por lo que había hecho Chantal. Esa noche le envió un mensaje para decirle cuánto la amaba y no obtuvo respuesta. Y cuando despertó a la mañana siguiente, se sentía como si hubiera muerto. Y Chantal estaba segura de que ella había muerto, a pesar de estar convencida de que había hecho lo correcto. Y no iba a dar marcha atrás. Xavier ya era historia.

17

Los hijos de Chantal fueron a casa por Navidad, como hacían todos los años. Era el único momento en que estaban todos juntos como una familia. Sus tres hijos estaban en casa en París.

Eric llegó el primero y pasó una noche tranquila con su madre el día antes de que llegaran los demás. Casi se había recuperado del accidente, aunque tendrían que retirarle el clavo de la cadera al cabo de un año, cuando los huesos estuvieran más fuertes y se hubieran soldado por completo. Pero había tenido mucha suerte, y decía que la pierna ya solo le dolía de vez en cuando. Apenas habían pasado dos meses del accidente. Le dijo a su madre que estaba encantado con su furgón de correos y que lo utilizaba para transportar sus obras. Ella se puso muy contenta.

Y cuando le preguntó dónde estaba Xavier se llevó una gran decepción al enterarse de que habían roto y no iba a estar con ellos.

—Él ya no está aquí —dijo con cara tensa, y su hijo vio la tristeza en sus ojos.

—¿Habéis roto? —preguntó, y ella asintió—. Qué pena. Me caía bien. ¿Ha hecho algo realmente malo? —Estaba preocupado.

Chantal negó con la cabeza, sin mirarle a los ojos.

—No, pero habría acabado haciéndolo —respondió con sinceridad.

—¿Eso tiene sentido? —Se quedó perplejo—. ¿Por qué no esperas hasta que lo haga?

—Prefiero no hacerlo. Cuando sabes cómo va a acabar algo, lo más inteligente es actuar en consecuencia.

—¿Y si te equivocas?

Pese a su juventud, Eric era la voz de la razón.

—Créeme, no me equivoco. Y no me apetece hablar del tema —dijo ella con firmeza.

Eric no insistió, pero se percató de lo desdichada que aquello hacía a su madre. Se había alegrado de que Xavier quisiera estar con ella en Berlín y que fuera un apoyo para ella. Le preocupaba que su madre estuviera sola en París. Xavier le parecía un buen tipo y habían congeniado. Le entristecía que hubieran roto. Antes de conocerle, había estado sola durante mucho tiempo.

El vuelo de Paul y de Rachel desde Estados Unidos aterrizó a la mañana siguiente y a las once, mientras su madre y su hermano desayunaban en la mesa de la cocina, llegaron al apartamento. Así que cuando el contingente de Estados Unidos entró hubo una febril actividad y Chantal se sorprendió por la enorme barriga de Rachel. Estaba embarazada de seis meses, pero parecía que fuera a tener gemelos. Estaba enorme, y Eric también se quedó impresionado. Ambos hermanos se abrazaron, y Paul le preguntó al pequeño dónde estaba su novia.

—Pasa las navidades con su familia. A los alemanes les chifla la Navidad. Yo me vuelvo para Fin de Año —explicó Eric, y Paul le dijo que ellos también.

Iban a quedarse solo una semana y a reunirse con los padres de Rachel en México para celebrar Año Nuevo antes de su regreso a Los Ángeles. Todos los años, ya que era una tradición, los padres de Rachel los invitaban a un fabuloso hotel en San José del Cabo llamado Palmilla. Chantal no podía competir con eso y estaba agradecida de tenerlos durante una semana.

A diferencia de su hermano, Paul no le preguntó dónde estaba Xavier. Ni siquiera se le ocurrió hasta que Eric le contó por lo bajo que habían roto hacía poco y que él lo lamentaba.

—¿Mamá está muy afectada? —preguntó Paul, sorprendido.

—Me parece que sí —respondió Eric.

—Creía que solo salían. Era una relación abocada al fracaso, ya que él era mucho más joven. Mamá debía de saberlo. Era imposible que se quedara con una mujer de su edad. —Paul descartó la idea de forma tajante.

En realidad no había esperado verle de nuevo. Había dado por hecho que se trataba de una breve aventura de verano o de algún tipo de retorcida amistad para que no tuviera que viajar sola. No podía imaginar que fuera algo importante para ella, pues estaba acostumbrada a estar sola. No se percató, al contrario de Eric, de que parecía disgustada, estaba más callada que de costumbre y se la veía triste.

Al poco de llegar, Rachel quiso ir de compras por la avenida Montaigne. Su padre le pagaba las tarjetas de crédito y le encantaba comprar en París. Había dormido en el avión, por lo que estaba lista para salir después de cambiarse de ropa, y Paul fue con ella. Eric quería ver a algunos de sus amigos y explorar algunas galerías del barrio de la Bastilla, que exponían trabajos como los suyos.

Chantal estaba sola en el apartamento cuando Charlotte y Rupert llegaron de Hong Kong. Él era extremadamente educado, muy británico, y trataba a Chantal como a la reina madre. Dijo que hacía años que no había estado en París. Tan pronto como llegó, Charlotte le recordó a su madre que quería ir a ver vestidos de novia con ella y que no disponían de mucho tiempo ya que dos días después de Navidad se iban a esquiar, que era la pasión de Rupert, y regresarían a Hong Kong desde Zurich, así que se quedaría menos tiempo que sus hermanos. Chantal se conocía la rutina, todos se habrían marchado en menos de una semana, pero por breve que fuera la visita, estaban allí por el momento y sabían que la Navidad era importante para ella. Las navidades no eran como antaño, cuando eran pequeños y se quedaban en casa durante todas las vacaciones escolares, pero aún significaban muchísimo para ella.

Charlotte y Rupert salieron esa tarde. Chantal no había hecho planes mientras estaban allí, nunca los hacía, pues quería estar totalmente disponible para ellos. Y esperó en el apartamento a que los demás volvieran.

Paul y Rachel regresaron a las seis, cargados de paquetes. Rachel dijo que había encontrado varios modelitos monísimos que le valían, una bolsa de Hermès y algo de ropita de bebé en Baby Dior, pues sabían que era un niño. Paul casi no podía meter las bolsas en el ascensor, y Rachel fue a su cuarto de la infancia a echarse una siesta antes de cenar. Estaba agotada por la tarde de compras. Chantal tuvo oportunidad de hablar con Paul mientras Rachel estaba echada. Lo encontró en la cocina, comiendo algo. Habló de nuevo con él acerca de buscarse un trabajo antes de que llegara el bebé.

—No podéis vivir de sus padres —dijo con firmeza.

Él asintió.

—Yo mantendré al niño. Ellos la mantendrán a ella.

—¿Y eso te parece bien?

—Yo no puedo sufragar todos sus gastos, mamá. Su padre le compra todo lo que quiere. —Rachel estaba muy consentida—. He estado desempeñando trabajos como realizador y he ahorrado algo de dinero para mantener al bebé. Es todo lo que puedo hacer por ahora.

Parecía darse por satisfecho sabiendo que cuidaría de su hijo. Rachel gastaba muy por encima de lo que él podía permitirse y no tenía el más mínimo deseo de reducir sus gastos por él. A Chantal le parecía un mal arreglo, pero Paul se había resignado, del mismo modo que se había resignado a vivir con una chica a la que nunca podría mantener. Siempre que pudiera pagar sus gastos y los de su hijo, era feliz.

Rupert y Charlotte volvieron media hora después. No habían comprado nada y Charlotte estaba impaciente por ir de compras con su madre a la mañana siguiente. Eric no apareció hasta las ocho, después de explorar las galerías del barrio de la Bastilla. Esa noche, Chantal les preparó una estupenda cena en casa, pues había dado por hecho que los que viajaban de tan lejos estarían cansados y tendrían jet lag. Cocinó una pierna de cordero con ajo, uno de sus platos favoritos, con judías verdes y puré de patata. Todos rememoraron su infancia mientras cenaban. Todo estaba delicioso. También había preparado una gran ensalada y un surtido de quesos. De postre había tarta helada, que de niños les encantaba. Era su comida favorita.

Estaba dando los últimos toques a la cena cuando Charlotte miró a Paul y le preguntó en voz baja:

—¿No viene su novio?

La posibilidad parecía ponerle nerviosa, y su hermano la informó en el mismo tono:

—Eric dice que se ha acabado. —Parecía imparcial al respecto, no compasivo, ya que no se lo había tomado en serio.

—Pues es un alivio —repuso Charlotte, visiblemente satisfecha—. No me hacía mucha gracia. Y si es mucho más joven habría hecho el ridículo en la boda. No sé por qué se metió en algo así —declaró, y Paul estuvo de acuerdo con ella. Él lo había conocido y le había caído bien, pero no le había cogido cariño—. Está bien sola.

—¿Por qué estás tan segura de eso? —la desafió Eric, irritado. Había estado escuchando la conversación—. Ninguno de nosotros está solo, ¿por qué debería estarlo mamá?

—Ha tenido su vida e hijos. No necesita un hombre en su vida —adujo Charlotte, convencida de ello.

—Tiene cincuenta y cinco años, no noventa. ¿No crees que esto es solitario sin nosotros? Vosotros solo la veis una o dos veces al año durante unos días y yo no la veo mucho más. Está sola casi todo el tiempo. ¿Y si un día se pone enferma? ¿Y por qué no debería tener a alguien con quien divertirse?

Sus hermanos le miraron como si estuviera hablando en chino. A ninguno de los dos se le había pasado por la cabeza ni una sola de las muestras de preocupación por su madre que Eric había expresado.

—Si enferma, le contrataremos a una enfermera —repuso Charlotte con sequedad—. Tiene suficiente dinero para pagarla. La meteremos en algún tipo de centro geriátrico cuando envejezca. No necesita un novio.

—Sois todo corazón —replicó Eric, furioso con ellos—. No es un perro al que puedas mandar al veterinario, pagar para que lo atiendan y sacrificarlo cuando se haga viejo. Es un ser humano. Mamá ha cuidado bien de nosotros y lo sigue haciendo cuando la necesitamos. ¿Por qué no puede tener a alguien en su vida que cuide de ella? La mayoría de la gente de su edad está casada o incluso tiene pareja. Ella también debería tener a alguien.

—Oh, por el amor de Dios. —Su hermana puso los ojos en blanco y Paul pareció incómodo. Detestaba hablar de temas serios. Le gustaba que todo fuera fácil, y que su madre no tuviera un hombre en su vida era sin duda más fácil para todos. Y no tenían que tratar con ningún hombre cuando iban a casa. Eric pensaba que Xavier era un buen hombre y no había visto a su madre más feliz en toda su vida, salvo cuando ellos eran pequeños. Siempre era feliz entonces, cuando estaban en casa. En los últimos años, a veces la veía triste y le preocupaba que estuviera sola, y se sentía culpable por ello, aunque no pensaba irse a vivir a París de nuevo para solucionar el problema. Ninguno iba a hacerlo y esa era la cuestión. Al no estar ellos, si no tenía un hombre en su vida, no tenía a nadie. Y a Eric le preocupaba eso—. Bueno, creo que es mucho más sencillo que no esté aquí y que así no tengamos que soportar a un desconocido en Navidad —dijo Charlotte, irritada.

—Rupert es un desconocido. Nosotros no le conocemos —adujo Eric, lo bastante alto para le oyera su futuro cuñado.

Charlotte le miró como si quisiera matar a su hermano pequeño, que no tenía pelos en la lengua.

—No es un desconocido —le corrigió—. Estamos prometidos.

—Genial. Me alegro por ti. Entonces, ¿por qué mamá no debería tener novio?

—¿Qué más da? Ella rompió con él, por lo que es evidente que tampoco lo quería. Así que ¿por qué estamos discutiendo? —preguntó Paul, y los otros se echaron hacia atrás.

—Es una cuestión de principios —declaró Eric con firmeza—. No creo que vosotros os preguntéis jamás si mamá es feliz, si está bien o si se siente sola.

—Está acostumbrada a eso y tiene amigos —respondió Paul.

—Los amigos no son lo mismo. Yo estaba muy solo antes de conocer a Annaliese. Los amigos se van a casa a acostarse entre ellos, no contigo.

—Oh, por Dios, Eric, a su edad no se trata de sexo. —Charlotte parecía asqueada.

—¿Cómo lo sabemos? Puede que sí. Hoy en día hay mujeres que tienen hijos a su edad.

—¡Mierda! —exclamó Paul con espanto—. Imagina que tuviera un hijo con algún tío. Justo lo que necesitamos.

—Tú vas a tenerlo y a todos nos parece bien —alegó Eric, haciendo de abogado del diablo.

—Yo tengo treinta y un años. Existe una gran diferencia.

—Y no estás casado. Y si Annaliese y yo tenemos un hijo algún día, tampoco nos casaremos. No creemos en ello. Así que puede que seamos mucho más escandalosos que mamá, y ella tolera todo lo que hacemos y actúa como si estuviera bien. Nunca nos echa la bronca por nada. Entonces, ¿por qué estáis tan empeñados en criticarla por lo que hace y por qué todos damos por sentado que tiene que estar sola? —Eric era obstinado en su defensa.

—Debe de querer estar sola —señaló Charlotte—. Tú mismo has dicho que ha sido ella la que ha roto.

—Eso no significa que esté contenta. A mí me parece triste.

—A mí me parece que está bien —adujo Charlotte de forma tajante—. Mañana vamos a mirar vestidos de novia. Eso la hará feliz.

—Eso te hará feliz a ti. ¿Qué es lo que hacemos nosotros por ella?

Los otros dos se miraron y no respondieron. No pensaban en ella de esa forma. Su madre hacía cosas por ellos, pero a ellos no se les ocurría hacer cosas por ella, y Chantal nunca pedía ni esperaba nada. No era una persona exigente. Y mientras le daban vueltas en la cabeza a eso, Chantal los llamó a la mesa, vertió vino tinto en un decantador y sirvió la cena. Todos se sentaron y al momento se pusieron a comer. Y al final de la cena coincidieron en que cocinaba mejor que nunca. La cena estaba soberbia.

—Voy a engordar cinco kilos y aquí no voy a clases de spinning —comentó Rachel con nerviosismo.

—Es bueno para ti y para el bebé —le aseguró Paul—. Tienes que comer más.

Y pensaba que hacía demasiado ejercicio. Pilates, spinning, yoga, e iba a gimnasio todos los días. Tenía un cuerpo fantástico y se cuidaba mucho, pero ahora estaba embarazada.

—¿Vas a quedarte embarazada enseguida? —preguntó Rachel a Charlotte durante la cena.

Chantal escuchó las conversaciones con interés, pero habló muy poco.

—No, vamos a esperar unos años. Queremos comprar un apartamento más grande y puede que un pequeño piso en Londres antes de tener hijos, y soy candidata a un ascenso. No quiero perder eso.

Era típico de Charlotte y nadie se sorprendió. Le gustaba tenerlo todo planeado y organizado a largo plazo y Rupert estaba de acuerdo. Paul era más caótico, y por esa razón Rachel estaba embarazada. Había sido un accidente, pero ahora estaban contentos. Y los padres de ella habían contratado a una enfermera especializada en bebés, que se quedaría un año con ellos, para que el niño no afectara demasiado a su vida. Estaban aliviados. A diferencia de Chantal, que se casó con un escritor con dificultades y tuvo tres hijos en cinco años, cuidó de ellos sin ayuda de nadie y se vio sometida a más presión aún cuando él murió unos años después y tuvo que buscarse varios empleos. Ninguno de ellos habría querido estar en su lugar. Habían olvidado las penurias que había pasado. Ella hacía que todo pareciera fácil y siempre lo había hecho.

Rachel y Charlotte la ayudaron a recoger la cocina después de la cena mientras los hombres echaban una partida en la consola en la sala de estar, y después jugaron a las charadas. Todos rieron y se mostraron muy competitivos, más aún ahora que Rupert y Rachel formaban parte del grupo. Y a medianoche se retiraron todos a sus respectivas habitaciones, y Chantal se fue feliz a acostarse. Le encantaba tener a sus hijos en casa. Echaba mucho de menos a Xavier y procuraba no pensar en ello. Le resultaba curioso que ni Paul ni Charlotte le hubieran preguntado por él y que solo lo hubiera hecho Eric. Ignoraba por completo la conversación que habían tenido en el salón antes de cenar, pues había estado ajetreada en la cocina. Y de haber sabido algo, se habría sentido aún más afligida de lo que lo estaba. La idea de que tuviera compañía masculina y de que un hombre la amara la consideraban del todo superflua, y tanto Charlotte como Paul estaban encantados de que Xavier y ella hubieran roto y esperaban que no tuviera ningún sustituto. Si los hubiera oído, el corazón le dolería todavía más.

Jean-Philippe había regresado de Pekín la mañana de Navidad, pero Chantal no tenía tiempo para verle esa semana y prometieron que comerían juntos cuando sus hijos se marcharan. Nunca quedaba con nadie cuando estaban allí y no quería perderse ni un momento con ellos. Quedaron para comer el día de Nochevieja, pues sabía que toda su prole ya se habría marchado, y Jean-Philippe estaría en la ciudad otra semana más.

Cuando él llegó, Valerie ya había puesto el árbol y lo había decorado. Los niños la habían ayudado y se habían ocupado incluso de confeccionar adornos con cartón, papel maché y purpurina, y un nacimiento que habían aprendido a hacer en una revista. También fueron a comprar pequeños animalitos y un Niño Jesús. El apartamento parecía una postal navideña cuando Jean-Philippe llegó a casa, y todos los regalos estaban perfectamente envueltos debajo del árbol. No había tenido tiempo de comprar muchas cosas en Pekín, salvo un vestidito chino para Isabelle, un camión de bomberos para Jean-Louis y un tigre de peluche para Damien. Y había comprado una pulsera de oro en Cartier para Valerie cuando estuvo allí en noviembre.

La víspera de Navidad, acostaron juntos a los niños; y a la mañana siguiente, después de abrir sus regalos y los de Papá Noel, fueron a misa en familia. Disfrutaron de una gran comida de Navidad. Deliciosos olores inundaban el apartamento, y los niños estaban entusiasmados por tenerle en casa, igual que ella. Todavía estaban imbuidos de la diversión que habían compartido durante su viaje a China de hacía dos semanas. Parecía que habían pasado siglos, pero Valerie iba a volver en enero para supervisar la sesión fotográfica de *Vogue*. De modo que incluso después de que él se fuera al terminar las vacaciones, pasarían tiempo juntos en Pekín y él volvería a casa en febrero. Su situación era todo un reto, pero ahora sentía que podían superarlo con una cuidadosa planificación y esfuerzo por ambas partes. Y los niños parecían estar bien. Como siempre, Valerie estaba haciendo un buen trabajo y se aseguraba de que hablaran a menudo con su padre por Skype para que formara parte de su vida cotidiana todo lo posible.

A Valerie le encantó la pulsera que él le regaló y a Jean-Philippe le encantó el reloj que le regaló ella, y los niños recibieron un balón junto con sus regalos. Cuando se fueron a dormir esa noche, tras un largo día, todos estuvieron de acuerdo en que aquellas habían sido las mejores navidades de su vida. Y Jean-Philippe estuvo seguro de ello cuando la noche de Navidad Valerie se durmió entre sus brazos con una sonrisa en la cara.

Xavier le contó a su hermano que Chantal había roto con él, y Mathieu se apenó al oírlo. Cuando Annick se enteró, también se entristeció. Chantal les agradaba, habían disfrutado con ella cuando estuvieron en Córcega y pensaban que hacían buena pareja. Su razón para romper no les parecía lógica, pero por qué la gente se unía o se separaba carecía de toda explicación, y Xavier les aseguró que se había acabado. Le invitaron a pasar las navidades con ellos, pues iban a tener a un ejército de personas, a sus hijos y a los amigos de estos, pero él rehusó y dijo que no estaba de humor. La ruptura era demasiado reciente y dijo que quería estar solo. Ese año no tenía nada que celebrar.

Pasó las fiestas leyendo y viendo películas en la tele, dando largos paseos por el Sena, y durante un momento de locura pensó en entrar en una de las tiendas de mascotas a lo largo de la orilla y comprarse un perro. Pero había oído que la mayoría llegaban enfermos de Europa del Este, así que se contuvo y en su lugar se fue a casa y lamentó la pérdida de la mujer de la que se había enamorado y que ya no le quería porque un día podría enamorarse de alguien más joven que ella. No parecía justo. No la había engañado. La amaba de verdad. Ni siquiera había coqueteado con la chica de la que ella se quejaba, tan solo había charlado con ella. Conocía los temores de Chantal por el hecho de ser más mayor que él y que le habían hecho sentir un pánico irracional. Chantal no había devuelto ni una sola de sus llamadas ni había respondido a ningún tipo de mensaje que le había enviado en las tres últimas semanas y estaba claro que no pensaba hacerlo. La creía. Se había terminado. Ahora tendría que seguir adelante con su vida, pero no quería hacerlo. Necesitaba llorarla durante un tiempo por respeto a todo lo que había sentido por ella. Para él no había sido una relación informal. Había sido auténtica. Para él. Pero por lo visto no para ella. No le había costado imaginarse a ambos juntos para siempre, pues tenían los mismos valores, les gustaban las mismas cosas y se llevaban bien.

Su bufete estaba cerrado hasta después de Año Nuevo, y se pasaba los días dando largos paseos por el Sena o por el Bois de Boulogne, pensando en ella y deseando que hubiera un modo de convencerla de que la diferencia de edad no le importaba. Ya no podía ni quería imaginarse la vida sin ella.

18

Charlotte y Rupert fueron los primeros en marcharse, dos días después de Navidad. Solo habían pasado cuatro días con Chantal, pero habían reservado sus vacaciones para ir a esquiar a Val d'Isère. Charlotte seguía teniendo amigos que iban allí y le había prometido a Rupert que disfrutaría del mejor viaje de esquí de su vida.

Su madre y ella habían encontrado un maravilloso vestido de novia en Christian Dior y Charlotte estaba eufórica. Le quedaba perfecto y no había que hacerle ningún retoque. Su madre se lo llevaría a Hong Kong en mayo para la boda. Y al otro lado de la calle, en Nina Ricci, habían encontrado un vestido azul marino que pensaba que era apropiado para su madre. Era un poco más serio de lo que a Chantal le hubiera gustado, con un bolero muy de abuela encima, pero quería hacer feliz a Charlotte y ponerse lo que su hija creía que era adecuado para la boda. Chantal no lo consideraba un vestido fascinante, pero le daba igual. De todas formas no conocería a casi ninguno de los invitados; eran los amigos de los contrayentes. Y Rupert decía que su madre vestiría de gris claro, que en opinión de Chantal sonaba aún más deprimente. Y dadas las normas, restricciones y tradiciones a las que Charlotte iba a ceñirse, el evento no sería nada desenfadado, sino muy formal. A ninguno de sus hijos le entusiasmaba tener que llevar chaqué, pero su hermana insistía en ello. A Rachel le preocupaba no haber recuperado aún la figura en mayo, después de haber dado a luz dos meses antes. Sin embargo, el vestido de novia sería espectacular. Iba a tener ocho damas de honor, pero sus vestidos los confeccionaría en Hong Kong una magnífica modista que conocía. La boda estaba tomando forma. Y Rupert y Charlotte se marcharon a Val d'Isère muy contentos y le agradecieron a Chantal la maravillosa Navidad que habían pasado. Rupert le dijo que al año siguiente la pasarían con su familia en Londres, pero que compartirían las fiestas navideñas con ella en años alternos. Y la respuesta de Paul fue que Rachel y él tal vez se quedaran en Los Ángeles, pues les sería complicado viajar durante las vacaciones con un bebé, y los padres de Rachel querían que se quedaran allí. Pero le dijo a Chantal que estarían encantados de que fuera a Los Ángeles. Y mientras trataba de no quejarse al respecto ni llorar se dio cuenta de que era muy posible que aquellas hubieran sido las últimas navidades de verdad que había disfrutado con sus tres hijos. Eric también los había oído y vio la expresión en los ojos de su madre. Pero, como de costumbre, ella se mostró digna y no discutió con ellos ni hizo ningún comentario acerca de sus planes. Procuraba respetarlos como adultos y además ahora tenían otras familias a las que contentar, no solo a ella.

Aunque detestaba tener que hacerlo, Eric se marchó a Berlín para encontrarse con Annaliese el día después de que Charlotte se marchara y de que Paul y Rachel cogieran un avión a México para reunirse con los padres de ella justo antes de Nochevieja. Chantal se entristeció al verlos marchar a todos; esa noche el apartamento estaba muy vacío. Siempre era así cuando se iban y se sentía como si alguien le estuviera arrancando una tirita del corazón. Al principio tenía ganas de gritar de dolor, pero al cabo de un tiempo se acostumbraba a esa congoja. Le resultó especialmente doloroso cuando le dieron las gracias por unas maravillosas navidades mientras le comunicaban, como quien no quería la cosa, que al año siguiente ninguno de ellos volvería, salvo Eric, que nunca sabía qué planes tenía hasta el día antes.

Trató de no parecer deprimida cuando se reunió con Jean-Philippe para comer al día siguiente. Pero él vio de inmediato el sufrimiento que reflejaban sus ojos. Le habló de los comentarios de sus hijos, de sus parejas y de bebés. Era una tendencia contra la que no podía luchar y sabía que no sería justo intentarlo. Tenían derecho a vivir sus propias vidas. El problema era que ella no tenía suficiente vida propia ni la había tenido en años, exceptuando el breve interludio con Xavier. Jean-Philippe no soportaba verla tan triste por sus hijos, pero entendía el dilema desde ambas perspectivas. Se apenaba por Chantal. Y no creía que sus hijos se esforzaran lo suficiente para estar con ella, sobre todo porque ella estaba sola y siempre dispuesta a apoyarlos, algo de lo que ellos no parecían darse cuenta.

—¿Cómo se portaron con Xavier? —inquirió cuando pidieron la comida, preguntándose si se lo habrían hecho pasar mal. Sabía que Charlotte era muy capaz y que siempre era muy dura con su madre.

—No tuvieron que portarse de ninguna forma —repuso, evitando su mirada.

—¿Por qué no?

—No estaba. Rompimos hace unas semanas. —Parecía desolada, y Jean-Philippe se sintió horrorizado.

—Joder. ¿Por qué no me lo has dicho?

—Necesitaba un poco de tiempo para hacerme a la idea antes de poder hablar de ello.

—¿Qué ha pasado? Todo iba muy bien cuando hablamos.

—Decidí dejarlo antes de que eso cambiara.

—¿Cómo dices? —Estaba perplejo.

—Cirugía preventiva. Fuimos a una fiesta y él se pasó toda la velada hablando con una joven muy guapa. Y me di cuenta de que eso era lo que me esperaba. Tiene que estar con alguien así, no conmigo. Yo parecía la abuela de esa chica y la de él. Es un hombre muy guapo. No debe estar con alguien de mi edad y tarde o temprano lo entenderá. Decidí no esperar.

Jean-Philippe sabía que eso era algo que le había preocupado desde el principio de la relación.

—¿Y él qué te dijo? —Jean-Philippe estaba destrozado por ella. Aquello le apenaba mucho.

—Que me quería y que no quería a alguien más joven..., hasta que un día eso cambie. Eso me mataría. Bueno, no, no me mataría —se corrigió—. Es una agonía que no quiero vivir, así que decidí abordar el problema y ponerle fin ahora. Nunca va a haber un buen momento. Así que lo hice.

—¿Y cómo te sientes ahora? —Estaba preocupado por ella.

—Abatida. Pero sigue siendo lo correcto. No esperaba que esto me hiciera feliz. Pero es lo correcto.

—¿Te ha llamado?

—Muchas veces. No le devuelvo las llamadas. No hay nada de que hablar. He terminado y lo decía en serio. No quiero verle ni hablar con él. Tiene que pasar página.

—¿Y tú?

Jean-Philippe veía la profunda tristeza en sus ojos y no lo soportaba.

—Yo no tengo que hacer nada. Escribiré y veré a mis hijos cuando pueda. Imagino que los veré cada vez menos porque están formado sus propias familias y sus vidas. Así es la vida cuando tienes hijos de esas edades que no viven en la misma ciudad.

Chantal lo aceptaba. No tenía opción y, como amigo suyo, él detestaba cómo afectaba eso a su vida. No era culpa de nadie, pero sabía que para ella era descorazonador, y si no tenía un hombre en su vida y no tenía más vida que su trabajo, aquello solo empeoraría con el tiempo, y ella también lo sabía.

—No puedes terminar así con él. Si él dice que te quiere y tú le quieres a él, ¿por qué no puedes arriesgarte?

—Porque será muy doloroso el día que le pierda. Y le perderé.

—Él podría perderte antes a ti. Tú podrías enamorarte de otro antes que él.

Pero no era su estilo y ambos lo sabían. Chantal era una mujer fiel, leal y afectuosa. No obstante, Jean-Philippe tenía la misma impresión de Xavier. No soportaba verla renunciar a eso por miedo a algo que podría no pasar nunca.

—Créeme. Sé que tengo razón.

—Yo no lo creo.

Jean-Philippe discrepaba con ella, lo cual era poco frecuente, pero cuando no estaba de acuerdo, lo decía. Sin embargo, ella se negaba a seguir su consejo sobre Xavier. Estaba convencida de que estaba en lo cierto.

—¿Qué vais a hacer esta noche? —le preguntó ella para cambiar de tema. Era Fin de Año.

—Nos quedaremos en casa con los niños. Regreso a Pekín la semana que viene. Quiero pasar cada minuto que pueda con Valerie y los niños. ¿Y tú? ¿Algún plan para esta noche?

Sin embargo, teniendo en cuenta todo lo demás, no le costó adivinar la respuesta a su pregunta antes de hacérsela.

—Me acostaré a las nueve. —Sonrió a su amigo—. O antes. Detesto la Nochevieja.

—Yo también —convino él, pero deseó que tuviera planeado algo más alegre que irse a dormir sola.

Aquellas no habían sido unas fiestas agradables para Chantal y había puesto buena cara por sus hijos, para que no supieran lo triste que estaba por lo de Xavier. Solo Eric se había percatado y lo sentía por ella.

Cuando se separaron al salir del restaurante, Jean-Philippe prometió llamarla e intentar quedar con ella otra vez antes de volver a Pekín. Se sentía muy triste por lo de Xavier.

Benedetta fue a Londres con Dharam para pasar la Nochevieja. Él voló el día anterior desde Delhi en su avión privado e hizo una parada para recogerla en Milán. Había reservado su suite habitual en el hotel Claridge's y también había hecho una reserva para cenar en el Harry's Bar, que era uno de sus restaurantes preferidos. Unos amigos los habían invitado a una fiesta en Knightsbridge, pero no se quedaron mucho rato. Estaban deseando quedarse a solas, y al dar la medianoche, la rodeó con sus brazos y la besó, tras lo cual volvieron al hotel y se fueron a la cama.

El día de Año Nuevo almorzaron y dieron un saludable paseo por Hyde Park. Ella llevaba puesta la preciosa pulsera que le había regalado y que no se había quitado desde entonces. Y esa tarde se quedaron en la cama del hotel, vieron películas e hicieron el amor varias veces. Desde luego no era así como había imaginado que pasaría el día de Año Nuevo hacía seis o siete meses. Entonces estaba segura de que estaría casada con Gregorio, por muy mal que él se comportara. Y Dharam había aparecido de repente, como caído del cielo o como uno de los mágicos farolillos chinos de Xavier, solo que al revés.

—¿Feliz? —preguntó a Benedetta cuando ella le miró con una amplia sonrisa.

—Totalmente —respondió ella mientras se incorporaba para besarle.

—Estupendo —dijo él, sonriendo.

Era la forma perfecta de empezar el año.

Gregorio y Anya estaban pasando el día de Año Nuevo en Courchevel. Él prefería Cortina, en los Alpes italianos, pero Courchevel era perfecto para ella. Los rusos se habían adueñado del lugar e incluso algunos de los nombres de las calles estaban ahora en ruso. Las cartas de los restaurantes estaban en ruso, las dependientas de las tiendas eran rusas, y todas las modelos rusas compañeras de Anya estaban allí, así como una multitud de hombres rusos. Algunos con sus familias y otros con sus amantes alojadas en hoteles para que ambos grupos nunca coincidiesen. Varios de los hombres tenían aspecto de brutos y malas pintas, aunque disponían de dinero a espuertas para gastar. Los rusos más elegantes se alojaban en casas que habían alquilado. Y Gregorio sabía que Anya disfrutaría estando con sus compatriotas.

Llevaron a la niña y a la niñera con ellos y todos los días Gregorio salía a dar largos paseos con Claudia metida en una mochila portabebés sujeta a su pecho para poder verla, hablarle y hacerla reír. Dejaba que la niñera fuera a esquiar porque prefería cuidar él mismo de la niña, salvo por la noche, cuando Anya y él iban a cenar a los restaurantes locales. Le gustaba exhibirla y estaba entusiasmado por disfrutar de unas vacaciones con ella. Había estado viajando mucho y su carrera prosperaba de nuevo. Apenas había pisado Milán desde septiembre. Y no se quejaba, pues estaba superando el trauma del nacimiento de los gemelos y pensaba que acabaría sentando la cabeza con el tiempo. Y ella parecía contenta de estar en Courchevel con él. Iba todos los días a esquiar con sus amigos rusos mientras él se quedaba con la niña.

Gregorio le compró un abrigo rojo de visón en Dior para Nochevieja y ella lo lució orgullosa después de regresar de las pistas. Esa noche se lo puso para ir a cenar, junto con una minifalda negra, un top transparente y unas botas de ante de tacón alto que le llegaban a los muslos. Era una chica espectacular y los gemelos no le habían estropeado la figura, posiblemente porque habían nacido prematuros y eran muy pequeños. Estaba más guapa que nunca y Gregorio se enorgullecía de estar con ella.

Anya había aparecido en la portada de varias revistas ese mes y acababan de contratarla para una sesión en Japón. Estar con ella hacía que se sintiera sexy y joven, aunque su familia seguía negándose a verla. Sus cuñadas no la aprobaban y estaba seguro de que sus hermanos le tenían celos, lo reconocieran o no. Pero estar con ella alimentaba su ego.

Su relación no era tan cercana ni afectuosa como justo después de que nacieran los gemelos, durante aquellos espantosos tres meses, pero seguía alegrándose de verla cuando volvía a Milán y ella parecía contenta de verle a él. Se llevaban mejor cuando la sacaba por ahí, pese a que su vida social en Milán era muy escasa y las invitaciones que recibía nunca la incluían a ella. No habían recibido ninguna para Nochevieja, razón por la cual la había llevado a Courchevel, a fin de que pudiera estar con la gente que conocía allí tanto como le apeteciera.

La víspera de Año Nuevo le sugirió que pasaran una acogedora noche en su suite, disfrutando de una cena romántica, ya que todos los restaurantes estarían abarrotados. Anya se sintió decepcionada y dijo que los habían invitado a varias fiestas, todas de gente que él no conocía.

—Tus amigos solo hablan ruso —señaló él.

Le sugirió que saliera después de medianoche. De esa manera podrían pasar una agradable velada y entrar juntos en el nuevo año. Le había dado la noche libre a la niñera, de modo que él se quedaría en el hotel con la pequeña. La idea pareció calmar un poco a Anya y se puso un fabuloso vestido rojo de noche, que se ciñó a su cuerpo cuando se sentó a cenar con él en la suite. Gregorio había pedido caviar, champán y langosta. Se dieron un festín mientras Claudia dormía plácidamente en su moisés al lado de ellos. Anya la miraba de vez en cuando, como si le desconcertara que estuviera allí. La experiencia de la maternidad seguía pareciéndole irreal, y ahora que viajaba tanto, no tenía tiempo para forjar un vínculo con su hija.

Gregorio se fijó en que Anya miraba a la niña y sonrió.

—Es como una muñequita, ¿verdad?

Era diminuta, pero muy alegre cuando estaba despierta, y cubría a su padre de sonrisas. A sus seis meses seguía siendo apenas un poco más grande que un recién nacido.

Se besaron a medianoche, y Gregorio quiso hacerle el amor, pero Anya ya estaba impaciente por reunirse con sus amigos y prometió volver temprano. Así que veinte minutos después, estaba solo en la suite, con su hija dormida. No era la Nochevieja con la que había soñado, sino la que le había tocado vivir al tener una novia de veinticuatro años, y seguía creyendo que merecía la pena.

Vio una película en televisión y se quedó dormido enseguida. A las tres de la madrugada notó que Anya se metía en la cama, de modo que se arrimó a ella con ganas de hacerle el amor, pero se quedó profundamente dormida antes de que pudiera excitarla. Y sospechaba que había bebido mucho con sus amigos.

Anya ya estaba levantada y vestida cuando la niña le despertó al día siguiente. Se la llevó a la niñera para que la cambiase y le diese de comer, y se sorprendió al ver a Anya con cara seria, bebiendo café.

—Te has levantado temprano —dijo mientras se arrimaba para besarla—. Feliz Año, por cierto. ¿Qué tal anoche? —Se sentó a la mesa con su batín y se sirvió una taza de café al tiempo que se percataba de que vestía pantalón holgado y botas de tacón alto, no ropa para esquiar—. ¿Vas a alguna parte?

Estaba confuso.

—Me marcho —respondió en voz queda, sin mirarle.

—¿A casa? —Tenían pensado quedarse unos días más.

Ella le miró a los ojos en ese momento.

—Me voy a Londres con Mischa Gorgovich.

Gregorio sabía quién era. Había amasado una fortuna en el mercado financiero en Londres.

—¿Por qué te vas con él? —Gregorio no entendía lo que le decía.

—Me voy en su avión —repuso con tranquilidad, sin responder a su pregunta—. Me ha invitado.

—¿Conoce mi existencia y la de la niña? —Gregorio parecía preocupado.

Las lágrimas empañaron los ojos de Anya. No era una desalmada, simplemente su corazón no le pertenecía ni a él ni a la niña ni a nadie por ahora.

—No puedo con esto..., tú..., la niña. En el hospital era diferente. Todo parecía tan real entonces... Ahora no. No sé qué hacer con ella ni cómo cuidarla. Se pone a gritar cada vez que la toco y tú solo quieres estar con ella. Al principio, antes de los gemelos, nos lo pasábamos bien. Aún no estoy lista para ser madre. Creía que sí, pero no. Siento que no puedo respirar cuando estoy con ella o contigo. Y quiero irme a Londres con Mischa.

Ahora solo ella importaba, ni la niña ni él.

—¿Quieres dejarme? —Se quedó en estado de shock mientras la miraba, incapaz de creer lo que le había dicho—. ¿Vas a volver?

No entendía lo que le estaba diciendo ni quería hacerlo. Había renunciado a tantas cosas por ella que lo que le decía le resultaba inconcebible.

Anya negó con la cabeza en respuesta a su pregunta.

—Odio Milán y no puedo trabajar allí por culpa de tu ex mujer.

—¿Y qué hay de nosotros, de Claudia?

—Creo que deberías quedártela tú. Yo no puedo.

Estaba siendo honrada con él y hasta tuvo la decencia de parecer avergonzada al decirlo. Acto seguido se puso de pie y se fue al dormitorio para hacer el equipaje. Gregorio la siguió con expresión de incredulidad mientras ella metía cosas en la maleta.

—¿Y ya está? ¿Nos dejas y te largas con otro?

Ella no respondió y se limitó a seguir haciendo el equipaje hasta que terminó; entonces dejó las maletas en el suelo y se volvió para mirarle mientras se ponía el abrigo rojo de visón que él le había regalado el día anterior.

—Lo siento —dijo—. Te quería en el hospital, pero era como estar en la cárcel o en una isla desierta.

Una vez de vuelta en el mundo que con tanta facilidad la seducía, ya no le quería. Y al mirarla, al verla, supo que él tampoco la quería. Quería a la mujer que podría haber sido, pero no a quien era en realidad. Y supo que la única mujer a la que siempre había amado era Benedetta.

—¿Quieres ver a la niña antes de irte? —preguntó con voz ronca.

Ella negó con la cabeza y luego llamó a recepción para que enviaran a un botones a recoger las maletas.

Su marcha resultó extraña, breve y anodina. Miró a Gregorio desde la puerta y volvió a decirle que lo sentía. Él no intentó detenerla. Sabía que no podría. No podía competir con Mischa Gorgovich y tampoco quería.

—Claudia está mejor contigo —repuso ella.

Él asintió, agradecido de que no quisiera llevarse a su hija. Aquello le habría matado. Y entonces, sin articular una palabra más, cerró la puerta al salir mientras Gregorio se quedaba ahí, mirándola fijamente, y se dejaba caer en una silla. La locura había acabado.

Regresó a Milán aquella tarde, con Claudia y la niñera, y fue a pie hasta el apartamento que había compartido con Anya durante meses. Había armarios llenos de ropa de ella y una caja fuerte repleta de joyas que él le había regalado. No se lo había llevado a Courchevel y se preguntó si se pondría en contacto con él para que se lo enviara a Londres. Imaginó que lo haría.

Esperó dos días antes de contactar con Benedetta. Le envió un e-mail, varios mensajes de texto y una serie de mensajes de voz, a los que ella no respondió. Finalmente llamó a su ayudante y le pidió una cita. Su ayudante le dijo que le llamaría después de que hablara con la señora Mariani y Gregorio estaba seguro de que no sabría nada de ella, pero su ayudante le llamó al día siguiente. Pensó que era una buena señal.

—La señora Mariani le recibirá mañana por la mañana a las nueve —dijo con voz seca—. Tiene una reunión a las diez menos cuarto, así que no podrá entretenerse demasiado —declaró de forma meticulosa.

—Me parece bien. No le robaré mucho tiempo. Haga el favor de darle las gracias por acceder a verme —dijo con educación.

—Lo haré —aseveró la secretaria, y luego colgó.

Al día siguiente, Gregorio llegó a la oficina sin demora, lo cual le produjo una sensación rara, pues la suya había estado justo al fondo del pasillo, si bien hacía una eternidad de eso. Procuró no pensar en ello al entrar en su despacho, ataviado con un impecable traje gris oscuro, combinado con camisa blanca y corbata azul marino.

Benedetta se fijó en que estaba tan guapo como siempre cuando entró y la miró con sus ardientes ojos, que solían hacer que se derritiera. Ya no. Hubo una época en que se habría rendido a sus encantos. Pero se sintió aliviada al ver que ya no le provocaba nada. Esos días habían terminado. Sentada tras su mesa, le indicó una silla frente a ella.

—Gracias por recibirme —dijo con seriedad.

No se habían vuelto a ver desde julio, cuando fue a decirle que la dejaba por Anya y ella le respondió pidiéndole el divorcio. Habían pasado casi seis meses y todo había cambiado. Pero se dijo que eran las mismas personas y que se habían amado durante mucho tiempo. Aquello no era una aventura como con Anya, que habían sido fuegos artificiales durante cinco minutos y luego se habían apagado. Lo único que lo había prolongado y hecho que fuera más serio eran los gemelos.

—Resulta ridículo que nos evitemos ahora que has vuelto a vivir aquí —dijo Benedetta con frialdad—. Esta ciudad es muy pequeña. No tenemos por qué escondernos. Tengo entendido que ahora trabajas con tus hermanos.

Tuvo el buen gusto de no mencionar a Anya y a la niña.

—Es un gran cambio —repuso él con serenidad—. Como bien sabes, dirigen una empresa anticuada.

—Pero funciona. —Le brindó una sonrisa.

Gregorio tenía la sensación de estar mirando a una desconocida, no a la mujer que había sido su esposa. Reparó también en que estaba más delgada, se había hecho algo diferente en el pelo y llevaba una enorme pulsera de diamantes india, que tenía mucha clase. Le gustaba y se preguntó si era auténtica y de dónde la habría sacado. No solía comprar piezas como esa, pues le iba más la joyería tradicional. Miuccia Prada y ella eran célebres por poseer las mejores joyas de Milán.

—Te veo bien, Benedetta —comenzó con cautela.

—Gracias, lo mismo digo —dijo ella de manera educada.

—No sé por dónde empezar. He venido a preguntarte una cosa y también a decirte algo. Quiero decirte cuánto siento lo que pasó. Fui un imbécil y te puse en una situación terrible. Una mala situación que se me fue de las manos por completo.

—Ella asintió y se preguntó si de verdad había ido solo a disculparse y a pedirle perdón. Si era así, era mejor hombre de lo que pensaba, si bien ya daba igual—. En realidad no sabía qué hacer cuando nacieron los bebés.

Ella asintió de nuevo y parecía dolida. No era un recuerdo nada grato para Benedetta.

—No tenemos por qué pasar por todo eso, Gregorio. Ambos sabemos qué ocurrió y por qué.

Con expresión arrepentida, estuvo de acuerdo con ella; sabía que estaba entrando en un terreno complicado.

—Solo quiero que sepas lo mal que me siento por ello y que sé que me equivoqué. Puedo asegurarte que jamás volverá a suceder nada parecido.

—Espero que no, por el bien de la mujer con la que quiera que estés —respondió seria—. Nadie merece pasar por eso.

—Para ella había sido un calvario, y también para él, aunque él se lo había buscado y ella no—. Gracias por disculparte.

Entonces echó un vistazo a su reloj. Le quedaban solo veinte minutos y Gregorio vaciló un instante.

—Quiero preguntarte humildemente, y con mis más sinceras disculpas, si volverías conmigo, si podríamos intentarlo otra vez, Benedetta. Hemos tirado veinte años por la borda.

Tenía lágrimas en los ojos mientras hablaba, pero en los de

Benedetta había dureza mientras lo miraba sin poder dar crédito a lo que oía.

—No fui yo quien los tiró por la borda. Fuiste tú. Cuando tuviste la aventura con ella. Y con todas las demás. Y me dijiste que me dejabas por ella. Solo entonces te pedí el divorcio. De lo contrario, no lo habría hecho —le recordó.

—Se ha ido. No va a volver. Y no quiero que vuelva. Fue una locura transitoria por mi parte. —Como tantas otras, pensó ella, pero no lo dijo en voz alta—. Tendré la custodia total de la niña; ella no la quiere y yo sí. Es una niña maravillosa.

Sonrió al hablar de ella, y eso conmovió a Benedetta durante un instante, pero nada más. No cabía duda de que su hija le importaba, pero se había burlado de su matrimonio durante veinte años y ella lo había tolerado. Ya no quería seguir haciéndolo. Y ahora estaba enamorada de Dharam, total y perdidamente enamorada. No de Gregorio. Había perdido su tren. Al fin.

—No puedo —respondió con sinceridad mientras le miraba desde el otro lado de su mesa.

De pronto ya ni siquiera estaba furiosa. Solo sentía lástima por él. Se había marchado con otra, había tenido hijos con ella y cuando le había dado la patada, pretendía volver. Benedetta, al igual que el mundo entero, también había leído las historias en la prensa del corazón. Anya estaba dando el espectáculo con Gorgovich en Londres y decía que había terminado con Gregorio.

—¿Por qué no? —inquirió. Ni siquiera preguntó si había alguien más, pues no se le había pasado por la cabeza, pero tampoco se lo habría dicho si se le hubiera ocurrido—. Nos hemos amado durante más de veinte años.

—Ya no te quiero, no de esa forma. Siento lo que ha pasado, por ambos. Mucha gente ha sufrido, no solo nosotros; nuestras familias, la gente que creía en nosotros, la gente que perdió su empleo cuando tuve que reestructurar la empresa.

Y sobre todo nosotros dos, hasta puede que tu hija. Pero no puedo hacerlo otra vez. Creí en ti durante muchos años. Confiaba en que al final harías lo correcto. Ya no. Ya no podría volver a confiar en ti. Y sin confianza no puede haber amor.

—He aprendido la lección. Ha sido una lección dura también para mí.

—Espero que sí. Y también yo he aprendido. —Se levantó, pues ya había tenido suficiente—. Gracias por el ofrecimiento; significa mucho para mí, pero no puedo hacerlo otra vez —dijo con pesar.

Gregorio parecía estar conmocionado, como si hubiera estado seguro de que la convencería para intentarlo de nuevo. Pero no podía. Aunque Dharam no existiera, jamás habría vuelto con él.

Se quedó mirándola largo rato y a continuación se puso de pie.

—¿Te lo pensarás?

Ella negó con la cabeza.

—Te mentiría si dijera que creo que puedo hacerlo. No puedo. Y yo nunca te he mentido, Gregorio. Jamás.

No podía decir lo mismo de él y Gregorio lo sabía. Se había dado cuenta tarde. Demasiado tarde.

Agachó la cabeza durante un momento y acto seguido fue hasta la puerta y se volvió para mirarla con sus ardientes ojos castaños.

—Siempre te querré, Benedetta —dijo con aire dramático, pero ella no le creyó. No estaba segura de que lo hubiera hecho alguna vez o de si era capaz de ello. Y ahora solo lo decía para conseguir lo que quería. Estaba desesperado por dejar atrás la tormenta y llevarse consigo a su hija. Y estaba convencida de que quería volver a su empresa. Estaba intentando retrasar el reloj y romperle de nuevo el corazón. Se dispuso a salir de su despacho y se detuvo para mirarla—. Llámame si cambias de opinión —dijo, y ella meneó la cabeza mientras le sonreía.

—No lo haré —aseveró con firmeza.

Con eso, Gregorio cerró la puerta al salir y recorrió el pasillo de lo que una vez fue su empresa, preguntándose qué hacer a continuación. El plan A había fallado.

Y en su despacho, Benedetta estaba pensando en él y no sentía nada en absoluto.

19

La noche antes de que Jean-Philippe volviera a Pekín, Valerie y él habían disfrutado de una cena tranquila con los niños en la cocina. Después los bañó, les leyó un cuento, los abrazó en sus camas y los arropó. Echaba mucho de menos eso cuando estaba en Pekín. Y Skype no era lo mismo que abrazarlos y darles afecto. Estaba triste cuando volvió a su dormitorio y charló con Valerie largo rato. Ella también iría a Pekín en unas semanas para dirigir la sesión fotográfica de *Vogue* para el número de abril. Lo tenía todo organizado, y los fotógrafos y modelos contratados. Su asistente la había ayudado a coger las prendas e iba a llevárselo todo consigo, además de a dos ayudantes. Tenían previsto contratar a diez de las modelos que había visto en Pekín. Sería fabuloso, y Jean-Philippe se alojaría con ella de nuevo en el hotel. Estaría ocupada casi todo el tiempo, pero al menos la vería por la noche. Y luego él volvería a París durante una semana en febrero. Esa vez Valerie parecía curiosamente tranquila por su marcha, algo que le preocupó. No había olvidado del todo sus preocupaciones de que ella mantuviera una relación con otro hombre en su ausencia.

—He de contarte una cosa —dijo mientras estaban en la cama. Las maletas de Jean-Philippe ya estaban hechas—. He hablado con mi editora. Ahora están interesados en China. Aceptarían que sea redactora adjunta allí durante un año. No para siempre, solo durante un año. La editora jefe no va a tomar ninguna decisión sobre su puesto hasta entonces. Van a dejar que vaya a Pekín a partir de junio. Y si sigo queriendo el puesto de editora jefe, tendré que volver. Pero si lo hago, podríamos estar un año juntos allí. Para entonces, tú ya llevarás casi dos años y podrías volver. Pero yo puedo pasar un año allí contigo y con los niños a partir de junio. Hasta es posible que pueda continuar con mi trabajo de asesora. Su interés en el mercado asiático es cada vez mayor y quieren que busque lugares para una tienda. Podría ser la persona clave para ellos allí mientras estoy en Pekín. ¿Qué te parece?

Jean-Philippe se quedó estupefacto durante un minuto y luego la abrazó con fuerza.

—Creo que eres asombrosa. No esperaba que hicieras algo así. Y me he dado cuenta de lo equivocado que estaba al presionarte cuando llegué allí. ¿Estás segura de que quieres hacerlo? No es un sitio muy agradable para vivir.

Valerie no había conocido a una sola persona que le hubiera dicho que aquello le gustaría y sí muchas que le habían dicho que no le iba a gustar, pero podía soportarlo durante un tiempo limitado, y además era una interesante oportunidad para ella.

—En estas circunstancias sí —dijo, y Jean-Philippe vio que hablaba en serio.

Era una mujer valiente y fuerte, sobre todo para hacer aquello con tres hijos tan pequeños.

—Ay, Dios mío, Valerie. ¿Cómo podré agradecerte algo semejante?

—Vuelve a París cuando lleves dos años. No alargues tu estancia allí.

—No lo haré. Te lo prometo. —Pero ya estaba tras algunos negocios muy importantes que le resultarían muy rentables para él, y Valerie podía entenderlo mejor ahora que había estado allí. Aún tenía mucho que aprender. No obstante, pensaba que sería fascinante trabajar un año allí—. Tengo que buscar un apartamento más grande —dijo de inmediato. Y también mejor, en una de las zonas más agradables donde vivían los extranjeros.

Esa noche apenas fue capaz de dormir, pues lo que ella le había contado era muy emocionante. Habían alcanzado un compromiso que funcionaba para ambos. Ella lo había conseguido. Y Jean-Philippe sabía que lo que su mujer había negociado salvaría su matrimonio. Era el mayor regalo que jamás podría hacerle, por eso a la mañana siguiente se levantó de la cama, listo para conquistar el mundo, entusiasmado con volver a China y más enamorado que nunca de su mujer. Ella le sonreía mientras él se vestía después de haberse duchado.

—Te quiero, eres una mujer fantástica —dijo, y la besó.

Ella se echó a reír.

—Como dicen en mi país: tú tampoco estás mal —respondió en inglés.

Antes de marcharse, Jean-Philippe llamó a Chantal desde el aeropuerto para contarle la buena noticia de que Valerie y los niños iban a ir a Pekín. Ella se quedó estupefacta, impresionada con su esposa y feliz por él, porque todo se estuviera solucionando. Su voz sonaba fatal cuando le felicitó. Ella alegó que tenía la gripe, y él le pidió que se cuidara y luego se marchó.

Chantal había pillado un resfriado tremendo y pasó en cama una semana. Aquello derivó en una bronquitis y una sinusitis, y estaba muy abatida. Por fin terminó el guión sobre el campo de concentración, pero durante dos semanas se encontró demasiado mal para salir y estaba viviendo de lo que encontraba en los armarios de la cocina. Le daba igual, ya que no tenía hambre, y se había pasado un mes deprimida. Seguía echando mucho de menos a Xavier, aunque estaba más convencida que nunca de que había hecho lo correcto.

Llevaba días lloviendo, y cuando por fin fue al supermercado y a la farmacia a por los antibióticos que le había recetado el médico, había pasado a ser nieve y aguanieve. Se arrebujó en un viejo abrigo de lana gruesa y se puso un gorro de lana. Cuando llegó al supermercado, y después a la farmacia, ya estaba empapada, y volvió a su casa cargada con una bolsa de comida y la cabeza gacha para protegerse del viento, preguntándose si la gripe se convertiría en neumonía. Se sintió como Mimi en *La Bohème*, cuando sufrió un ataque de tos y tropezó con alguien en la acera porque no miraba por dónde iba. Era un hombre con una mujer al lado. Chocó con él, levantó la vista y se quedó boquiabierta al ver que se trataba de Xavier. Era consciente de su mala cara. Tenía la nariz roja, los labios agrietados y los ojos llorosos. Estaba blanca como la cal y nada más verle tuvo un ataque de tos y estuvo a punto de ahogarse al ver a la chica con la que iba. Era una rubia esquelética que no podía tener más de diecinueve años. Había pasado de un extremo al otro, como era de esperar, pensó.

—¿Te encuentras bien? —preguntó él, agarrándola del codo antes de que cayera al suelo.

Qué ironía tan espantosa. La chica vestía casi igual que ella, solo que estaba adorable, y Chantal se sentía como la abuela de Matusalén y no podía parar de toser.

—Estoy bien —consiguió responder—. Estoy resfriada. No te acerques o te lo pegaré.

Le brindó una sonrisa a la chica, que no sentía el más mínimo interés, y esperó a que Xavier siguiera su camino. Hacía un tiempo tan horroroso, con aguanieve racheada, que ninguno podía quedarse ahí mucho tiempo, pero Xavier estaba preocupado por ella. Veía lo mal que se encontraba.

—Deberías irte a casa —la instó, mientras ella daba por hecho que solo quería alejarla de su novia de catorce años. Era sábado y sin duda iban a pasar juntos el fin de semana, ya que aún era temprano—. ¿Qué tal te va? —preguntó, antes de que echaran a correr para escapar del clima.

—Genial —dijo ella, lo cual, en vista de lo enferma que estaba, no resultaba nada convincente—. Feliz Año —le deseó, algo que los franceses hacían hasta finales de enero, casi hasta resultar cansinos, y luego se despidió de ellos con la mano y cruzó la calle con su bolsa del supermercado y un paquete de la farmacia.

Verle había supuesto un shock y aún se sentía nerviosa cuando llegó a casa y se quitó el abrigo y las botas mojadas. Tenía los pies también calados y se puso otro jersey, se preparó una taza de té y se tomó el antibiótico antes de ponerse con otra cosa. A continuación se sentó, reviviendo en su cabeza la escena cuando se había tropezado con Xavier y su guapa novia nueva. No soportaba que la hubiera visto con tan mal aspecto. ¿Acaso los hados no podrían haber sido un poco más piadosos cuando decidieron que se encontraran esa mañana? Estaba segura de que era una señal para demostrar que tenía razón y que había hecho lo correcto al romper con él.

Se arropó con una manta de cachemir y volvió a la cama, vestida aún con los vaqueros y el jersey, y se puso unos calcetines gruesos mientras se preguntaba si la gripe acabaría con ella o si tal vez sería su corazón roto lo que la mataría. En el siglo XVIII la gente moría así y se preguntaba cómo lo hacía. Ella simplemente se sentía como una mierda y su aspecto era aún peor, pero nada parecía indicar que fuera a morir. Solo se lo parecía. Ignoró el timbre cuando media hora más tarde sonó abajo. Los sábados no recibía el correo, y si se trataba de una carta certificada de alguna empresa de tarjetas de crédito, no la quería. Ya tenía todas las tarjetas que necesitaba. Sin embargo, quienquiera que fuera no dejaba en paz el timbre. Se levantó de la cama refunfuñando, fue al telefonillo del pasillo y preguntó quién era.

—¡Soy yo, Xavier! —gritó él para que se le oyera con el viento. Chantal gruñó—. Estoy calado. ¿Puedo subir?

—No... ¿Por qué?

—Tengo que hablar contigo.

Chantal se preguntó si su novia estaría con él, pero no quiso indagar.

—¿De qué? —inquirió, oyendo aullar el viento en la calle.

—Estoy embarazado. No puedes abandonarme de este modo. —Parecía desesperado y ella se echó a reír. Meneó la cabeza y apretó el botón para dejarle entrar. Oyó que decía a gritos «¡gracias!». Xavier se sabía el código de la puerta de acceso al segundo piso y al cabo de un minuto oyó el ascensor, luego el timbre de su casa, y le dejó pasar. El agua le chorreaba por la cara y el gorro de lana que llevaba estaba empapado. Había charquitos en el pasillo donde estaba él, con la mirada clavada en ella—. Gracias por dejarme entrar.

Fueron a la cocina, le dio una toalla y puso la tetera para preparar té. Seguía teniendo el tipo de té que le gustaba a Xavier y le preparó una taza sin preguntar mientras se sentaba a la mesa de la cocina.

—Tienes una novia muy guapa —dijo al tiempo que se bebían el té.

Xavier dejó su taza.

—No es mi novia. Es la nueva novia de mi sobrino y prometí que la ayudaría con sus exámencs para la facultad de Derecho. Sabía que pensarías eso cuando te he visto.

—¿Qué voy a pensar un sábado por la mañana? Aunque no es asunto mío. —Intentó parecer indiferente, pero no lo estaba.

Mientras él la miraba fijamente, sufrió un horrible ataque de tos.

—Mira, Chantal, te quiero. He pasado el peor mes de mi vida desde que me echaste. Me has arruinado las fiestas. No puedo vivir sin ti. No quiero una mujer más joven ni a ninguna otra mujer. ¿Puedes meterte eso en la cabeza? ¿Qué narices estamos haciendo? Tienes una pinta espantosa y parece que te estés muriendo. No puedo pensar con claridad. No he sido tan feliz con otra mujer como lo soy contigo. Por favor, ¿puedes darle otra oportunidad a lo nuestro antes de que te mueras de tuberculosis y yo me arroje al Sena?

Chantal le sonrió muy a su pesar. Lo habían pasado bien juntos. Había intentado olvidar eso, pero aún era así.

—Eres muy drástico —comentó.

—¿Que yo soy muy drástico? Charlé con una pelirroja durante media hora y me pegaste la patada. ¿Eso no es drástico?

—En su momento parecía lo apropiado —dijo ella con delicadeza mientras llenaba de nuevo las tazas de ambos; se fijó en que fuera nevaba con más fuerza.

—No era lo apropiado. Era una locura. Pero te juro que jamás volveré a hablar con otra pelirroja en una fiesta ni con ninguna mujer de menos de noventa años, y puedes vendarme los ojos siempre que salgamos. Vamos, Chantal, dale otra oportunidad a lo nuestro.

La miró con expresión suplicante y ella le sonrió. No podía escapar de él. Amaba a Xavier y él era demasiado bueno para ser verdad.

—Me jodiste mi deseo —le reprochó, pensando en el farolillo de la Cena Blanca.

—¿Que yo te jodí tu deseo? ¡Tú sí que me jodiste el mío! ¿Me permites que te recuerde que metiste todas mis cosas en una maleta y me echaste? ¿Eso es amable?

—Estaba disgustada.

—Sí, yo también. Por cierto, la maleta sigue hecha. Me pongo a llorar cada vez que empiezo a deshacerla. Y Feliz Navidad para ti también. Elegiste el mejor momento.

—Lo siento. —Parecía arrepentida y le miró con ternura—. Te besaría, pero seguro que te morirías por culpa de lo que tengo.

—Me da igual —repuso, y la besó con tanta pasión que la dejó sin aliento—. Ya está. Ahora podemos morir juntos.

—Acabo de tomar un antibiótico. Puede que yo sobreviva.

Le sonrió y él le devolvió la sonrisa, como si acabara de ganar la lotería. La besó varias veces y luego la siguió al dormitorio y se metió en la cama cuando ella dio una palmadita en el colchón. Se arroparon como dos críos y se acurrucaron debajo del edredón mientras la nieve caía y cubría los tejados. Charlaron durante todo el día, prepararon juntos la cena y esa noche durmieron abrazados. Y cuando despertaron por la mañana, con la ciudad cubierta por un manto, él echó un vistazo a la habitación como si estuviera perdido.

—¿Me he muerto y he subido al cielo? —preguntó, mirándola.

Ella esbozó una amplia sonrisa.

—Tú no, pero yo sí —confirmó.

—No es posible —repuso, sonriéndole—. Ayer tomaste antibióticos, así que no puedes estar muerta. ¿Quieres salir a jugar en la nieve?

Chantal asintió. Al cabo de un rato salieron e hicieron bolas de nieve, que se arrojaron el uno al otro. Volvieron empapados por las bolas, con el pelo mojado y aplastado y nieve en las pestañas, y rieron hasta casi caer al suelo.

Se despojaron de los abrigos cuando llegaron al apartamento, y ella le miró con el ceño fruncido.

—Tenemos que tomar un baño caliente o caerás enfermo y yo me pondré peor. Confía en mí; soy madre, yo sé de estas cosas.

—Si tú lo dices... —repuso él mientras ella llenaba la bañera.

Los dos se quitaron la ropa y se metieron dentro. Se quedaron en la bañera, sonriendo y charlando, y luego la besó y todo empezó de nuevo.

20

En febrero, durante la semana de la moda, Dharam fue a Milán para ver el desfile de Benedetta. Solo era el segundo desde que había modernizado la empresa y le había invitado a asistir, pues nunca había estado en la semana de la moda. Le había advertido que era siempre una vorágine y frenética, pues sucedían mil cosas, y que estaría ocupada, pero era una parte importante de su vida y quería que él fuera. Le había reservado uno de los mejores asientos y se mantuvo en un segundo plano durante toda la semana, ya que no deseaba distraerla, aunque sí quería estar allí para darle su apoyo.

Se alojó en su apartamento y trabajaba todos los días con el ordenador mientras ella estaba en su despacho. Dejó que fuera a algunas de las pruebas y que echara un breve vistazo al backstage antes del desfile, y después ocupó su asiento, rodeado por la gente importante del mundo de la moda. Editores de revistas, estilistas, compradores de todo el mundo, cientos de periodistas confinados todos en un extremo de la sala. Las luces se apagaron, la música sonó y dio comienzo el desfile; las modelos recorrían la pasarela, como bolas de chicle saliendo de una máquina. En el backstage, Benedetta daba la señal a cada una para que saliera, echándoles antes un último vistazo.

El espectáculo fue todo un éxito, y después asistieron a algunas fiestas, conocieron a otros diseñadores, hablaron con compradores y cautivaron a los editores. Los fotógrafos hicieron muchas fotos a Benedetta y a Dharam. Al final de la semana de la moda eran la comidilla de Milán y el desfile recibió magníficas críticas.

—¿Te has divertido? —le preguntó ella cuando terminó la velada, con la esperanza de que lo hubiera hecho.

—Me ha encantado. Te quiero.

Esa noche le regaló la segunda pulsera de diamantes que le había comprado al mismo tiempo que la primera, para que tuviera la pareja. Eran espectaculares y era fácil adivinar quién se las había regalado, pues resultaba obvio que eran indias. Y Benedetta había empleado numerosos detalles, colores y tejidos que había llevado de la India y otras inspiraciones que vio cuando estuvo allí. De un modo sutil, había incorporado a la perfección las pinceladas indias en el desfile. Sin embargo, sus pulseras no tenían nada de discretas, pues habían captado la atención de la prensa de inmediato. Todo el mundo fue presa de la envidia al ver las dos enormes pulseras de diamantes en sus muñecas y ella no se las quitó en ningún momento.

Le contó a Dharam la visita de Gregorio y su ofrecimiento de que volvieran a intentarlo y él pareció aliviado cuando le dijo que aquello era del todo imposible y que se había terminado para ella. En una de las fiestas se enteró de que Gregorio había salido con varias modelos durante la semana de la moda. Su ex marido no perdía el tiempo. Nunca lo hacía.

Benedetta se marchó unos días con Dharam para descansar y relajarse antes de volver al trabajo. Se quedaron en el hotel Il Pellicano en Monte Argentario, que era un lugar muy romántico en la costa. Le asombraba lo duro que ella tenía que trabajar cada temporada y sentía una profunda admiración por su gran talento. Dharam quería que volviera con él, pero ella tenía que empezar con su siguiente colección. Esperaba ir a visitarle de nuevo al cabo de unos meses y entretanto seguirían viéndose en Londres o en Milán cada mes. A ambos les parecía un plan excelente.

Dharam regresó a la India después de sus breves vacaciones, pero prometió volver en unas semanas. Sus agendas se compaginaban ahora a la perfección y todas las preocupaciones de Benedetta habían sido en vano.

—¿Eres feliz? —preguntó a Benedetta, acurrucados en la cama la noche antes de que se marchara.

—Contigo, siempre.

Esbozó una sonrisa adormilada y él la besó mientras alzaba la mirada y pensaba en la suerte que tenía. Dharam eran el hombre más bueno del mundo y parecía un milagro que se hubieran encontrado.

Habían pasado dos meses desde que habían vuelto, y Chantal y Xavier dormían profundamente a las cuatro de la madrugada, cuando sonó el teléfono. Él fue el primero en oírlo y la despertó. Ya conocía la rutina. Ella respondía a todas las llamadas a cualquier hora, por si acaso les había ocurrido algo a sus hijos. Le pasó el teléfono y la preocupación pareció invadirla al instante, pues temía que alguno hubiera sufrido otro accidente.

—¿Sí? —Escuchó durante largo rato. Xavier la observó, preguntándose qué sucedía. Empezaba a pensar como ella, y por las preguntas que hacía, le era imposible deducir qué estaba ocurriendo—. ¿A qué hora...? ¿Cómo se encuentra? ¿Cada cuánto son ahora...? Llámame luego y me cuentas cómo va. —Y entonces le sonrió mientras colgaba—. Era Paul. Rachel está de parto.

Volvieron a dormirse y el teléfono sonó de nuevo tres horas más tarde. Paul le dijo que casi estaba lista para empujar y que a la comadrona no le gustaba cómo sonaba el corazón del bebé. Iban en una ambulancia camino del hospital y era posible que tuvieran que practicarle una cesárea a Rachel. Paul estaba muerto de miedo por ella y por el bebé. Chantal intentó tranquilizarle y luego colgó.

—¿Por qué me siento como si dirigiéramos un teléfono

de emergencias? —preguntó Xavier mientras renunciaba a la idea de volver a dormir.

Chantal esperaba que Rachel y el bebé estuvieran bien. Desde el principio les había dicho que pensaba que estaban locos por tenerlo en casa.

Veinte minutos después llamaron desde el Cedars-Sinai; las contracciones eran cada vez más frecuentes y el latido del niño volvía a ser regular.

—Ha querido nacer en un hospital; qué chico tan sensato —le dijo a Xavier, haciéndole reír.

—Yo no necesito hijos. Puedo vivirlo todo de forma indirecta a través de los tuyos.

La semana anterior les había llamado Eric porque habían detenido al hermano de Annaliese por conducir bajo los efectos de las drogas y quería que su madre le aconsejase qué debía hacer; sacarle bajo fianza o dejarle en la cárcel para que aprendiera la lección. Tenía dieciocho años y estaba estudiando. Ella le aconsejó que lo dejara en la cárcel para que se le pasara el efecto y que lo recogiera por la mañana, que era lo que habían hecho. Y ahora Paul estaba esperando a que Rachel diera a luz a su pequeño príncipe. La madre de Rachel había llegado al hospital a las diez y estaba volviendo locos a Paul y a los médicos. Quería estar en la sala de partos y Rachel no la quería allí. Al oír a su hijo, se alegraba mucho de estar en París, en vez de en Los Ángeles, y de no ser otra molestia para ellos.

Después del último informe, no supieron más hasta tres horas después, y Chantal imaginó que Rachel estaba dando a luz y esperaba que todo estuviera yendo bien y que no hubiera ocurrido nada grave. No quería llamar y preguntar qué estaba pasando, aunque era más que probable que tampoco hubieran respondido al teléfono.

Eran las nueve y media de la mañana cuando recibieron un mensaje de texto de Paul. «No marcha. Cesárea en diez minutos. Pobre Rachel.» Chantal lo sentía por ella. Por fin media hora después, a las once, que eran las dos de la madrugada en Los Ángeles, llamó Paul, todo eufórico. Tenían un hijo, que había pesado cuatro kilos y doscientos sesenta y tres gramos, al que iban a llamar Dashiell. Dash, para abreviar. Le contó que todo había ido bien en la cesárea, aunque Rachel estaba exhausta, y que el bebé era demasiado grande. Chantal no señaló lo desastroso que habría sido tenerlo en casa. La idea del parto acuático se había ido por el desagüe en cuanto llegaron los primeros dolores de verdad. Estaban suturando a Rachel cuando Paul llamó.

—¿Cuándo vienes a verle, mamá? —le preguntó.

Ella ya lo había pensado. No quería ser una madre entrometida, pues ya tenían una. Conocería a Dash en la boda de Charlotte, cuando tuviera dos meses, no mientras Rachel estaba agotada, tratando de aprender a cuidar del niño al tiempo que todos se adaptaban como locos al hecho de tener un hijo. Por una vez no iba a dejarlo todo para salir corriendo. El bebé estaba sano y no sentía la necesidad de ir. Tenía su propia vida. Se alegraba de que Paul hubiera tenido un hijo, si eso era lo que Rachel y él querían, y al parecer así era. Y estaba segura de que sería un buen padre. Era una persona buena y responsable y amaba a Rachel.

Después de colgar, Chantal se volvió hacia Xavier y le contó todos los detalles; cuánto había pesado el niño, cómo se sentía Rachel, todo lo que Paul había dicho y lo feliz que parecía.

—Pero te das cuenta de lo que eso significa, ¿no? —le preguntó con expresión conmocionada.

—¿El qué? ¿Que van a llamarte cada noche para que les aconsejes cómo darle de mamar? —preguntó con cara de preocupación.

—No, ella llamará a su madre, que es una autoridad en todo. —No era santo de su devoción—. Significa que ahora te acuestas con una abuela.

Parecía avergonzada mientras le brindaba una amplia sonrisa. Xavier se echó a reír.

—¿Me convierte eso en un abuelo por poderes?

—Si quieres serlo. —Le sonrió mientras se tumbaban en la cama.

—Me gusta la idea —repuso, muy divertido.

Chantal estaba intentando asimilar la idea de que ahora tenía un nieto. Era impactante.

En abril, Xavier abandonó su apartamento. Ambos estaban de acuerdo en que no tenía sentido que pagara un alquiler por un apartamento que no usaba.

—A menos que vuelvas a echarme —dijo con cautela cuando discutieron el tema—. No he hablado con una pelirroja desde Navidad —le recordó.

Chantal rompió a reír.

—Creo que estás a salvo.

Se deshizo de casi todos sus muebles, que de todas formas no le gustaban. Ella vació un armario para él y Xavier guardó sus pertenencias. Chantal informó a sus tres hijos. Casi pudo oírlos tragar saliva cuando se lo dijo, y solo Eric, que estaba encantado, comentó algo.

En mayo fueron al Festival del Cine de Cannes, donde iban a proyectar una de sus películas, y resultó muy emocionante. Cenaron con el productor y con dos importantes estrellas de cine, y Xavier se quedó muy impresionado y estaba entusiasmado de estar allí con ella. Chantal ganó un premio que no esperaba. Se hospedaron con todo lujo en el Hôtel du Cap en Antibes y cogieron habitaciones con el mar justo debajo, en el pabellón llamado Eden Roc. Xavier había oído hablar de él durante años, pero no había estado allí hasta que fue con ella. Chantal se alojaba allí todos los años cuando iba al festival. Se enorgullecía de estar con ella y era del todo indiferente a la caterva de jóvenes estrellas que peleaban por asistir del brazo de algún hombre. Y había muchos actores, actrices, productores y directores famosos. Era un evento fascinante y disfrutaron de una estancia muy agradable en el hotel. Se quedaron dos días más. Uno de sus clientes también se había presentado en el festival.

Xavier había sacado tiempo en el trabajo para asistir, y quince días después se tomó otra semana libre para acompañarla a Hong Kong a la boda de Charlotte. Chantal lo había organizado todo a distancia durante meses, pero también habían contado con una organizadora de bodas, y Charlotte se había ocupado ella misma de algunos detalles.

Todo estaba preparado cuando llegaron. Se alojaron en el hotel Peninsula, y Chantal conoció por fin a su nieto, al que había visto casi todos los días por Skype durante los últimos dos meses, hasta el punto de que el pequeño reconoció su voz y le sonrió en cuanto la vio. Le sorprendió lo mucho que se emocionó al cogerlo en brazos. Xavier le sacó un millón de fotos cuando lo hizo.

—¿Es para que puedas tomarme el pelo después por ser abuela? —le preguntó mientras él sacaba más fotos desde otro ángulo.

—¡Es la primera vez que soy abuelo, déjame disfrutarlo! —exclamó.

Chantal rió.

—Eres demasiado joven para ser abuelo —le recordó.

Él pareció ofenderse.

—No, no lo soy. Haz las cuentas. —Acababa de cumplir treinta y nueve y podría haber tenido un hijo de veinte años.

—En ese caso, yo sería bisabuela. No sigamos por ahí.

Xavier rió. Y esa noche, cuando ella se probó su vestido para la boda, la miró con el ceño fruncido.

—¿Dónde has comprado eso?

—En París, cuando Charlotte vino en Navidad. A ella le gusta.

—Debías de estar deprimida. Fue después de que me echaras. Vámonos de compras.

—¿Ahora? ¿Antes de la boda? —Solo quedaban dos días—.

No voy a encontrar nada aquí, con tan poco tiempo. —Parecía presa del pánico—. ¿Tan feo es?

Se miró en el espejo con el vestido azul marino y el bolero de abuela y también ella lo detestó.

A la mañana siguiente, salieron temprano del hotel, como dos conspiradores, y fueron a los centros comerciales del puerto de Victoria en el Rolls-Royce del hotel, y Xavier fue implacable. No solía gustarle ir de compras, pero había decidido que aquello era una emergencia, y lo abordó como si se tratara de una crisis de trabajo. Chantal le explicó que no podía ir de blanco a la boda de su hija ni a la de nadie; la novia la mataría y con razón. Había encontrado un precioso vestido blanco de satén, que se ceñía perfectamente a ella, pero era imposible. Y el negro estaba considerado de mala educación y parecía demasiado severo. El rosa era demasiado infantil, pese a ser bonito.

—Puedes ponértelo en nuestra boda, aunque me gustaba el blanco —dijo tomándole el pelo.

Chantal sabía que solo estaba bromeando. No tenían necesidad de casarse, pues eran felices viviendo juntos. Se probó un vestido gris de aspecto tristón, pero sabía que la madre del novio iría de ese color. Y había uno rojo espectacular, que era demasiado llamativo para la boda de su hija. Parecería que intentaba eclipsar a la novia y lo habría hecho. Estaba muy sexy con el rojo de satén. Y por fin, en Dior, se probó un vestido de satén azul claro, del mismo tono que sus ojos. Era sexy a la par que recatado, juvenil pero no ridículo, y el color era elegante y sutil, y por algún milagro tenían unos zapatos a juego de raso azul claro y se había llevado un bolso de mano plateado para la cena de ensayo.

—¡Bingo! —exclamó Xavier, sonriéndole de oreja a oreja.

Hasta tenía el largo perfecto y no había que hacer ningún retoque, pues le sentaba como un guante y destacaba su joven figura. Y Xavier le dijo que se dejara el cabello suelto porque le encantaba que lo llevara así. El vestido era todo cuanto habría soñado si hubiera estado más animada cuando fue de compras con Charlotte en diciembre. Y se había llevado un corto vestido de satén de Balenciaga en color verde esmeralda para la cena de ensayo, que era moderno y sexy y resaltaba sus piernas, junto con unas sandalias plateadas de tacón alto. La familia del novio iba a celebrar la cena de ensayo en el Hong Kong Club, el mismo lugar de la boda, pero a ellos les gustaba y Charlotte lo había aprobado. Decía que el ensayo sería muy elegante y tradicional, igual que la boda que tenía lugar al día siguiente, en un conjunto de estancias diferentes.

—Gracias por ayudarme a encontrar un vestido —le dijo a Xavier con gratitud cuando volvieron al hotel con el paquete.

Habían tardado cuatro horas, pero había merecido la pena. Ahora le encantaba el vestido que iba a llevar. Era elegante pero juvenil y le quedaba de fábula.

Lo pasaron bien esa noche en la cena de ensayo, a pesar de lo aburrida que fue y de lo conservadores que eran la mayoría de los amigos de Charlotte y de Rupert. Más tarde fueron a bailar al Play con sus hijos, y Chantal bailó sin descanso con Xavier. Eric estaba encantado de tenerle allí, pues se sentía un poco perdido entre tanta gente tan tradicional, y Paul estaba volcado con su hijo y con Rachel, por lo que Xavier era una buena compañía para él.

Y al día siguiente, Chantal ayudó a su hija a vestirse para la ceremonia, que era un momento muy especial, y los ojos se le llenaron de lágrimas cuando la organizadora nupcial le entregó el ramo. Charlotte estaba preciosa, parecía una princesa con el vestido que Chantal había transportado ella misma desde París. Se sorprendió cuando vio a su madre con el vestido de satén azul claro y el cabello suelto, tal y como Xavier le había sugerido. No había dicho una sola palabra en contra de él desde que llegaron a Hong Kong, y Paul se había alegrado de verdad al verle y estaba entusiasmado con todas las fotos que estaba haciendo del niño.

—¿Qué ha sido del vestido azul marino que compramos

en Nina Ricci? —preguntó Charlotte mientras esperaban a que Paul fuera a recogerla para ir a la iglesia. Era él quien iba a entregarla.

—Cambié de parecer y decidí que era demasiado serio. Me parecía adecuado en París en diciembre, pero es un poco frío para mayo.

No quería decirle que con él puesto se sentía como si tuviera cien años y que hacía un par de días Xavier y ella lo habían encontrado espantoso.

—Este me gusta —dijo Charlotte, sonriéndole mientras Chantal la besaba y se esforzaba por contener las lágrimas.

—Eres la novia más hermosa que he visto —repuso con la voz quebrada.

Paul apareció en ese momento, y la organizadora de la boda y Chantal ayudaron a Charlotte a manejar la cola. Las damas de honor estaban listas, con sus vestidos de color rosa claro y con rosas del mismo tono. Y todos se montaron en las limusinas que el hotel había puesto a su disposición, con Paul y Charlotte en un Rolls. Chantal y Xavier iban en un Bentley justo detrás y Eric ocupaba el asiento delantero, muy guapo con un chaqué. Xavier llevaba un traje negro. Dado que ni era familia ni formaba parte de manera oficial del cortejo nupcial, no estaba obligado a vestir de chaqué. Y estaba muy elegante.

Todo fue como la seda en la iglesia y la recepción resultó perfecta. Chantal se sentía a las mil maravillas con su vestido.

—Gracias por animarme a deshacerme del otro vestido. —Sonrió a Xavier mientras bailaba con él.

Se lo habían pasado muy bien en la boda y Chantal lloró cuando la pareja de recién casados se marchó. Se contuvo para no intentar hacerse con el ramo, pues no le pareció apropiado. Xavier y ella se sonrieron desde el fondo de la sala mientras las mujeres solteras se peleaban por atraparlo. Se entendían a la perfección. Lo que tenían era suficiente.

Y al día siguiente, Paul, Rachel y Dash regresaron a Los Ángeles; Eric cogió un vuelo a Frankfurt, donde tendría que hacer transbordo hasta Berlín; y Chantal y Xavier volvieron a París. Los novios estaban de luna de miel en Bali. Una vez más, estaban repartidos por todo el mundo. Pero ahora, con Xavier a su lado, ya no estaba sola. Su deseo en la Cena Blanca se había hecho realidad. Tenía a un hombre al que amaba y que la amaba, y tenía una vida de verdad con él como pareja. Era justo lo que había pedido y ahora él estaba ahí. Y todo había ocurrido muy deprisa, pues su historia había empezado justo después de la Cena Blanca, hacía once meses.

21

Jean-Philippe fue a ayudar a Valerie a guardar lo que iban a llevar a Pekín. Había alquilado un apartamento amueblado, pero había montones de cosas que Valerie quería enviar desde allí para los niños y para ellos. Llevaba una semana empaquetando cosas, cuando él regresó a París. Lo habían coordinado a la perfección. La Cena Blanca era la semana siguiente y después se marcharían a Pekín, haciendo primero una parada en Hong Kong para que ella pudiera ir de compras.

Valerie se llevaba un montón de libros de consulta para el trabajo. Iba a ser editora adjunta de *Vogue* en Pekín y también tendría que hacer viajes esporádicos a Shangai, durante un año. Después de eso, querían que regresara a París. Y había llegado a un satisfactorio acuerdo con Beaumont-Sevigny para prestarles asesoramiento desde China.

—¿Qué vamos a hacer con eso? —preguntó Jean-Philippe, con un enorme oso de peluche que Jean-Louis insistía en llevarse.

—Supongo que empaquetarlo.

Había montañas de juguetes, ropa y libros por todas partes y se alegraba de que él hubiera vuelto para echarle una mano. Llevaba exhausta las dos últimas semanas. Jean-Philippe había regresado a París dos veces desde Navidad y ese era su tercer viaje. Ella había estado en Pekín en enero para la sesión fotográfica de *Vogue*. Así que se habían visto con regularidad desde principios de año, pero iba a ser maravilloso volver a despertar juntos en la cama cada mañana. Le había echado muchísimo de menos los últimos nueve meses.

Pararon de empaquetar para comer, y después ella desapareció durante unos minutos. Jean-Philippe supuso que estaba revisando sus e-mails o hablando por teléfono, y cuando reapareció, durante un instante pareció desorientada y a continuación se sentó en una caja de libros que él acababa de empaquetar, clavando en él la mirada.

—¿Ocurre algo?

—No lo sé. Dímelo tú. Depende de cómo se mire. —Jean-Philippe dejó lo que estaba haciendo y la contempló. De repente tuvo la sensación de que había surgido un problema grave. Ella sujetaba un test de embarazo delante de sus ojos. Había visto uno de esos antes, pero no desde hacía tres años, y parecía sorprendido—. Estoy embarazada —susurró.

La última vez que él había estado en casa fue a principios de mayo, y dado que unos días antes se percató de pronto de que llevaba más de una semana de retraso, se le ocurrió comprobarlo y por eso compró la prueba de embarazo. Pero con la mudanza y con todas las cosas que estaban pasando, no le había dado mayor importancia, y mientras empaquetaba el contenido del cuarto de baño para enviarlo, encontró el test y decidió hacérselo. No pensó que daría positivo y se lo había hecho más por diversión que por otra cosa. No estaba preparada para aquello, no mientras se mudaban a Pekín.

—¿Estás segura? —preguntó él, visiblemente aturdido.

Ella le acercó el test y Jean-Philippe le echó un vistazo. Era positivo. No había ninguna duda. Podía ver cómo sus planes de ir a China se evaporaban. Era del todo imposible que ella estuviera dispuesta a trasladarse a China estando embarazada y sintió que el alma se le caía a los pies.

—¿Y qué vamos a hacer ahora? —le preguntó ella con voz estrangulada.

—¿Qué quieres hacer tú? —le preguntó él a su vez, mientras se sentaba en otra caja—. ¿Debería desempaquetar? La decisión es tuya, Valerie. No voy a obligarte a que te mudes a China estando embarazada.

Estaba seguro de que ahora querría quedarse en casa. Y no estaba convencido de que le gustara la idea de que viviera en China estando embarazada.

—No lo sé.

Pensó en ello un minuto.

—Podrías volver y tenerlo aquí. ¿Para cuándo sería?

Valerie calculó mentalmente las fechas.

—Para febrero.

Era toda una sorpresa. No esperaba quedarse embarazada. Pero habían sido un poco descuidados un par de veces, cuando él volvió a casa en mayo. Se habían alegrado tanto de verse que se habían arriesgado, pensando que no pasaría nada. Se habían equivocado. Y se habían olvidado de ello. Hasta ahora.

—Si quieres tenerlo aquí, tendrías que volver a casa por Navidad. ¿Merece la pena ir para seis meses?

Ella le miró y sonrió.

—Desde luego no me esperaba esto —dijo con aire pensativo, tratando de asimilarlo. Aquello suponía un gran obstáculo, un obstáculo enorme para sus planes.

Pero tampoco quería que pasara el embarazo sola en París. Aquello podría significar que tuviera que dejar el trabajo. Había un límite en lo que podía pedirle, y ya había sido muy paciente durante los nueve meses en que había estado ausente. Y entonces ella le miró y se rió.

—Es una locura, ¿verdad? Averiguo que estoy embarazada mientras estamos empaquetando las cosas para marcharnos.

—Menos más que te has hecho el test. No sé qué habríamos hecho si lo hubiéramos descubierto estando ya allí.

—¿Y qué si hubiera sido así? Las mujeres tienen hijos en China. No tantos como tenemos nosotros, pero los tienen.

—La mayoría de la gente en China seguía teniendo un solo

hijo y raras veces dos. Ahora Jean-Philippe y ella tendrían cuatro, que eran los que siempre habían dicho que querían, solo que no en esos momentos, cuando se iban a vivir a Pekín—. ¿Tan inconcebible sería tenerlo allí? Tiene que haber buenos médicos en las grandes ciudades de China.

—Desconozco por completo las condiciones médicas allí, pero podemos comprobarlo.

Valerie no había tenido complicaciones durante sus embarazos y se mostraba muy tranquila al respecto.

—Chantal dice que su nieto iba a nacer mediante un parto acuático en casa —dijo Valerie, sonriéndole.

Jean-Philippe parecía horrorizado.

—Por favor, dime que estás de broma.

—Lo estoy —repuso, seria de nuevo, y entonces él se sentó a su lado en la caja y ella le rodeó con los brazos—. Somos afortunados. Vamos a tener otro hijo. Siempre hemos dicho que queríamos cuatro.

—Sí, pero no ahora.

Parecía decepcionado. Estaba seguro de que ahora Valerie no le acompañaría. Sus planes de vivir juntos en Pekín estaban a punto de irse de nuevo por el desagüe.

—Las mujeres tienen hijos en todo el mundo. Yo también puedo. No me da miedo tener un hijo allí, si tú estás conmigo. Siempre que podamos encontrar un médico europeo o estadounidense con el que pueda hablar, me parece bien. Y debe de haber por lo menos uno en Pekín.

Valerie no parecía preocupada cuando le sonrió y le besó.

—¿Estás segura? —Su mujer era una persona muy valiente y la amaba más cada día. Siempre que surgía un problema encontraba una forma de solucionarlo, del mismo modo que había descubierto la manera de trabajar en Pekín durante un año y conservar su conexión con *Vogue*, sin poner en peligro su futuro en la revisa, y hasta había conseguido un trabajo de asesora—. Es un asunto importante, Valerie. No quiero llevarte allí embarazada si no te sientes cómoda con ello.

—Creo que todo irá bien. Si tengo problemas con el embarazo, puedo volver a casa. Pero ¿por qué voy a tenerlos? No los he tenido antes. Y de verdad que me gustaría ir. Creo que será emocionante.

—Para mí será maravilloso tenerte allí —dijo, mirándola con adoración—. Y preferiría estar contigo durante el embarazo para estar pendiente de ti.

Sabía cómo era. Siempre hacía demasiadas cosas. Había dejado su oficina después de una sesión para dar a luz a Damien y casi no llega a tiempo al hospital. Y había estado a punto de tener a Isabelle en un desfile durante la semana de la moda.

—Quiero ir —declaró Valerie con firmeza y expresión resuelta—. Continuemos empaquetando. —Y dicho eso, se puso de pie.

—¡No! Tú siéntate. No me iré a China contigo embarazada a menos que seas razonable —dijo él con seriedad.

—Sí, señor —respondió ella, y Jean-Philippe le brindó una sonrisa y la besó al tiempo que el hecho de que iban a tener otro hijo calaba en ellos.

Durante un minuto, la logística había estado a punto de detenerlos, pero ya nada podía pararlos. Se iban a China y su cuarto hijo nacería allí. Aquello hizo que de repente le pareciera más un hogar, y al tener un hijo nacido en Pekín, tendrían un vínculo emocional con el lugar para siempre. Valerie regresó al cuarto de baño para empaquetar el resto de las cosas a fin de enviarlas.

Jean-Philippe entró en el baño mientras ella metía en una caja los medicamentos sin receta para los niños y se volvió al oírle. Valerie era la mujer a la que amaba y la madre de sus hijos; sabía que ese año había estado a punto de perderla y ahora iban a tener otro hijo. Era una auténtica bendición para ambos.

—¿Tienes idea de lo mucho que te quiero? —le preguntó con un nudo en la garganta. Había estado pensando en ello mientras empaquetaban las cosas.

—Tanto como yo te quiero a ti —repuso Valerie con ternura.

Fue de nuevo a sus brazos y él la estrechó, pensando en el bebé que llevaba dentro y en los tiempos felices que estaban por llegar. Sabía que podría hacer cualquier cosa con ella a su lado, y Valerie sentía lo mismo por él.

—Gracias, Valerie —dijo, y la abrazó con fuerza mientras ella sonreía con los ojos.

22

El e-mail de Jean-Philippe llegó esa mañana. Ya se había enterado de que el primer lugar de encuentro era el Palacio Real. Era una ubicación interesante porque estaba a dos manzanas del Louvre, a tres de la plaza de la Concordia y a la misma distancia de la plaza Vendôme. Así que la Cena Blanca podría ser en cualquiera de esos lugares. Pero lo más alarmante era que había estado lloviendo a cántaros desde la noche anterior.

Esa mañana, al levantarse, Chantal se asomó a la ventana y le dijo a Xavier que era imposible que la Cena Blanca se celebrase ese año.

—Sí que se celebrará —repuso él con calma mientras leía el periódico antes de irse a trabajar.

—El tiempo no va a mejorar, no lloviendo así.

—No seas tan pesimista. Por supuesto que va a mejorar. Dejará de llover antes de que se haga de noche. —No parecía en absoluto preocupado mientras metía el periódico en su maletín, le daba un beso y se marchaba.

Durante todo el día, Chantal se asomó a la ventana con desesperación de forma periódica y vio caer la lluvia. En todo caso, iba a peor.

Ya había elegido su atuendo para esa noche; pantalón y jersey blancos, con una chaqueta del mismo color por si acaso refrescaba. Tenía unos zapatos blancos muy monos. Los platos, los cubiertos y los vasos estaban ya metidos en el carrito. La comida estaba en la nevera. Tenía el vino listo. Y el cielo seguía arrojando todo cuanto tenía. Parecía un diluvio y esperaba que el Arca de Noé apareciera en el Sena de un momento a otro. El parte del tiempo predecía más lluvia para esa noche. A Chantal no le apetecía sentarse delante de ningún monumento de París, por bonito, romántico y grandioso que fuera, y calarse hasta los huesos mientras intentaba comerse la aguada cena con Jean-Philippe y sus amigos. Xavier estaba loco si pensaba que iba a parar de llover.

Le envió varios mensajes a la oficina a lo largo del día, y él no dejaba de responder que todo iría bien. Tenía su caja de farolillos junto al carrito y había ideado un sistema para transportarla como si fuera una mochila, de forma que le permitiera cargar con la mesa y las sillas.

A las cuatro, el cielo se ennegreció aún más, como si fuera el fin del mundo. Hubo truenos y relámpagos, y minutos más tarde, el granizo descargaba sobre el tejado y rebotaba contra las ventanas. Era ridículo; la Cena Blanca parecía estar condenada.

A las cinco, el tiempo mejoró un poco y la lluvia aflojó. Y cuando miró por la ventana a las seis, vio aparecer un trozo de cielo azul y el arco iris surcó el cielo minutos más tarde. Chantal se quedó contemplándolo durante un instante y se preguntó si Xavier tendría razón. Algo estaba pasando, y durante la siguiente media hora, todas las nubes desaparecieron, la lluvia cesó y el cielo se despejó. Xavier no se había equivocado. La Cena Blanca iba a celebrarse y la magia había comenzado. Jamás creyó posible que el cielo, tan negro todo el día mientras caían chuzos de punta, podría volverse azul al final de la jornada.

Xavier regresó del trabajo a las siete, con una expresión en la cara que decía «ya te lo dije».

—Vale, vale, ya lo pillo. Esta noche es especial. Por lo visto Dios también lo piensa.

Jean-Philippe llamó y les comunicó que la primera ubicación se había confirmado. Tenían que encontrarse en el Palacio Real a las ocho y cuarto. Y Xavier y ella trataron de adivinar dónde iba a celebrarse la cena. Ella pensaba que sería en la plaza de la Concordia; Xavier imaginaba que en el Louvre. Cuando le preguntaron a Jean-Philippe, este dijo que no lo sabía, lo cual seguramente era cierto.

Los dos se vistieron de blanco de pies a cabeza, y cuando estaban a punto de salir del apartamento a las ocho menos cuarto, Xavier la miró y esbozó una sonrisa.

—Esta misma noche, hace un año, iba con unos amigos a una cena a la que no había asistido nunca y que pensaba que podría ser un aburrimiento, así que compré los farolillos chinos para darle un poco de vida al asunto. Nunca imaginé que te encontraría.

Chantal le sonrió. A continuación fueron en coche hasta los alrededores del Palacio Real y encontraron un lugar donde aparcar. Ella llevó el carrito hasta los jardines, donde vieron a miles de personas vestidas de blanco congregarse, llamarse, buscar a los amigos y llamar a otros por teléfono para localizarlos entre la multitud.

Tardaron varios minutos en dar con Jean-Philippe, que rodeaba a su mujer con un brazo, y sus amigos estaban con ellos. Había invitado a nueve parejas, como hacía cada año. Era el mismo grupo del año anterior, exceptuando a Gregorio. Benedetta iba con Dharam y no paraban de sonreírse el uno al otro. Él saludó calurosamente a Chantal, recordando que había sido su cita no oficial el año anterior. La mayoría conocía ya a Xavier, pero Chantal se lo presentó a los pocos que faltaban. Todos charlaban de manera animada y a las nueve menos cuarto llegó el anuncio, y Jean-Philippe le comunicó el lugar de la cena con una sonrisa en los labios. Xavier no se había equivocado; se trataba del Louvre. Se sentarían entre el antiguo palacio, ahora museo, y las dos pirámides de cristal, obra de I. M. Pei. Y tendrían una espectacular vista de la puesta de sol cuando cayera la noche. Todo el mundo se entusiasmó al oír la ubicación y corrían rumores de que el otro lugar para esa noche era el Trocadero, a los pies de la torre Eiffel, pero nadie lo sabía con seguridad. Les dijeron que había ocho mil personas en el jardín del Palacio Real, aunque no lo parecía, ya que la gente se puso en marcha y el grupo de Jean-Philippe se mantuvo junto mientras cruzaban dos calles y atravesaban las arcadas del Louvre para acceder a la plaza. De repente estaban delante del palacio, con el sol brillando sobre las pirámides. Aún habría luz durante otra hora y el cielo estaba igual de azul que las dos últimas.

Todos los hombres desplegaron sus mesas cuando encontraron los lugares asignados. Jean-Philippe reía y estaba de buen humor en tanto que Valerie sacudía su mantel; Benedetta, Chantal y el resto de las mujeres del grupo hicieron lo mismo con los suyos. Todos habían llevado servilletas de tela, platos de porcelana y copas de cristal. Benedetta había llevado un candelabro Buccelatti y Chantal unas velas, junto con los candelabros individuales de plata de su mesa de comedor. Las diez mesas que componían su grupo, colocadas unas junto a otras en los lugares asignados, estaban preciosas, pero también lo estaban todas las demás. A las nueve y cuarto, las mesas estaban vestidas, y a las nueve y media los ocho mil asistentes estaban sentados y sirviendo el vino. Y cuando Chantal miró a Xavier al otro lado de la mesa, este le estaba sonriendo.

—No puedo creer que esté aquí contigo —dijo solo para que Chantal le oyera, y brindó con ella con champán.

Dharam había llevado caviar para todos, como hizo la vez anterior. Se fueron pasando los entremeses. Todos sacaron la comida, y las risas y la animada conversación podía oírse en toda la plaza; y cuando comenzaron a cenar, el sol se había puesto, habían encendido las velas y el resplandor de cuatro mil mesas, puestas de forma espléndida, iluminaban el lugar y ocho mil buenos amigos disfrutaban de la compañía mutua bajo la noche estrellada.

—El año pasado solo podía soñar con estar aquí contigo —le dijo Dharam a Benedetta, y ella le brindó una sonrisa.

El fiasco del año anterior, cuando Gregorio abandonó la mesa y desapareció, no era más que un vago recuerdo. De hecho, su matrimonio había terminado esa noche, cuando nacieron los gemelos. Y ahora estaba allí con Dharam, el hombre más bueno que había conocido en toda su vida.

Como siempre hacía, Jean-Philippe recorrió las mesas para cerciorarse de que todo el mundo era feliz, y no dejó de acercarse a Valerie y de besarla. Fue una noche llena de ternura para todos ellos, y cuando a las once terminó la cena, se repartieron las bengalas, que iluminaron la plaza, y el grupo comenzó a tocar. Benedetta y Dharam fueron de los primeros en dirigirse a la pista de baile mientras los demás charlaban y se tomaban el postre.

Y después, media hora más tarde, Xavier cogió su misteriosa caja de debajo de la mesa, la abrió y comenzó a repartir los farolillos de papel. Y mientras miraba a Chantal, le vino a la cabeza una cosa.

—Este es nuestro aniversario, ¿sabes? Hoy hace un año que todo empezó.

Y ahora estaban enamorados y vivían juntos. Xavier reservó un farolillo para ella. Y, uno tras otro, encendió el resto para su grupo, el de una mesa situada detrás de la suya y el de otra situada al lado. En cada mesa, la gente encendió y sujetó los farolillos en alto mientras se llenaban de aire y se inflaban. Y cuando estuvieron llenos de aire caliente y bien iluminados, los soltaron y los vieron elevarse en el cielo nocturno. Fue tan hermoso como lo había sido el pasado año. Chantal observó mientras Xavier le recordaba a la gente que esperase a que los farolillos estuvieran llenos de aire y que luego pidieran un deseo y los soltasen.

Docenas de farolillos surcaban el cielo cuando Xavier se

volvió hacia ella y le pidió por señas que se acercara. Chantal se colocó a su lado como había hecho el año anterior. Sujetaron juntos el farolillo y lo vieron llenarse de aire y alcanzar su altura máxima de unos noventa centímetros.

—Pide tu deseo —le dijo en voz queda, rodeándola con los brazos.

—Yo ya tengo mi deseo —susurró, haciéndole sonreír.

—Pide otro —sugirió—. Y yo pediré el mío.

No le dijo que había pedido el mismo deseo que ella el año anterior.

La gente estaba bailando en los pasillos y contemplando los farolillos chinos, y Chantal y Xavier alzaron el suyo por encima de sus cabezas y lo soltaron, y emprendió el ascenso casi en línea recta y virando después hacia el tejado del Louvre para sobrevolarlo y elevarse después en el cielo parisino, hasta perderse de vista. No era más que un punto de luz cuando Xavier se volvió hacia ella y la besó.

—Gracias por hacer que todos mis sueños se cumplan —dijo con suavidad.

Ambos coincidieron en que la velada estaba llena de magia y descaradas muestras de amor.

—Gracias por los farolillos —le dijo Jean-Philippe a Xavier.

Los dos intercambiaron una sonrisa. Ya habían liberado todos los farolillos y estos sobrevolaban a gran altura mientras la gente miraba, cautivados por tan bella imagen.

—Es mágico —comentó Dharam mientras Benedetta y él se acercaban al resto del grupo.

—Esta es siempre la noche más exquisita de mi vida —adujo Benedetta, y le miró a los ojos mientras lo decía.

Siempre era una noche rebosante de amor y amistad, de generosidad, a la sombra de los más hermosos monumentos de París. Jean-Philippe creía que jamás había visto una Cena Blanca mejor que la de esa noche, con un ambiente perfecto, y eso que hacía años que asistía.

Las conversaciones eran animadas y la gente bebía, fumaba y charlaba entre amigos. La música sonaba de fondo y algunos estaban bailando. Y entonces, a las doce y media, Jean-Philippe dio la señal a sus invitados y cada uno sacó una bolsa blanca de plástico y comenzó a llenarla con los desperdicios. No podía quedar ni rastro de la cena. Apenas quedaban restos de comida y las mesas de Jean-Philippe habían terminado el vino y el champán. El caviar aportado por Dharam se había consumido y había sido todo un éxito. La velada entera lo había sido. Alguien preguntó a Jean-Philippe y a Valerie cuándo se marcharían a Pekín, y ella respondió que al cabo de unos días. Aquella iba a ser una noche por la que recordarían París. Al día siguiente se irían a un hotel con los niños mientras los de la mudanza recogían.

Todos detestaban tener que dejar sus mesas y la velada, pero había llegado la hora de las brujas. Sus invitados se abrazaron y besaron entre sí, y a Valerie y a Jean-Philippe, y les desearon que todo les fuera bien en Pekín. No tendrían tiempo para volver a ver a sus amigos antes de marcharse. Valerie tenía mil cosas que hacer, entre ellas ir a sellar los certificados de vacunación de sus hijos. Esa noche, durante la cena, parecía rebosar energía, y Jean-Philippe no le quitó los ojos de encima. Dharam no se había apartado de Benedetta. Había esperado un año para celebrar aquel momento.

La Cena Blanca había obrado su magia antes, la estaba obrando esa noche y volvería a obrarla de nuevo. La luz de ocho mil corazones y miles de velas había iluminado la plaza mientras los farolillos los bendecían desde lo alto antes de desaparecer. Chantal y Xavier podían sentir la magia, igual que los demás. Y volaron más allá de la plaza, llevando consigo el espíritu de la Cena Blanca.

Una vez más, había sido una noche mágica en un enclave extraordinario.

—¿Lista para irnos a casa? —le preguntó Xavier en voz queda.

Chantal asintió con una sonrisa y, después de despedirse de sus amigos, le siguió hasta el coche. Contempló el cielo una última vez para asegurarse de que su farolillo seguía ahí, en alguna parte, llevando su deseo a las estrellas. Pero ya estaba allí.

Danielle Steel

Es, sin duda, una de las novelistas más populares del mundo. Sus libros se han publicado en sesenta y nueve países, con ventas que superan los ochocientos millones de ejemplares. Cada uno de sus lanzamientos ha encabezado las listas de *best sellers* de *The New York Times*, y muchos de ellos se han mantenido en esta posición durante meses.

www.daniellesteel.com
www.daniellesteel.net
f DanielleSteelSpain